ブービージョッキー!!
Booby Jockey!!
2
volume
有丈ほえる
イラスト Nardack

「かくなるうえは肉体言語で――!!」
「一緒にがんばろうな」
美《み》作《まさか》聖《せい》来《ら》
馬主兼颯太のマネージャー。
風《かざ》早《はや》颯《そう》太《た》
最年少ダービージョッキー。

「おともだちになってくださーい！」
★キアラ・クルトゥワ★
厩務員。
通称「美浦の天使」。
「ぜんぶ、先輩のせいですからね！」
★樫埜《かしの》秋桜《こすもす》★
颯太の後輩。
新人女性騎手。

「んみゃ〜〜〜〜〜〜い♥」
ケーキバイキングという
この世で最も天国に近い場所で、
秋桜は語彙を喪失していた。

一番美しくなくても、
みんなに認めてもらえるくらい
立派じゃなくても、
誰の目にも留まらなくても——
この体に宿る魂は、
この場所を選んでしまったから！
だから、決めたんだ——

あたしは、ここで咲くッッ!!

CONTENTS

ブービージョッキー!!2

有丈ほえる

GA文庫

カバー・口絵・本文イラスト
Nardack

プロローグ　ゲートイン！

金武厩舎《かなたけきゅうしゃ》の管理馬たちが、やけに騒々しい。

さっきから、いななき声が引っきりなしに聞こえてくるし、中にはヘッドバンギングするみたいに首を上下に揺すっている子もいた。

まるで、ライブ会場みたいな有様《ありさま》だけど、彼らが心待ちにしているのはギターがかき鳴らされる瞬間じゃない。

そう、調教漬けの日々を送るサラブレッドにとって最も心躍るイベント――夕飼《ゆうが》い（夕ご飯）の時間がやってきたのだ。

「はいはい、今準備するからちょっと待っててな」

馬が一致団結して発する圧に急《せ》かされるように、颯太《そうた》は厩舎の廊下を進む。

颯太の足音を聞きつけてご飯と勘違いした馬が馬房《ばぼう》から首を伸ばすも、素通りされるとすねたように飲み水が入ったバケツに「がんっ！」と体をぶつけた――ごめんて。

ご飯時が近くなると、決まって管理馬たちは騒がしくなる。

正確すぎて、サラブレッドという生き物は、実は時計を読めているんじゃないかと思うくらいだ――メシへの執念って恐ろしい……。

あまりに待たせて、調教の時に逆襲をくらうのは御免だ――颯太は急いで仕事場へ向かう。

そこに先客としていたのは、一緒に長く働いてきたのに、未だ見とれてしまうイギリス産傑作美少女――もとい、美浦《みほ》の天使だった。

「ｏｈ、ソータ！　いいところにきましたー！　おてつだいをおねがいしたいのですがー？」

「あぁ、最初からそのつもり。むしろ、遅れてごめん」

天使スマイルをふりまくキアラにそう答えて、颯太は目の前の仕事と向き合う。

二人の前にずらりと並んでいるのは、バケツだった――側面には、マジックで管理馬たちの名前が記されている。

そう、このバケツの中に入っているのが馬のご飯――飼い葉だ。

だけど、どの子も同じメニューを食すわけじゃない。

金武厩舎の飼い葉は、ベースとなる部分は調教師である清十郎《せいじゅうろう》が配合している。

今、これらのバケツに入っているのはトウモロコシ、乾草《ほしくさ》、燕麦《えんばく》、塩――果てには、通常の飼料では摂取しにくい栄養を含んだサプリメントなどが、清十郎の長年の経験と知識をもとに混ぜ合わされている。

少量だから目にはつかないけど、ニンニクや蜂蜜といったものも、最近になってレシピに追加したらしい。

強く、健やかな馬をつくりだす究極の飼い葉づくりに終わりはない――完成したと思って試行錯誤をやめたところから、熾烈《しれつ》な競争から脱落していく。

ゲートが開いた瞬間に、レースが開始するわけじゃない。

厩舎で飼い葉を与える時点で、すでに勝負は始まっているのだ。

「ソータは、タントーするおうまのカイバのシ、ア、ゲ、をおねがいしまーす！」

「うす、了解」

さっきもいった通り、金武厩舎の飼い葉は基本のブレンドこそ決まっているものの、最後の仕上げはその馬の担当厩務員《きゅうむいん》が行うことになっている。

レースを間近に控えた子はより精がつく「勝負飼い葉」と呼ばれる特別な配合をするし、飼い葉の食いつきをよくするために、りんごやにんじんといった担当厩務員のみぞ知る、その子の好物を混ぜ与える。

あまりにも飼い葉食いが悪い子は、食欲増進のために果物の香りがする香料をふりかけることだってある――ここまでくると、人と馬の知恵比べって感じがするけどな。

そういうわけで金武厩舎では、厩務員は馬に合わせた最適な食事を提供するシ、ェ、フ、でもあるのだ――キアラちゃんは、馬体に付着した汗の泡の具合を見て、配合を微調整してるらしいし。この天使、いよいよ神の領域に足を踏み入れつつある。

「――さぁて、お仕事、お仕事」

颯太はさっそく袋に入ったにんじんを手にとり、包丁で切っていく。

そして、それを担当馬の一頭である「パスコード」と記されたバケツに投入した――パス子のやつ、にんじんは好きなのに、丸ごと入れても絶対に口をつけようとしないんだよな。

こういう話を競馬と無縁の友人にすると、「馬って贅沢《ぜいたく》なんだな」と驚かれるけど、ちょっと人間におきかえて考えてみてほしい――生のトマトは食べれないけど、ピザに乗っかってるトマトは全然いける人っているじゃん？

なにより、パス子がもりもりと飼い葉を食べてくれるなら、この程度の手間暇なんて安いものだ――厩舎で働いていると時々、精神がおかんになることがある。

「あれ？」

ふと、とあるバケツを見ると、きれいなハート型にカットされたにんじんが入っていることに気付いた。

うちの厩舎で、ここまで包丁さばきが上手《うま》い人間といえば一人しかいない――颯太は、目の前でハート型にんじんを量産するお姉さんへ視線をやった。

「うーん、女の子はハートにしましたから、男の子は星の形にしましょうか。それとも、車の方が喜んでくれるでしょうか――颯太くんはどう思います？」

「車で喜ぶのは、人間の子供だけでは……？」

眉根《まゆね》を寄せて大真面目《まじめ》に悩む聖来《せいら》へ、颯太は少し困ったような笑みを向けた。

このお姉さんは積極的に仕事のお手伝いをしてくれるから、厩舎の風景に馴染《なじ》みすぎてたまに——というか、最近は頻繁に馬主さんであることを忘れそうになってしまう。

スタッフが黙々と管理馬のディナーをつくりあげる中、颯太も次のバケツに取りかかった。

「——あっ」

だけど、はたと我に返って手が止まる。

颯太が手元に寄せたバケツには、「セイライイッシキ」の文字——

——そ、そうだ。セイラは放牧にでてるんだった……。

気恥ずかしそうに固まる颯太に気付いて、聖来とキアラは微笑ましいものを見るように頬《ほお》をほころばせた。

「あー！　ソータ、もしかして、セイライッシキにあえなくてさびしいのですかー？」

「なっ……⁉　そんなんじゃ……⁉」

「わたし、うれしいです。颯太くんがセイラを恋人のように想《おも》ってくれて」

「——うっ⁉」

キアラにはなんとかいい返したものの、満面の笑みを浮かべる聖来が詰め寄ってきたので颯太は口をつぐんでしまう。

確かに、お姫さまの皮を被った怪獣が放牧にでてからというもの、日々の仕事が嘘《うそ》みたいに楽になった——かみつかれて、上着がおじゃんになることも減ったし。

それ自体は喜ばしいことのはずなのに、近頃《ちかごろ》の颯太は終業時間になると秋風が心の隙間《すきま》に吹くような切なさを覚えてしまうのだ――なんだか物足りないな、と。

――も、もしや、調教されてるのはセイラじゃなくて、俺《おれ》の方だった説……？

脳裏《のうり》に浮かんだ、あらぬ妄想を吹き飛ばすように頭をふってから――

「問題児がいなくなって、平穏を満喫しているだけです！　あー、セイラがいないと楽でいいなぁ！」

「ですよね。スマホのホームがセイライッシキのシャシンでしたけど」

「ですよね。時々、セイラの馬房を、遠距離恋愛中の彼氏さんみたいに見つめてますけど」

「………………………」

――なんで、バレてますの……？

にやにや顔も見目麗《うるわ》しい二人にはさまれ、颯太は居心地の悪さを感じてしまうのだった。

第1R 後輩は美少女ジョッキー!?

　11月になって、美浦《みほ》トレセンは足早に冬支度を進めつつあった。

　一段と高くなった空は、薄い大気から宇宙がにじんだように青々としている。

　ちっとも見当たらない雲の代わりに、颯太《そうた》の目に白いコントラストを加えているのは、寒風を泳ぐタオルの群れだ。

「そろそろ、取りこんでもいいかな?」

　乾いた感触を確かめてから、颯太はタオルを回収していく——その傍には、番《つがい》のサラブレッドのようにバスケットを抱えた聖来《せいら》が寄り添っていた。

「はい。颯太くん、ここに入れてくださいね」

「すみません、雑用なんかに付き合わせちゃって……」

「そんなことないです。颯太くんと過ごせるなら、どんな時間も宝物です」

　そういって、聖来はやわらかい笑顔を浮かべる——このお姉さんは直球で好意をぶつけてくるので時折、どんな反応をすればいいのか困ってしまう。

　そんな初々しい夫婦のような二人の様子を馬房《ばぼう》のサラブレッドがながめていたものの、やが

Booby Jockey!!

て、彼の日課である壁にお尻《しり》をこすりつける作業に戻っていった。

颯太がふと軒先へ視線をやると、厩舎《きゅうしゃ》を根城にする猫たちが日だまりへ身を寄せ合い、もふもふの固まりとなって仲良く午睡《ごすい》を決めこんでいる。

金武《かなたけ》厩舎では、実に穏やかな時間が流れていた。

「長閑《のどか》だなぁ」『長閑ですねぇ」

思わず、ハモってしまった――こんなマイナスイオンがあふれるような環境にいると、つい先日、アルテミスステークスの激闘に身を投じていたなんて信じられなくなる。

ついに我慢できなくなって颯太があくびをすると、聖来がくすくすと微笑みをこぼした。

「最近の颯太くん、お疲れ気味ですか？」

「いえ、ただここのところ緊張感がゆるんでるというか――こんな調子じゃ、ダメだってことはわかってるんですが……」

「それって、リラックスしてるってことですよね？　それのなにがいけないんですか？」

少し言葉に詰まったものの、颯太は洗濯物を集める手を動かしながら――

「セイラと一緒に挑戦する初のＧⅠレース――阪神《はんしん》ジュベナイルフィリーズが近づいてきてると思うと、こんなにのんびりしてていいのかなって思うんです。こうしている間にも、セイラは着実に強くなってるはずなのに――」

「でも、だからこそ、最近の颯太くんは精力的にレースへ出走しているんじゃないですか？

わたしの目には最善を尽くしているように映ります」

「はい、そのつもりなんですが――でも、今のままじゃ、きっと、まだ足りないんです」

確かに聖来のいう通り、近頃の颯太は乗れる馬にはすべて乗っている。成績も、スランプ前に近い水準まで戻ってきていた。

なにより、去年よりいい感触で騎乗できているレースがぐんと増えた。だけど――

――ＧⅠで勝つには、俺《おれ》はまだ騎手としてなにかが決定的に欠けてるはずなんだ。

確信めいた感触だった。

だけど、霧の中にいるみたいに、自分が具体的になにをすべきか見えてこない――それこそが、俺がまだ半人前である証拠だ。

セイラと阪神ジュベナイルフィリーズに挑むことが決定してから、日常のふとした瞬間にＧⅠレースのプレッシャーを感じるようになった。一流ジョッキーたちは、こんな重圧と日々闘っているのかと思うと尊敬の念を抱かざるを得ない。

「目の前のことを精一杯こなしてるつもりなんですが、普段と違うなにかをしないとセイラをＧⅠで勝たせられる騎手にはなれないと思うんです」

「普段と違うなにか、ですか？」

焦燥がにじむ颯太の横顔を目にして、聖来はどう言葉をかけていいものかと心配そうな表情を浮かべた。

「颯太くんの気持ちはわかりますけど、焦《あせ》りすぎは禁物かと――きゃっ⁉」

その時、突然の強風が吹き抜けて洗濯物が一斉にはためいた。

まくれあがった洗濯物のカーテンから現れたのは、蓄えた見事なひげのせいで、深山からおりてきた仙人と見紛《みまご》うような老紳士――金武厩舎を預かる金武清十郎《せいじゅうろう》その人だった。

「せ、先生、なぜここに⁉」

――この時間は馬主さんの対応だったり、外厩《がいきゅう》に預けてる馬を見にいったりで忙しいのに……⁉

登場の仕方が強キャラすぎて、眼前の御仁《ごじん》が神通力で風を起こしたのかと錯覚しかける。

でも、それも束の間のことで、突風にさらわれて宙を舞っていたタオルが清十郎の頭に落ちた――あっ、ぷるぷる震えて困ってらっしゃる。

空気を読んだ聖来が先生の頭上で粗相を働く洗濯物を回収した、次の瞬間――

「話は聞かせてもらいました。颯太くん、君は日々の修練に物足りなさを感じている――そう理解してよろしいでしょうか？」

「は、はい。でも、決して手を抜いてるというわけでは――」

「君がよくやっているのは、毎日の仕事を見ている私が熟知しています。どんな鍛錬も肉体が克服してしまえば、その負荷はぬるく感じるもの。君の成長速度の速さを見誤った、私に非があるといえるでしょう――ただ、このタイミングのよさは、運命的といっていいかもしれませんね」

「先生？　タイミングって一体……」

颯太の言葉を受け、清十郎の眼差《まなざ》しが覚悟を問うように真剣味を帯びる。

「たった今、私が武者修行のチケットを手に君のもとに訪れたといったら――颯太くんはどうしますか？」

直感に稲妻が奔《はし》る――求めていたものが思いがけなく目と鼻の先に出現した気がして、気付けば颯太は口を開いていた。

「先生！　その話、聞かせてください！」

「私の旧友の調教師が、有望な新馬に据える騎手を求めて連絡をしてきました――風早騎手の体は空いてるか、と」

――め、珍しいな。別厩舎からの依頼か。

インコロナートで日本ダービーに出走した時以来の出来事だ。だけど、それ以上に気になったのは――

「有望な新馬なのに、余所者《よそもの》の俺に騎乗チャンスが回ってきたと……？」

「その通りです。明け透けにいえば、有望ながら相応の問題がある馬であり、すでに何人かの騎手が匙を投げたということになりますね。その調教師の先生は、気難しいセイライッシキを手の内に入れ、アルテミスステークスを勝った君の手腕を評価したとのことです」

そういって、清十郎は反応をうかがうようにじっと見つめてくる。

急にきな臭い話になって、颯太は思わず身構えてしまった。

「……先生の旧友とのことですけど、その調教師の名前をうかがっていいですか？」

「はい、今回の話をくれたのは、上総鉄魁《かずさてっかい》調教師です」

「か、上総先生が颯太くんに……!?」

颯太よりも先に、聖来が口元に手を当てながら目を丸くした。

それもそのはず——美浦でサラブレッドに関《かか》わっている者ならば、「上総鉄魁」の名を耳に入れずに過ごすなんて不可能だ。

例年、栗東《りっとう》が優勢な調教師リーディングにおいて、安定して勝《か》ち鞍《くら》を積みあげ常にトップ10に名を連ねる美浦の重鎮的な存在——上総厩舎の総指揮を執る名伯楽《めいはくらく》こそ上総先生だ。

毎年のようにクラシックに有力馬を送りだしているし、鉄魁が育てあげた歴代の重賞ウィナーをあげていったらそれこそきりがない。

ゆえに、彼は「東の巨匠」として名を轟《とどろ》かせる、大人物にまで成長を遂げた。

だけど、それ以上に颯太を始めとした騎手の間で印象として焼きついているのは——

「上総先生は、稽古の際に乗り役へ高度な要求を課すことで有名です——颯太くんも、それは知っていますね？」

「……はい」

強豪である上総厩舎の調教メニューは、鉄魁が掲げる育成理論のもと徹底的に練り抜かれているという。

乗り役は、鉄魁から授《さず》かった稽古を完璧《かんぺき》にこなさないといけない――噂《うわさ》で聞いた話だと、馬を動かすプロである騎手さえも裸足《はだし》で逃げだしたくなるほどの難度らしい。

一度、実力不足と見なされると、その乗り役に待っているのは容赦のない戦力外通知だ。

ゆえに上総厩舎は魔窟殿、鬼ヶ島、虎穴――などなど、おどろおどろしい異名が飛び交っている。

これまでも数えきれない乗り役が鉄魁のお眼鏡《めがね》に叶《かな》わず、馬をおろされたという話を聞いてきた――そして、ついに巨匠の審判を受ける番が、俺へと回ってきたのだ。

「今回、颯太くんに回ってきた依頼は、件《くだん》の馬の稽古をつけるまでです。しかし――」

「しかし……なんですか？」

「ここから先は、上総先生の言葉をそのまま借りましょう――私が認めるほど上手く乗れたなら、レースにだしてやらんこともない、と」

耳に到達した傲慢な言葉に、颯太は苦笑をこぼした。

実力が伴った気位の高さと、己《おのれ》と同等の腕前を当然のように仕事相手へ求める職人気質――まだ顔を合わせたことはないのに、言葉の節々だけで噂通りの人なのだと想像できる。

「この依頼を受けたとしても、レースに出走できるとは限りません。それどころか、実力不足を突きつけられ、骨折り損になってしまうかもしれない――それでも、颯太くんは巨匠の審判に挑む気概がありますか？」

清十郎が穏やかながらも、決断を求めるような調子で問うてくる。

「……俺が稽古をつけるサラブレッドって、どんな子なんですか？　何歳だとか、走るのは芝なのか、それともダートなのかとか――」

「私も電話の中で、同じことを上総先生に問いました。返ってきた答えは一つだけ――知りたければ、自分の目で確かめにこいと」

ここまでくると、さすがに察しがつく。

セイラを御《ぎょ》せたから依頼をよこしたと聞こえのいいことをいっていたけど、本音では鉄魁は颯太のことを「ちょっと目についた候補生」くらいにしか認識していない。

おそらく、見極《みきわ》めようとしているのだ――風早《かざはや》颯太というジョッキーが、取引先として価値ある人材なのかを。ここまで挑戦状めいた依頼をよこされたのは、ジョッキーとして使い物になるのか懐疑的に見られるルーキーイヤー以来だ。

だけど、颯太の心は委縮するどころか熱くなっていた――それは拙いながらも、プロとして積みあげた経験がもたらしたものだ。

周りの自分を見る目を変えたいのならば、必要なのは嘆きや憤りではなく、プロとして結果をだすのみ――そう、セイラが最低人気の新馬戦を圧勝し、評価を一変させたように。

厳しい道になるのは百も承知だ――立ちはだかるのが巨匠だろうが、鬼だろうが知ったことじゃない。

大事なのは、そこに欲するもの――次のステ、ー、ジ、に、進むため、の、環境、が、ある、か、どう、か、だ。

「――先生、その武者修行のチケット、俺に使わせてください」

「よくぞいいました。君が勇気ある決断をしてくれて、私は誇らしい――」

「では、わたしも同じく！」

せっかく、清十郎が弟子にいい言葉をかける雰囲気だったのに、なにやらひどく興奮した面持ちの聖来がカットインしてくる。

しかも、その発言も聞き捨てならないほどに不穏だ。

「せ、聖来さん⁉　同じくって一体どういう――‼」

「決まっています！　颯太くんが武者修行にでるというならば、わたしもお供するまでです！」

「しゅ、修行というのはあくまで比喩で、実際のところ上総厩舎はご近所にあってですね――」

颯太はかかってしまった馬をなだめるかのごとく説明をする――しかし、最年少ダービージョッキーの手綱さえ、このお姉さんを御することは叶わなかった。

「かわいい颯太くんは、わたしが全身全霊をかけて守ってみせます！　上総先生に叱《しか》られたら、すぐにわたしが励ましてあげますからね！」

聖来の世話好きっぷりを熟知している颯太は、確信に片足を突っこんだ予感を覚える――光栄なんだけど、さらに話がややこしくなる気がします！

「いえ、傷ついた颯太くんを癒《い》やすだけでは後手に回りすぎですね。事後の対処策ではなく、事前の予防策を考えなくては――そうですっ！」

ますます、使命感に燃えだしたお姉さんは、「せ、聖来さーん？」と後ろで声をかける颯太にも構わず、最終ストレートをゆくサラブレッドのごとく突っ走る。

「颯太くんの後ろでわたしが怖い顔をしていれば、上総先生もお叱りを遠慮してくれるかもしれません！　そうと決まれば――どうですか⁉　わたし、怖い顔できているでしょうか⁉」

そういって、聖来は本人曰《いわ》く１００％本気の「怖い顔」を披露してくれる。

このお姉さんは絶世の美人ながら、顔のどのパーツも角がとれたように丸いから、どうひっくり返っても愛らしい印象を受ける。

今、颯太の目に映る聖来の表情は、きれいな眉《まゆ》が申し訳程度につりあがり、慈愛に満ちた垂れ目がいつもよりツンとしているくらいだ。

さらに、「わたし、怖いですよ」アピールをしているつもりなのか、頬《ほお》がぷくっとふくらんでいて――もう、この女神さま無限にかわいい。なんか、お金払いたくなってきた。

「素晴らしいですね、聖来さん。それなら、颯太くんも心強いはずです。上総厩舎で、彼は様々な困難に直面するでしょう――颯太くんのこと、よろしくお願いしますね」

「はい！　先生のため、そして、なによりわたしのために颯太くんを守り抜きます！」

颯太と聖来は切っても切り離せないと理解しているのか、清十郎に引きとめるつもりはないらしかった――いいのか、それで。

「話はまとまりましたね。では、先方には私から連絡しておくとしましょう――最年少ダービージョッキーが、謹んでそちらへ乗りこませていただく、と」

こうして馴染《なじ》みある金武厩舎を離れ、颯太の武者修行が決定したのだった。

対峙《たいじ》する相手は、まだ見ぬサラブレッドと――美浦中から畏怖《いふ》される東の巨匠だ。


美浦トレセンでは、厩舎は特定の区画にまとまって建てられている。

日本の場合は厩舎というのはＪＲＡが建てたものを、調教師に貸与するという形がとられているので、基本的に規格が同じで外観が酷似しているのだ。

ちなみに、キアラがいうには、イギリスでは厩舎とする物件は調教師自身が探すらしい――こういうところにも、それぞれのお国柄がでて面白《おもしろ》い。

そういうわけで、碁盤の目のような路地を歩く颯太と聖来の前には、見た目がそっくりな建物がずらりと並んでいた――早朝でまだ暗いため、さらに見分けがつきにくい。

看板や表札を注意深く見ておかないと、目的と違う厩舎にお邪魔してしまいかねない。

建物こそ同じだけど、庭先や玄関先の様子などは各厩舎で意外と個性がでるので、それも見分けるポイントだったりする。

「着きましたね、颯太くん」

「はい、そのようです」

そう時間はかからず、颯太たちは「Kazusa Racing Stable」という立派な看板が掲げられた厩舎に辿《たど》り着いた――のだけど中々、敷地へ足を踏み入れることができない。

建物全体から、いかにも強豪厩舎らしいプレッシャーをひしひしと感じるのだ――ラストダンジョンかよ。まぁ、俺の先入観なんだろうけどさ……。

くれぐれも粗相がないように気を引き締めて、颯太たちは上総厩舎へ足を踏み入れた。

それなのに、二人の歩みは間もなく止まってしまう。なぜなら――

「ふざけるな‼　私の指示が聞けないというのか⁉」

「ひぃっ――⁉」

厩舎の方から、雷が落ちたかのような怒声が聞こえてきたのだ――おそらく、上総先生の声だ。めっちゃ怒っておられる。ちなみに今、女の子みたいな悲鳴をあげたのは、聖来さんじゃなくて俺ね。

あんな剣幕で怒鳴りつけられたら、大の男でも震えあがってしまう。

それが、か弱い女子ならなおさらだ――きっと、聖来さんは言葉もでないほど、縮みあがってるに違いない。

「颯太くんを怯《おび》えさせるとは、なんたる重罪――一言、物申してきます！」

「あれ⁉　聖来さぁぁん⁉　ちょっと待ってぇぇ‼」

――縮みあがるどころか、立ち向かう気でおられるぅぅ⁉

日和《ひよ》った颯太をおいて、聖来はずんずんと厩舎の方へ進んでいってしまう。

だけど、このまま聖来（状態：激怒）と鉄魁（状態：激怒）がエンカウントしてしまえば、対消滅するかのごとく上総厩舎で調教をつける世界線が失われてしまう――そんな危機感にあおられ、颯太は今もなお激しい口論が続く厩舎へ我先に突入していった。

真っ先に、視界へ飛び込んできたのは二つの人影。

一人目は、白髪が混じる髪を短く刈りこんだ初老の男性。

長年、力仕事をこなしてきたことが一目でわかるほどポロシャツからのぞく腕はたくましく、顔の肌も屈強な巌《いわお》のようだ――そこに、いくつも刻まれた深いしわが、彼がこれまで一本槍を貫くように歩んできた人生を物語っている。

まさに、美浦中に流布された数々の逸話に違わない風貌《ふうぼう》――あの御仁こそが、上総鉄魁だ。

噂通り、首元にはタオルがさげられていた――あれが、上総先生がいつも身に着けているトレードマークだ。なんでも、布地の色で彼の機嫌がわかるとのこと。本日は、怒りを表現するかのごとき真紅。お腹《なか》、痛くなってきた……。

そんな激高する巨匠と対峙しているのは、あろうことか小柄な女の子だった――しかも、ものすっごく既視感があるような……？

目を細めて素顔を認めた瞬間、颯太の体に電流が走った――そ、そうだ！　今年、競馬学校を卒業した後輩が、上総厩舎へ配属されたんだった！

そして、その子は、ＪＲＡでも希少な女性騎手だったのだ。

「あーもう、ほんとダルい！　こんな近くで、大きい声だす必要ある⁉」

「お前、誰《だれ》に口を聞いているのかわかっているのか……‼」

「そっちこそ、そろそろわかってくんない⁉　あんたが調教師だからって、あたしが素直に従うと思ったら大間違いだっつの！」

鉄魁は今にも爆発《ばくはつ》しそうなくらい顔を真《ま》っ赤《か》にしているのに、女の子の方は意に介せず舌打ちをかます――こんな情景が日常になっているのか、馬たちは落ち着いたものだ。

あろうことか、この場で最も肝《きも》を冷やしているのは颯太だった――痛みを訴え始めた胃のあたりをさすりながらも、後輩の身を案じる。

ジョッキーベストを装着した姿は、競馬学校のころから変わらずスリムの一言だ。

そして、その華奢《きゃしゃ》な体のどこから湧《わ》いてくるかわからない、我の強さがにじむ猫のような表情もまったく変わっていない――むしろ、あれから野良《のら》になったように、輪をかけてやんちゃになったような……。

そう、この後輩はかわいい見た目と裏腹に、とにかく反骨心にあふれているのだ――性格も、そして、見た目も。

　騎乗の邪魔になるからとショートにしがちな女性騎手にあって、彼女の髪はロングに伸ばされ、お手入れが行き届いていた。

　しかも、お化粧までしている――厩舎で働いてると、朝早すぎてメイクにまで手が回らない女性が多いって聞くのに……。

　まさに、競馬サークルの常識すべてに反逆するようなルックスを誇る女の子。

　彼女の名前は樫埜秋桜《かしのこすもす》――俺の一年後にデビューした新人女性騎手だ。

　一度、聞いたら忘れられないインパクトあるネーミングだと思うだろう――実際に、ファンの間では、「秋桜ちゃん」という愛称で親しまれている。

「ああっ⁉　あの子、秋桜ちゃんじゃないですか⁉　きゃー、初めて生で拝見しました！　かわいいです！　さ、さささささささサインをいただけないでしょうか⁉」

　競馬ファンの血が騒いだようで、聖来がさっそく限界化を迎えた。

「聖来さん、あいつのこと知ってるんですか？」

「知ってるもなにも、競馬をかじっていて秋桜騎手を知らない人はいません！　だって、競馬界のアイドルっていうくらい、知名度があるんですから！」

　そうなのだ――競馬学校に入学した女の子が、無事に騎手デビューにこぎ着けただけでも快挙なのに、その子が容姿端麗となれば世間が放っておくはずがない。

秋桜がデビューする際、「美少女ジョッキー誕生！」と騒がれたのは記憶に新しい――今でもメディアが絶えず追っかけているというし、レースにでると競馬場はファンであふれ返るしで、ルーキーながらも騎手の中でもトップクラスの人気者だ。

ただし、彼女には多くの人に愛されながらも、知られざる秘密がある。

「聖来さん、実はあいつ、自分の名前があんまり好きじゃなくて、気安く呼ぶのは――」

だけど、颯太の説明も終わらないうちに、後方で地雷が踏み抜かれたのだ。

「いいか、秋桜！　そんな体たらくでは、親御さんがつけてくれた名にふさわしい騎手にはなれんぞ！」

――あっ。

瞬間、颯太は世界が終わりを迎えたような音を聞いた。

ぷるぷると震える秋桜が、颯太の目には導火線が尽きかけた爆弾のように映る。

「あたしの前で、名前の由来をほざくな‼　この、デリカシー未勝利クラスジジイがぁぁ‼」

可憐な見た目からは、想像もつかないようなデスボイスが厩舎に轟く――秋桜推しの諸兄方が見たら、卒倒するに違いない。

この禁句も健在だった――秋桜は名前の由来に言及されることを、極端に嫌うのだ。

理由についても、颯太は競馬学校時代に本人の口から聞いていた――なんでも、とある競馬ファンのお父さんが玉のように愛らしい女の子を授かった際に、大きくなったら女性騎手になるように願ってつけた名前だそうな。

秋桜《こすもす》。しかも、苗字《みょうじ》は「樫《かし》」埜《の》——おわかりいただけただろうか？

まず、クラシックの一つであるオークス（優駿牝馬《ゆうしゅんひんば》）を勝った馬は、『樫《オーク》の女王』として讃《たた》えられる。

後は、簡単なパズルだ——残る牝馬三冠である秋華賞《しゅうかしょう》の「秋」の後に、桜花賞《おうかしょう》の「桜」をくっつければ、「樫埜秋桜」というゴリゴリな競馬ネーミングの出来上がり。

よかれと思って命名したお父さんは、「将来の三冠女性ジョッキーの誕生や！」とうっきうきだったらしい。

それから時が流れ十数年後、彼の夢は見事に叶った。

自分の名前が嫌でも異質だと気付く中学以降、娘から口をきいてもらえないという大きすぎる代償を払いながら——今、お父さまの胸中を満たしているのはうれしさだろうか？　それとも、悲しみなのだろうか？　ちょっと気になるところだ。

ともあれ、デビューするや否《いな》や、有名人の仲間入りを果たした秋桜は、上総厩舎に所属することになった——初めて、そのことを聞いた時は、うまくやっていけるかと心配だったけど、元気でやっているようで安心した。ちょっと、元気すぎる節があるけれど。

颯太は、にらみ合いを続ける秋桜と鉄魁をながめながら苦笑をこぼす。

すると、流行のメイクに彩《いろど》られた双眸《そうぼう》が、気配を察したようにこちらを射た——一瞬にして秋桜の目が、きれいなまんまるになる。

「えっ、うっそ⁉　なんで、颯太……先輩がこんなところにいるんですか⁉」

「ひ、久しぶり……」

――今、呼び捨てにしかけませんでした……？

秋桜は遊びがいのあるおもちゃを見つけたように颯太へ駆け寄ると、その肩を遠慮なくばんばんと叩《たた》いた。

「あははっ！　この叩き心地は本物の先輩ですねー！」

「なんで、美味《おい》しいスイカを見分けるような覚え方なの？」

「記憶に残らない、ぬるっとした顔に生まれた先輩が悪いんですよ♥　そんなことより、先輩、元気でしたかー？」

さらっと畜生発言をして、秋桜は長い髪をふわふわと躍らせて笑う――いつものことだけど、こいつと絡《から》んでると「先輩ってなんだっけ？」現象に陥《おちい》る。まぁ、競馬学校にいたころから、この後輩は俺を死ぬほど舐《な》め腐ってたけどな！

「あ、あぁ、俺はなんとかぼちぼちやってるよ。秋桜も元気そうでよかった」

「いやいや、全然元気じゃないから。先輩、聞いてくださいよぉ。毎日、ジジイの相手をしなくちゃだからホーントだるくて。あたし、えらくないですかー？　ほめてくださいよー！」

「お、お前、上総先生の前で……⁉」

「いわれたら、はよほめろや。ボンクラ」

——急にヤクザみたいな顔になるのやめて、ホント。

「え、えらいぞー、秋桜」

「えへへー、でしょー♥　あたし、えらいんですー♥」

ジェットコースターみたいな情緒で満面の笑みを浮かべる秋桜を前にして、颯太は懐かしい感覚を覚える——競馬学校でも顔を合わせれば、終始こういうノリだった。こいつのインファイトダル絡みは面倒くさいものの、どうしても無下《むげ》にできない。

そう、悔しいけど、この小生意気な後輩はなんだかんだかわいいのである。

「そいえば、先輩、なんでうちの厩舎にきたんですかー？」

「あぁ、それはだな——」

「——そこからは、私が説明しよう」

まだ、しゃべり足りなそうにしている後輩の背後から、低く轟くような声が聞こえてくる。

颯太の前へ悠然と進みでてきたのは、いうまでもなく鉄魁だった。

「我が厩舎にようこそ。君の活躍はかねてから聞いているよ、風早騎手。せっかく、足労をかけたのに、見苦しいところを晒《さら》してしまいすまない」

「い、いえ、お気になさらずに……」

「それで、そちらの女性はどなたかな？　うちは部外者の立ち入りを許可してないのだが？」

鉄魁は、颯太の肩越しに聖来へ一瞥《いちべつ》をくれる。

若い女性なら怯《ひる》むくらいのプレッシャーがあるのに、社交界を経験してきたお姉さんはものともせず優雅にお辞儀を返した。

「初めまして、上総先生。わたしは美作《みまさか》聖来といいます。本日は、お招きいただきありがとうございます」

「あの！　聖来さんは金武厩舎がお世話になってる方で――ほ、ほら！　今年のアルテミスステークスの勝ち馬を所有している馬主さんです！　金武先生から、一緒に厩舎へうかがう許可をもらったと聞いていたのですが――」

「あぁ、なるほど。あなたが、あのセイライッシキの――失礼した。清十郎から話は聞いている。馬しか見るものがないところだが、ゆっくりしていくといい」

「恐れ入ります」

鉄魁の武骨な言葉に、聖来は麗《うるわ》しい所作で頭をさげる。

火種の一つが解消されたことで、颯太はやっと本題に入ることができた。

「今回は、調教のご依頼ありがとうございました。上総先生、よろしくお願いします」

「あぁ、期待させてもらおう――私が課す審査に耐えられるかを、ね」

「おいこら、ジジイ！　こっちの話が終わってないのに先輩を独占すんな！」

――秋桜ちゃん、穏便にぃぃ！　審査の目が厳しくなっちゃうでしょうが！

「むっ。まだ、さえずっていたのか。お前は、もういい。目障《めざわ》りだから仕事に戻れ」

「ふっざけんな！　そういうわけにいくか！」

秋桜は息をするように暴言を吐くと、颯太へ助けを求めるような視線を送った。

「先輩、ひどいんですよぉ！　あたし、このジジイからキ、ジ、ョ、ハ、ラを受けてるんです！」

「き、キジョハラ……？　初めて聞く言葉なんだが……？」

「騎乗ハラスメント。競馬サークル内でしか通用しないワード⁉」

「なにその、競馬サークル内でしか通用しないワード⁉」

――一般に、浸透してるみたいに使うのやめてくれる⁉

驚く颯太を尻目《しりめ》に、秋桜はひどく立腹した様子で馬房を指し示した。

「ねぇ⁉　先輩ならど、っ、ち、に乗りたいですか⁉」

「どっち……？」

颯太の目の前には、二つの馬房が並んでいた。

まず、左の馬房に目をこらした瞬間、身じろいだ生き物の迫力にのけ反ってしまう。

そして、それは後ろで見ていた聖来も同じだったようだ。

「も、ものすごく体の大きい子ですね……!!」

聖来の言葉を受けて、颯太は口をあんぐりと開けたまま頷《うなず》く。

馬房の中で颯太たちを静かに見つめていたのは、重戦車のごとき巨漢の牡馬《ぼば》だった。

大きすぎて、自然と見上げてしまう常識外れのサイズ——背中のゆるやかな稜線の頂点に位置する「き甲《こう》」と呼ばれる部位が、颯太の背丈のはるか上にある。

これほどの大型馬となると、美浦でも珍しい——ぱっと見、ばんえい競馬でソリを引く「ばん馬」みたいに見えるもん……。

暗めのこげ茶色が強くでた鹿毛《かげ》の肉体は、なにが詰まっているんだろうと思うくらいパンパンにふくれあがっていた。額から鼻まで一本の大河みたいに流れる幅広の流星と、その豊かな体つきのせいか時折、牛に空目《そらめ》してしまいそうになる。

「どうだ、壮観だろう？　馬名はグラヴィスニーナ。私はグラヴィスと呼んでいる——驚くかもしれないが、これでまだ2歳の牡馬だ」

「新馬なのに、この体つきを……!?」

鉄魁の言葉に、颯太は仰天する——これから、さらに大きくなるってのかよ……!!

それと、同時に芽生えたのは騎手として当然の興味だった——果たして、この重戦車のごとき馬を本馬場へ解き放ったら、どんな走りを見せてくれるのだろう、と。

そんな妄想を覚ますように、耳にきんきんする声が飛んできた。

「あたしはグラヴィスと組みたいっていってんのに、このジジイはこっちの子に乗れっていうんですよ!?　こんな勝てなそうな馬に!!」

秋桜が隣の馬房を指差したものだから、颯太の視線もそちらへ誘導される。

明るい色をした栗毛《くりげ》の牝馬だ。うさぎのように黒目がちの瞳《ひとみ》に、たてがみは漆黒のサラサラヘアー――文句なく、かわい子ちゃんだ。

ただし、これらの美点も、いの一番に目へ飛びこんでくる個性と比べれば印象が薄くなる。

この子が誇る一番のチャームポイント――それは、驚くほど体が小さいのだ。

厩舎で働いてきた颯太の目から見ても、記憶にないくらい小柄な馬だ――この馬体だと、体重は余裕で400キロを切っているだろう。あんまりちんまりしているから、馬房が広く見えるもん。騎乗するとしたら、体重をかけるのが申し訳なくなるレベル。

巨漢馬のお隣は、超ミニマムな女の子ときたか――まさに、でこぼこコンビというやつだ。

そこで、颯太は目の前の牝馬を評する最適な言葉を思いついた。

「なんか、ポニーみたいな馬だな」

「ポニーとか、いわないでくれます⁉　スターゲイザリリーっていう立派な馬名があんの！」

「す、すまん！　スターゲイザリリーちゃんな！」

癇《かん》に障ったのか、秋桜が肩を怒らせ指摘してくる――確かに、レースで騎乗する馬を「ポニーみたい」と評されるのは心外かもしれない。

すると、スターゲイザリリーの愛らしいルックスに、聖来も黄色い声をあげた。

「でも、とってもかわいらしい馬ですね」

「かわいいいだけじゃ勝てないいの！」

「お、おい、秋桜！」

颯太にいさめられて初めて、秋桜は聖来へ噛《か》みついてしまったことに気付いたようだ――攻撃的だった仕草から、さっと血の気が引いていく。

「す、すみません……。馬主の方に失礼なことをいっちゃって……」

「いいえ、構いません。こちらこそ、軽率な発言をしてしまい失礼しました」

恐縮して何度も頭をさげる秋桜に、聖来は優しく微笑みかける。

そんな様子を見つめながら、颯太は秋桜の反応に違和感を覚えていた。

元々、秋桜は馬の外見だけで実力を判断するような騎手じゃない。どんな勝ち目が薄いサラブレッドを任されようと、最善の騎乗を決して諦《あきら》めなかった――さっきのふるまいは、競馬学校で見てきた「樫埜秋桜」という少女のイメージとは、あまりにかけ離れている。

「と、とにかく！　こんな小さい馬で出走しても勝てるわけないのに、このジジイが騎乗しろってきかないの！　あり得なくないですか⁉　あたしに恥かいてこいっていってるようなものじゃん！」

「見た目に囚《とら》われるなと、何回いわせるつもりだ。リリーは確かに競走馬としては極《きわ》めて小柄だが、非常に高いポテンシャルを秘めている」

「ぜっっっっったい嘘《うそ》！」

「ならば、お前に乗せる馬はいない。なにより、グラヴィスには先約がある――仕事がないならば、その貧相な体を鍛え直してろ」

「〜〜〜〜〜〜〜〜〜〜〜〜〜〜〜〜〜〜〜〜ッッ‼　っっっっっとにあり得ない！　セクハラ！　セクハラ！　セクハラクソジジイーーーーーーー！」

秋桜は自分の控えめな胸を隠すように腕を回しながら、涙目になって憤慨する。

そのやりとりで、颯太にもなんとなくこのいざこざの理由が見えてきた。

そして、自分に危機が迫っていることもーー
「ってかさ、グラヴィスに先約があるっていっておきながら、具体的な騎手の名前はでてこないじゃん！　どうせ、それも嘘なんでしょ⁉」

「それは、見通しが不透明だったからだ。だが、ひとまずは確定した。グラヴィスの鞍上《あんじょう》は、お前の目の前にいる騎手だ」

話の流れが、非常にまずいーーすでに、颯太の背筋には嫌な汗がにじんでいた。

「では、風早騎手。さっそくグラヴィスに稽古をつける準備を」

ーーやっぱりぃぃぃぃぃ⁉

突然の裏切りにあったように、秋桜は今にも泣きだしそうな目で「きっ！」と先輩をにらんだーーなおかつ、手の内にあったステッキを力一杯ふりかぶる。

瞬間、颯太は3秒先の未来を見てしまった。

「ぐすっーー先輩のばかぁぁぁぁ‼」

「あ、あぁ!? ステッキでぺちぺちしないでぇぇ!?」

美少女ジョッキーからステッキの乱舞を頂戴《ちょうだい》する——熱狂的な秋桜ファンには、垂涎《すいぜん》のシーンだろう。

だけど、颯太にとってはたまったものじゃない——さすが、騎手だけあってスナップが利いておる!? 痛い!! 痛いってばぁぁ!!

上総厩舎の武者修行は、波乱の幕開けになったのだった。

第２Ｒ 巨匠の審判を突破せよ

「重ねて申し訳なかった、風早《かざはや》騎手。あの凶悪なじゃじゃ馬には、私も手を焼いているのだ」

「いえ、いいんです……。俺《おれ》も悪かったんですから……」

ひと悶着あった後――上総《かずさ》厩舎《きゅうしゃ》の中庭で、颯太《そうた》は鉄魁《てっかい》と会話を交わしていた。

間もなく、厩務員《きゅうむいん》が馬装を施したグラヴィスニーナを連れてくる手筈《てはず》になっている。

それなのに、颯太はひどく浮かない顔でお尻をさすっていた――まだひりひりする……。

絶対、ステッキの形に赤くなってるって……。

すると、鉄魁は耐えきれなくなったように、トレードマークである首元のタオルで口元を隠す――あんれぇ？　上総先生、笑ってなあい？

そう思えど、さすがに大先生相手に指摘する度胸はない。

「秋桜《こすもす》を預かった日から、ずっと頭痛の種なのだ。競馬学校は、あの子になにを教えてきたのだ、まったく……」

言葉こそ厳しかったものの、その声は親が子供の身を案じるような響きも含まれていた。

「いらぬ話は、これくらいにしておこう――主役たちが、きたようだな」

その言葉に、颯太の視線も厩舎側に向けられる。

厩務員に引かれながら、足並みをそろえてこちらへ歩を進めてきているのは、馬装を施されたサラブレッドたちだった。

その中に、スターゲイザリリーの姿もある。

こうして他の馬と並ぶと、その小柄さがより際立《きわだ》つ——前に馬が歩いていると、その影に全身がすっぽり隠れてしまうくらいだ。大人の中に子供が混じっているみたい。

スターゲイザリリーは担当厩務員のエスコートに従いながら、ぴょんぴょんと弾むように歩いている。

目を見張るような素軽さだった——破格の低体重がなせる業なのか。ともかく、特徴的なステップを踏む子だ。

そして、スターゲイザリリーは、待ち人の前で立ち止まった——主戦騎手である秋桜の前で。

ジョッキーベストと、ヘルメットを身に着けた仕事着姿の秋桜は、あからさまにご機嫌斜めだ——厩舎での遺恨が、ちっとも晴れていないことは一目瞭然だった。

秋桜は厩務員の補助を受けて、スターゲイザリリーへ騎乗しようとする。

秋桜がいささか無遠慮に鞍《くら》へ腰をおろすと、スターゲイザリリーは耳を立て驚くような素振りを見せた。

東の巨匠は、そんな弟子の不手際を決して見逃さない。

「秋桜！　小柄なリリーへのコンタクトは、他の馬以上に神経を使えと何度いわせるつもりだ！　お前の体重が、リリーの何割に達していると思っている⁉」

「うっさい！　わかってるっつの！　ってか、女の子に体重のことをいうな、デリカシー未勝利クラスジジイ！」

定番になっている口答えをかまして、秋桜はスターゲイザリリーの乗り運動を始める。

「まったく、世話が焼けるやつだ。私が早死にしたら秋桜のせいだと思ってくれ」

「は、はは……」

笑っていいところなのか、すごく困るラインだったので颯太は半笑いにすがる。

「リリーは早々に1勝をあげた素質ある新馬だというのに、秋桜はその力を信じようとしないのだ」

「そ、そうだったんですね……」

この時期に1勝クラスに昇格した2歳馬となると、かなり優秀な部類だ――上総先生は、本気で秋桜を勝たせたいのだろう。当の秋桜はハズレくじ引かされたと思っているようだけど。

これほど、親心がすれ違いを起こしていることも珍しいと颯太は思う。

おそらく、鉄魁自身が多くを語らない昔気質の人間であるため、秋桜と意思疎通がとれてないのだろう――調教師と所属騎手というよりは、段々と不器用な父親と反抗期の娘みたいに見えてきた。

「——さて、次は君の番だ。パートナーが間もなく到着するぞ」

その貫録を感じさせる低い声音《こわね》に、颯太は我に返る。

目の前では重戦車のごときサラブレッドが、悠然と歩み寄ってきていた。

——間近にすると、一段とでかいな……!!

さすがは、巨漢馬——鼻先が、人間のおでこと同じくらいの位置にある。ものすごい鼻息で、颯太の前髪がひらひらと舞いあがった。

「どうした、風早騎手？　仕事に取りかかってもらわないと困るぞ」

「す、すみません……!!」

颯太は慌てて、グラヴィスニーナに騎乗しようとしたものの——

「待ちたまえ。なにをやっているのだ、君は」

「え？　なにって、グラヴィスに騎乗しようとしてるんですけど……」

そういうと、鉄魁は粋《いき》を理解できない青二才をたしなめるように首をふった。

「早まるな、青年。騎乗する前に、しなければならないことがあるだろう——さぁ、見、見つめ合うのだ」

「——は？」

「聞こえなかったか？　私はグラヴィスと見つめ合えといっているのだよ」

生まれて初めて受けた指示に、颯太は戸惑いを隠せない。

だけど、鉄魁に冗談をいっている素振りはない――それどころか、巨匠の目は創作に燃える芸術家のごとく情熱を帯びていき、口にする言葉は過剰なほど詩的になっていく。

「まずは互いの相性《あいしょう》を知らなければ、騎乗というこの世で最も繊細な共同作業などできないだろう？　ちなみに互いの姿を瞳《ひとみ》に映した結果、君とグラヴィスが恋に落ちなければ、騎乗依頼はご破算とさせてもらう――私を落胆させてくれるなよ、風早騎手」

「恋……？　ご破算……？」

宇宙外生命体と対面したかのような衝撃で、颯太は鼓膜に引っかかった単語を呻《うめ》くことしかできなかった。

この際だから、はっきりいわせてもらおう――この人は、常軌を逸している。

なぜ、鉄魁が東の巨匠と呼ばれ、騎手たちの間で恐れられているのかわかってきた――上総先生は競馬に対する独特の感性を持っているがゆえに、飛びだす言葉がアーティスティックすぎて上手《うま》く相手に伝わらないのだ。

「――どうした？　なにをぐずぐずしている？」

騎手がフリーズしたせいで待ちぼうけをくらったグラヴィスニーナは、担当厩務員に顔を寄せてじゃれついていた。

でも、動揺するのはここまでだ――颯太はかすかにいらだちをにじませた鉄魁の言葉を聞きながら、自分にいい聞かせる。

――だって、俺が望んでいたのは、騎手として成長できる環境なのだから。ならば、理解できないものであふれる上総厩舎は格好の修行場だろう。

それに、騎手である自分がいて、目の前には仕えるべきサラブレッドがいる――どんなに文化が違っても、どれだけやり方が異なっても、その事実だけは変わらないのだから。

いつの間にか、颯太の心は落ち着きをとり戻していた。

正直なところ、どうするべきかわからない――だけど、颯太は疑《うたぐ》りの気持ちを捨てて、新たなパートナーを真《ま》っ直《す》ぐに見据えた。

初めは、不思議なほど視線が合わない。

グラヴィスニーナはそよぐ風や、木立《こだち》から飛び立った鳥へ注意を払っている――誰《だれ》よりも近くにいるはずの騎手には、ちっとも興味を示さない。

やがて、隣につき添っていた担当厩務員が空気を読んで、無理やりグラヴィスニーナの意識を颯太へ向けようとする。

本来なら、とてもありがたいことだけど――颯太はその善意をさえぎった。

「――ありがとうございます。でも、この先は俺自身にやらせてください」

まだ曖昧《あいまい》だけど、なんとなくわかってきた――風とターフという純粋な世界で生きるサラブレッドにとって、今の俺は散漫すぎて理解し難《がた》いのだ。

だからこそ、彼の瞳に映らない。

よその厩舎にお邪魔した緊張や、東の巨匠に試されるプレッシャーで、希釈されていた自分の欠片《かけら》をかき集め、「風早颯太」という存在の密度を高めていく。

考えてみれば、笑ってしまうほど簡単なことだった。

サラブレッドが瞳に映すのは、人間がとり憑《つ》かれがちな過去でも未来でもなく、今、こ、の、瞬、間だけなのだから――だったら、虚飾も卑下もかなぐり捨てた、１００％の俺で向き合わなくちゃ失礼だろ。

いつの間にか、颯太の眼差《まなざ》しには、ゆるぎない芯《しん》が通っていた。

すると、次の瞬間、グラヴィスニーナとぴたりと目が合う――まるで、「あっ、そこにいたんだ」と気付いたように。

「待たせてごめん。やっと会えた」

応《こた》えるように颯太が告げると、グラヴィスニーナは自らの意思で一歩前に進む――担当厩務員は手から離れていく愛馬の姿を、ぽかんとした顔で見つめていた。

グラヴィスニーナが挨拶《あいさつ》をするように顔を寄せてきたので、颯太は鼻先を愛撫してあげる――大型馬だけあって体高があるから、いつもより高く手を伸ばさなければならなかった。

すると、隣からねっとりした声があがったのだ。

「ナイスカッポウ」

「…………………」

いっている意味がわからなかったけど、鉄魁が名画を堪能《たんのう》したようにご満悦だったので口をはさまないことにした。

「古来より伝わる秘密の呪文《じゅもん》を違《たが》えることなく唱え、サラブレッドに心より仕える敬虔なホースマンには奇跡が授《さず》けられる――さぁ、風早騎手、この世で最も神聖な場所に身をおくのだ。君にはその権利がある」

颯太の頭の中で構築されつつある、鉄魁語録翻訳機がカチカチと稼働する。間もなく、翻訳が完了した。それによると、「よくやったから、騎乗していいぞ」とのこと――一言で済むやんけ！

声にだしてツッコみたくなるけど、颯太はすんでのところで言葉をのみこむ。

鉄魁の言葉は無暗に難解で頭が痛くなるけど、間違ったことはいっていない――さっきの合コンで行われてそうな謎《なぞ》フィーリングゲームも、やらないよりはやったほうがグラヴィスは安心して騎手に背中を委《ゆだ》ねてくれたはずだ。

変わり者だけど、噂《うわさ》通りのすごい先生なんだ――颯太は東の巨匠と畏怖《いふ》された男の偉大さを再認識する。

「それでは、騎乗させてもらいます」

「それを、我が厩舎ではテイスティングタイムというのだ――早摘みの初心《うぶ》な果実に、歯を立てるかのごとく繊細に頼む」

さっそく、自分の判断に迷いが生じる――やっぱり、この人、変態馬おじさんなのでは？

担当厩務員に補助してもらって、颯太はグラヴィスニーナの背中に騎乗する。

ファーストコンタクトの瞬間――セイラに初めてまたがった時とは、まったく異なる感覚を覚えた。

背中が標準的なサイズの馬と比べて一回り広い。

セイラの場合は鞍のどこかに、自分の体重を預けるとすべてのバランスが整う箇所――スウィートスポットというべきポイントがあるのだけど、グラヴィスニーナはどこに腰をおろしても安定している。

四肢は根が張った大樹のように馬体を支え、颯太が騎乗しても慌てず騒がずどっしりと構えていた。

――同じ馬なのに、こんなにセイラとタイプが違うとは……!!

やはり、サラブレッドとは奥深い――それを痛感しながら、颯太は馬上から鉄魁に言葉をかけた。

「上総先生、今日はこの子に、どんな稽古を？」

「ふむ。グラヴィスも1勝クラスの馬だ。夏競馬を経て、今は2勝目をあげるための仕込みを行っている――君はそのような状況下で呼ばれたことを、まずは認識してほしい」

颯太はしかと頷《うなず》いた――なるほど、この子もリリーと同じく前途有望な馬というわけか。

さすが、強豪厩舎だけあって、勝ちあがり済みの2歳馬を多く抱えているようだ。このゆるい体つきのまま、レースを勝ったなんてちょっと信じがたいけど。

鉄魁はアンティーク品の価値を見定めるように、グラヴィスニーナの豊かな馬体を観察しながら——

「今日のグラヴィスの体調は申し分ないようだ。彼には存分に体を動かしてもらうとしよう」

「……ということは、坂路《はんろ》ですか？」

「いや、通常の馬場で行う。ペースはそうだな、15—15で頼めるだろうか？」

「——え？」

聞き間違いを疑って、颯太は素《す》っ頓狂《とんきょう》な声をあげてしまう。

調教師から15—15という指示を受けたのなら、それはすなわち1ハロンを15秒で走らせてほしいということだ——ペース的には馬《うま》なりと呼ばれる軽い調教であり、非常にポピュラーな稽古でもある。

もちろん、颯太も騎手として、15—15の意味は熟知している。

それなのに、これほど唖然《あぜん》としているのは、破天荒極《きわ》まりない調教師の先生から常識的すぎる注文が入ったからだった——これじゃ、肩透かしもいいところだ。

「あぁ、ラスト1ハロンは強めに追ってほしい。ただし、ほんの少しだ。ゆるい馬体から、ルネサンス期の彫刻のごとく美しいラインが出現するまで、薄皮を一枚ずつはがすようにしぼっていきたいのでな」

「わ、わかりました。そのように走らせます」

予想以上に容易《たやす》いオーダーを頭にインプットして、手綱をさばこうとすると――

「――待て、風早騎手。話はまだ終わっていない」

「は、はい？　なんでしょう？」

「稽古をつけた後、君が鞍上《あんじょう》という特等席で鑑賞したグウラヴィスの世界観を、私に語って聞かせてほしい」

「えぇっと、上総先生、世界観というのは……？」

「サラブレッドが幸福な馬生《ばせい》を全うするために、生まれ持った素質のことだ。例えば、その馬がどんなコースを走らせるべきで、どのような美点があり、どんな欠点が存在するのか――そんなことを、君が感じたままに教えてほしい」

「な、なるほど……」

わかったような、わからないようなもやもやとした心地になる――だって、そういった馬の特徴は、管理している調教師の先生こそが最も把握しているはずでは……？

颯太が首をひねっている間、東の巨匠がついにその異名に違《たが》わぬ牙《きば》をむいたのだ。

「君が語らった世界観と、私が抱く世界観に致命的な相違があれば――悪いが、調教は今日限りの話とさせてもらう。グラヴィスの鞍上には、別の騎手を探すことになるだろう」

「なっ……⁉」

突然のことに、颯太は青ざめてしまう。

騎手がそのサラブレッドに初めて騎乗する――いわゆる、「テン乗り」で調教師と同レベルの馬の理解を求められるのは、かなり厳しい要求だ。

「私は同じ世界観を共有できるホースマンとしか、仕事をしたくないものでな」

鉄魁の美しいものしか認めないような鋭い眼光に晒《さら》され、思わず身震いが走った――今、まさに俺は挑もうとしているのだ。多くの騎手を門前払いしてきた、巨匠の審判に。

だけど、気持ちが怯《ひる》んだのは、ほんの一瞬だった。

「承知しました。俺の持てる限りを尽くします」

「若々しく、よい返事だ。長い付き合いができることを期待しているよ、風早騎手――さて、美しいものを目撃しにいこうか」

そう口にすると、鉄魁はグラヴィスニーナのボリュームある臀部《でんぶ》へぱんと平手を打った

――それは、調教への出立の合図だ。

颯太がグラヴィスニーナに扶助《ふじょ》を送ろうとすると、それまで、邪魔にならないよう遠巻きに見守っていた聖来《せいら》が駆け寄ってきた。

「颯太くん、わたし、調教スタンドで応援してますからね！」

「はい、ありがとうございます。頑張ってきます」

颯太はグラヴィスニーナに合図を送り、南馬場へ向けて常足《なみあし》で発進させた。

他の馬も上総厩舎から続々と出発していく――颯太の前には、秋桜とスターゲイザリリーのコンビが歩を進めていた。

スターゲイザリリーの尻尾《しっぽ》と、秋桜のポニーテールがシンクロするようにゆれる――そんな光景をながめながら、颯太は課せられた難題について考えを巡らしていた。

「世界観ねぇ、どうすっかなぁ……」

鞍上のつぶやきに反応するように、グラヴィスニーナがぴんと耳を立てる。

しかも、颯太を気にする素振りを見せながら――優しい子みたいだ。

「ごめん、ごめん。こっちの話。お前は気にしなくていいよ」

颯太は、新パートナーのたてがみを愛撫してやる。

今のところ、グラヴィスニーナは、手綱にちゃんと従う素直な子という印象しかない。

性格は、随分とのんびり屋さんのようだ――扶助を怠ると途端にのっそりと歩くから、ぴょんぴょんと跳ねるように進むスターゲイザリリーにおいていかれそうになる。

鉄魁が言及していた美点や欠点は、今のところ見えてこない。

「こりゃ、ぶっつけ本番の勝負になるな」

でも、それは当然の話だ――サラブレッドの真価は共に走らなければ、知ることは叶《かな》わないのだから。

束の巨匠の信用、さらにグラヴィスニーナの騎乗機会を勝ちとるための試練が間もなく始まろうとしていた。

小さな円形状の馬場でグラヴィスニーナのウォーミングアップを済ませた颯太は、調教を行うべくコースに入っていった。

――ウッドチップコースか……。

颯太は、鞍上から木片が敷き詰められた道を見おろす――南馬場の最も外側をとり巻くため、最長を誇る2000メートルのコースだ。

グラヴィスニーナと併せる予定の僚馬《りょうば》2頭が、ラチの切れ間からウッドチップコースへ入っていく――一番後ろを歩いていた颯太は、その様子をながめながらゴーグルの位置を正した。

そして、相棒にダクを踏ませてから、グラヴィスニーナをキャンターにおろす。

ウッドチップコースへ元気よく飛びだしたグラヴィスニーナは、先行する僚馬をにらみながら順調に加速していく――にわかに、騒ぎだした冷たい風が頬《ほお》を切った。

だけど、寒いという感覚はない。頭の中から雑念が削《そ》がれ、ただ目の前の使命に没入していく――鞍上で腰を浮かした颯太は、素早くモンキー乗りの体勢をとった。

先行の2頭は間隔をとりつつも、きれいに隣り合いながらコースの外側を駆けている。

さすが、強豪厩舎だけあって乗り役のレベルが高い――颯太とグラヴィスニーナは、スペースを空けてもらったインに進路をとって追走を開始した。

想定通りの並走フォーメーションが完成する――さぁ、調教開始だ。ここからは、一瞬たりとも気も抜くことは許されない。

そう意識しながらも、颯太は初めて体験するグラヴィスニーナの走りに夢中になっていた。

――おぉ、すげぇ!!

さすが、大型馬だけあって、一完歩のストライドが大きい。

だからなのか、脚はゆったり動いているように見えるのに、想像以上に前へ進んでいる。

しかも、筋量が豊富な後肢が地面を蹴《け》るたび、前方へ弾《はじ》き飛ばされるような勢いを感じた
――スピードに乗ったすさまじい質量によって、空気が吹っ飛ぶように道を譲っていく。

ストライドが大きい馬特有の、断続的に推進力の大波がやってくるような新相棒のギャロップを感覚に叩きこむ。

馬上の衝撃を受け流すタイミング、そして、グラヴィスニーナが躍動するリズムとマッチするように微調整を加え、颯太は鞍上で最も空気でいられる身のこなしを見つけようとする。

その甲斐あって、グラヴィスニーナは気持ちよさそうにギャロップで駆けていた。

いや、決めつけは危険だ――颯太は自分にいい聞かせる。テン乗りは、初対面の馬と呼吸を合わせるため、最後までなにが起こるかわからないのだから。

そして、もう一つ、注意しなければならないこと――それはタイムだった。

——ここからは上総先生の指示通り15—15でいくぞ、グラヴィス！

コース脇《わき》に立つハロン棒を通り過ぎた瞬間、颯太は体内時計をスタートさせた。

重戦車のごときギャロップとシンクロしながらも、頭の冷静な部分で秒数をカウントしていく。

ゴーグル越しの視界に、次のハロン棒が刻々と迫ってきていた。

そして、今まさに通過——体内時計では、およそ15秒。これなら、文句はないはず！

グラヴィスニーナのペースは依然として安定している。

順調な滑りだしのはずなのに、颯太の顔に安堵《あんど》の色はなかった。

そう、ここからが僚馬を加えての集団調教であることの難しさがでてくる。

隣の乗り役たちの手元がにわかに動き始める。それに呼応するように、アウトコースを駆けていた僚馬のペースがあがった——グラヴィスニーナを引き離していく。

サラブレッドはレース中に騎手の意志に関係なく脚を速めたり、ゆるめたりすることがある。

その要因の一つが、共に走る馬のペース変化だ。

他馬に追い抜かれると、誰よりも速いことを信奉する細胞が沸騰し、騎手と一緒につくりあげてきたペースを放棄することがある。

その本能的な衝動を御《ぎょ》するのが、騎手として最も難しい仕事の一つだ。

そして、今この状況こそが、15—15のペースが崩れる危機に直面しているといえる。

単走ならば、問題なく走れるという馬はトレセンにたくさんいる。

だけど、あえて複数馬を併せ、本番を想定した過酷な状況下での調教を課すことで、サラブレッドの走りは強靭さを増していく。

颯太は試練の時に備えて、ぬかりなく身構えた。しかし――

――ま、マジか……!?

片時も油断できない鞍上で、颯太は口をぽかんと開けてしまう。

そのくらい、驚くべきことだった――僚馬たちからおき去りにされたのに、グラヴィスニーナは自然体で走っているのだ。

――いや、それどころか、これは……!?

次の目標だったハロン棒を通り過ぎた瞬間、颯太の予感は確信へ変わった――この１ハロンの走破タイムも、15秒だったのだ！

この区間に関しては、颯太はなにもしていない。

いや、こういってしまえば語弊《ごへい》がある――もちろん、グラヴィスニーナが熱くなってペースを崩す素振りを見せれば、技術を総動員して対応するつもりでいた。

だけど、颯太にその必要はなかった――グラヴィスが、鉄の掟を守るかのごとく不変のラップを刻んでいたから。

こんなにも周囲に影響されず、一定の速度を貫ける新馬がいるなんて信じられない。

度を越したマイペースなのか、穏やかすぎる気質なのか――表現に迷うところだけど、ともかく、颯太の理解の埒外《らちがい》にあるサラブレッドなのは間違いなかった。

――こんな馬もいるのか……!?

生まれて初めて出会うタイプの素質に、颯太は度肝《どぎも》を抜かれる。

だけど、すぐさま騎手の顔へ戻った――俺は驚くために、ここに座ってるわけじゃない！

いつの間にか、調教は大詰めであるラスト1ハロンというところまで進んでいた。

激震する馬上で手綱を短く持ち替えながら、颯太は己《おのれ》の使命を思い起こす。

そう、東の巨匠から託《ことづ》かったじゃないか――ラスト1ハ、ハ、ハ、ハロンは強めに追ってほ、ほ、ほしい、い、い、と。

鐙《あぶみ》に乗せた足先から膝《ひざ》の部分で馬体を、より強くはさみこむ。

それは、颯太なりの相棒に向けたサインだった――ここから先は馬なりじゃいけないぞ、と伝えるために。

「――いくぞっ、グラヴィス!!」

全身を使って、グラヴィスニーナの追いだしを開始する。

もし、騎乗しているのがセイラだったら、異常なまでの反応速度で瞬く間にトップスピードへ駆けあがっただろう。

しかし、テン乗りは、やはり颯太が思い描いた通りに進まなかったのだ。

「ッッ――!?」

颯太は、未体験の感覚に体を強張らせる――いくら追えども、グラヴィスニーナにスピードをあげる気配がないのだ！

――どうした、グラヴィス……⁉　セイラだったら弾けるように加速するのに……⁉

不測の事態に襲われた颯太は、混乱しながらも一つの仮説に辿《たど》り着く――グラヴィスは同じペースを貫いていたのではなく、ギアチェンジが苦手な馬なんじゃないか……⁉

そして、先行する僚馬の乗り役が、こちらへ含みのある視線をよこしたのを見て、颯太は不安が的中したのだと知る。

――そういうことかよ……‼

考えてみれば当たり前の話だった。

騎手の指示を素直に聞く優等生の馬ならば、わざわざ別厩舎に騎乗依頼を回すはずがない――なんらかの、大きな欠点を抱えているはずなのだ。

だからといって、このまま漫然と騎乗してもどん詰まりなのは明らかだ。

調教師のオーダー通りに稽古をつける――今この瞬間、騎手として求められる結果はそれだけだ。プロとしてやれることを、やらないでどうする！

颯太は絶望的な手応えのなさも構わず、余力をふりしぼるようにグラヴィスニーナを追いだしにかかる。

ステッキで打たないのは、ささやかなプライドによるものだった――馬の声もろくに聞かずに、力と恐怖で解決しては信頼関係は築けない。

汗だくになって、肉体を酷使する颯太の脳裏《のうり》に過《よぎ》ったイメージは――閉ざされた巨大な石門を、こじ開けようとする自分の姿だった。

「グラヴィスを追いだした経験のある騎手は口々にいうのだ――まるで、重い門を押し開けようとしているかのようだ、と」

「――え？　上総先生、今なんておっしゃいましたか？」

南馬場を見渡す調教スタンド――そこで、鉄魁は己の情熱を注ぐ管理馬と、その鞍上で苦心する若き騎手を双眼鏡でながめていた。

突然の一言に、隣で付き添っていた聖来は眉根《まゆね》を寄せる。

だけど、鉄魁にはこれ以上、言葉を尽くす気はないようだ――ただ、重苦しい息を一つ吐き、もう見るべきものはないといわんばかりに双眼鏡から目を離した。

――清十郎《せいじゅうろう》がほれこんだ原石だと聞いていたから、どんな才覚を見せつけてくれるかと思っていたが、えらく失望させてくれる。

最年少ダービージョッキーという称号に手が届いたのだから、凡夫の群れに埋もれない程度の素養は生まれ持っているのだろう。

確かに、年齢の割にそこそこ乗れるのも認める。

だけど、それだけに過ぎない――馬上で繰り広げる彼の表現から、審美眼を震わすほどの高揚を覚えなかった。

名画の贋作《がんさく》を断罪するように、鉄魁は非情な評価をくだす。

「風早騎手を信頼しているオーナー殿の前で、こんなことをいうのは心苦しいが――グラヴィスの鞍上には、別の騎手を探すとしよう」

その声が届いたのかはわからない――聖来は言葉もなく立ち尽くしていたから。

鉄魁は自分が口にしたはずの批評に、空々しさを覚えてしまった。

なぜなら、新馬戦でグラヴィスニーナとコンビを組んで1勝をあげたのは、あの神崎無量《かんざきむりょう》だったのだから――あの天才の代役を務められる騎手など、日本競馬界でも一人か二人いる程度だろう。

――なにも、風早騎手が無能なのではない。神崎騎手の技量が傑出しているのだ。

多忙を極める無量のスケジュールから、騎乗依頼を勝ちとるのは至難の業だということは理解している。

しかし、その苛烈《かれつ》な競争へ身を投じるしかなさそうだ――グラヴィスニーナの新たなパートナー探しに、ここまで難航している今となっては。

今後の戦略を練る鉄魁の頭には、すでに落第の印を押した騎手が居座る場所などなかった。

そんな時、不意打ちのように声が飛んできたのだ。

「――最後まで、ご覧にならないんですか？」

「……なにをかね？」

首を巡らすと、聖来が双眼鏡を構えて南馬場を見つめていた――まるで、何十年かぶりの貴重な天体ショーを、目撃しようとするかのように。

「もちろん、颯太くんと、グラヴィスニーナの調教です」

「これでも、私は調教師だ。見るべきものは見た。風早騎手は彼なりに善処したが、あの調子ではオーダー通りに強く追えないだろう。つまりは、契約不履行ということに――」

「――失礼ですが、結論をくだすのは早いのではないでしょうか？」

瞬間、調教スタンドにいたホースマンたちがざわめきだす――若く、まだなんの権威もない新興馬主が、美浦《みほ》の重鎮に反論したのだから。

それが、どれほど恐れ知らずなことであるか、聡明な聖来は理解している。

だけど、聖来にはそれほどの暴挙に打ってでても構わないと思わせるほどの、「信じるべきもの」があった――だって、双眼鏡に映る颯太は困難に直面しながら、今も光明を見出そうと必死にもがいているのだから。

アルテミスステークスの激戦を、目の当《まあ》たりにした聖来は知っている――あの表情をした颯太は、必ず想像を超えたなにかをやってのけることを。

絶大な信頼が、東の巨匠を引きとめるための言葉を口にする勇気を与えてくれた。

「お願いします。颯太くんから目を離さないでください」

その強い意志が宿った言霊《ことだま》に魅入られたように、鉄魁の足はとまっていた。

――ようやく、お前の性格がつかめてきた……!!

追いだしの動作で己の筋肉が悲鳴をあげるのを耳にしながら、颯太は胸中で叫んでいた。

グラヴィスニーナは気性のいい優等生ではなかった――むしろ、セイラと肩を並べるくらいの問題児だ。

――グラヴィス、お前はズブい馬だったんだな……!!

ズブい馬――競馬サークルでよく用いられる表現で、その意味はレースや調教で積極的に前へいこうとせず、騎手が促さなければペースをあげようとしない競走馬のことを指す。

鞍上がいくら懸命に手綱をしごいても、グラヴィスニーナはどこ吹く風で走っている――まるで、大山を動かすような途方もない無謀に挑んでいるみたいだ。

――どうする⁉　どうする⁉

相変わらず、15―15のペースで淡々と消化されていくラスト1ハロン――確実に削られていく猶予の中でも、颯太は考えることを決してやめようとしなかった。

数多のライバルがひしめくターフで生き残るため、颯太は自分のジョッキーとしての特徴を分析してきた。

騎手のタイプというのは、大まかに二つのグループに大別される——俺はどちらかというと、「アタリがやわらかい騎手」のグループに属しているはずだ。

このタイプの騎手は相棒と呼吸を合わせ、競走馬を気持ちよく走らせる技術に長けている
——だからこそ、颯太は前へいこうとする意欲の塊であるセイラと抜群の相性を誇っていた。

だけど、ズブい馬に、アタリがやわらかいだけの騎手を乗せても、なにも起こらないまま終わってしまう——今、この瞬間、俺は引きだしにないものを求められている！

それこそが、もう一方のグループに属する騎手たちが持つ強みだ。

颯太はそれらのタイプのジョッキーたちを、独自にこう呼んでいた——剛腕騎手、と。

剛腕と称される騎手たちは、その肉体を駆使した強烈な追いだしで馬を主導的に動かす。

颯太がこのタイプのジョッキーで真っ先に思い浮かぶのは、同期の氷室凌馬《ひむろりょうま》だった。

——どんな状況でも馬を追いだせる自信があるからこそ、あいつは自信を持って後方待機というリスクある戦略を採用できるんだ。

颯太は今まで闘ってきた記憶から、凌馬の騎乗を思い起こす。

そして、脳裏に焼きついたその動作をトレースするように、もう一度、相棒を追いだしにかかった。

しかし、グラヴィスニーナは頑《かたく》なにいこうとしない。

一朝一夕の技術ではないことは重々承知している。それでも、颯太は自分の動きが、ぎこち

ないという感覚はあった――今のままじゃ、なにかが致命的に足りてない！

そもそも、自分の十倍以上もの体重があるサラブレッドを、騎手が少し押しただけで意のままに操《あやつ》れるという認識が傲慢なのだ――そう、俺たちジョッキーは馬がちょっとでもいい方向に進めるよう、ささやかな帆を立てることしかできない。

颯太の中で意識が一新される。

グラヴィスニーナを自分の力で動かすのではなく、「いつもより体が軽いな。もうちょっと走ってみよう」と思わせる――たった、それだけのために持てるすべてを尽くす。

すると、颯太の献身的な追いだしに呼応して、グラヴィスニーナの走りにようやく変化が生まれた――首を低くさげ、前進気勢を強めたのだ。

風を切るスピードと馬体の揺れで、グラヴィスニーナが力強く加速したのを全身で実感する――いいぞ！　強めに追えている！

だけど、同時に颯太の感性は異変も察知したのだ。

――えッッ⁉

グラヴィスニーナの抜群の安定感を誇っていたはずの走りが、急激にバランスを崩したのだ。

飛びの大きいダイナミックな走りから、鉄槌のごとくふりおろされる前肢――全体重を乗せた一撃がウッドチップへ叩きつけられるや否《いな》や、想像を絶する衝撃が馬体を通じて鞍上までも貫いた。

颯太の本能に危険信号が灯《とも》る。

大地を揺るがすようなギャロップは、確かに破壊力満点だ――脚色《あしいろ》から、リードしていた僚馬2頭をかわすのも時間の問題だろう。

だけど、颯太は彼の個性だけが実現しうる、唯一無二の「走り」に酔えない。

いや、それどころか恐怖が勝っていた――すさまじい負荷に晒されたグラヴィスニーナの四肢が、今にも砕け散ってしまいそうで。

そう、大型馬にとってウエイトというのは諸刃の剣のようなものだ――巨漢馬はその体重ゆえに脚元を怪我《けが》しやすいということは、競馬サークルにおいては常識なのだから。

その証拠に、グラヴィスニーナは恵まれすぎた馬体を持て余しているように見える――この強度で走り慣れてないのか⁉

「くっ……‼」

颯太は難しい判断を迫られる――このまま手を抜かずに追いだし続けるか、それとも、グラヴィスの脚を第一に考えてペースをゆるめるか。

――だけど、ここでスピードを落とすと、上総先生が納得する時計にまとめられないかもしれない……‼

様々な思考が駆け巡る中、颯太は乾いた唇を引き結ぶ。

そして、逡巡《しゅんじゅん》の末――拳《こぶし》を引いて、手綱にテンションをかけたのだ。

なにかに気付いたように、グラヴィスニーナは首を持ちあげる——ウッドチップを蹴散らすかのような、重戦車の名に恥じないギャロップの勢いも和らいだ。

時計よりも、グラヴィスニーナの安全を優先する——それが、颯太がプロとしてくだした判断だった。

そして、様々な疑問と不安を抱えながら、人馬はテン乗りを走りきったのである。

「では、聞かせてもらおうか——君と、グラヴィスが初めて一つの風になった物語を」

調教スタンドに帰ってすぐ、颯太はやたら詩的に飾られた言葉に迎えられた。

芸術サロンの権威ある審査員のごとき威容で前に立つのは——上総鉄魁その人だ。

ひしひしと感じるプレッシャーに、颯太は委縮してしまいそうになる。

「いや、待て。その前に、説明してもらおうか——ラスト1ハロンの終いで、せっかくペースをあげたグラヴィスをおさえたように見えたが、あれはどういうつもりだったのかね？　私は強めに追ってほしいとオーダーしたつもりだが？」

「そ、それは……」

心臓を冷たい手でわしづかみにされたようだった——やはり、東の巨匠の審美眼は、完璧《かんぺき》を損なう欠陥を見逃さなかった。

だけど、ここで自信なく口ごもったり、嘘《うそ》にすがるのは違う気がする——断固として、俺は恥ずべき仕事をしたつもりはないのだから。

「……あれは、俺の判断でやったことです」

「――ほう」

鉄魁の怪訝《けげん》そうに細めた目が、そのまま続けろと訴えていた。

「グラヴィスが加速した時、これ以上いくのは危険だと感じたんです。だから、怖くなって手綱を引きました。まるで、成長しすぎた自分の体を、どう使えばいいか戸惑っている子供みたいで――だけど、時計は先生のご依頼通りに、まとめたつもりです」

不思議なことに一度、口を開くと言葉がよどみなくでてきた――サラブレッドにまたがっている時のように、頭がクリアになっていく。

「時計だと?」

「はい、俺の感覚だとラスト1ハロンは15―15よりもタイムは良化したはずです。それに、先生もいたずらに早い時計は求めてなかったんじゃないですか?」

予期せぬ問いかけに、鉄魁はのどの奥で押し殺したような声をあげた。

対峙《たいじ》する若き騎手はさっきまでのおどおどした態度とは打って変わって、今は妙な自信に満ちている。

東の巨匠は、その豹変《ひょうへん》の真意を見極めるように眼光をさらに鋭くさせた。

「……なぜ、そういいきれる?」

「テン乗りをして、先生の考えがわかった気がしたんです――グラヴィスは、脚元を大事にしながら鍛えなくちゃいけない馬だって」

騎乗時、解放した五感で受信したすべてを思い起こし、それを伝えるべく言葉にしていく。

なんとなくわかってきた――これが、「世界観を共有する」ということなのだろう。

「グラヴィスの走りは飛びが大きくて、芝向きの馬です。だけど、芝を走ると反動が強くて脚元が弱い馬は、故障の不安がつきまといます。大型馬ならばなおさら――だからこそ、上総先生は負荷が軽く済む、ウッドチップコースを選んだんじゃないんですか？」

「ぬっ……」

鉄魁は腕組みをして小さくうなる――颯太を見る目は、明らかに変わりつつあった。

「ここからは推測ですが、グラヴィスは前走で脚元の弱さが露呈したのでは？」

「な、なぜそれを⁉」

鉄魁は初めて、とり乱したような素振りを見せる。

別に驚くような話じゃない――初めに、グラヴィスの経歴を聞いた時から違和感を覚えていたのだ。

グラヴィスニーナは夏競馬で早々に1勝をあげた2歳馬ながら、ここまでレースに使われず、慎重すぎるくらい間隔を空けて調整を重ねてきた。

そこには、事情があるはずだ――そして、その一端を俺は先のテン乗りで味わった。

「追いだした時に、それまで安定していた走りのバランスが一気に崩れたんです。新馬戦は誰を鞍上に据えたかはわかりませんが、その騎手も最後の直線できっと驚いたと思います。あの子は古馬も顔負けな馬格に、まだ幼い心が追いついていないちぐはぐな状態にある——そんなふうに俺は感じられました」

そう、一言で表現するならば未完の大器。

それなのに、グラヴィスニーナは1勝をあげてみせた——やはり、彼は高いポテンシャルを授かったサラブレッドなのだろう。鞍上が凄腕《すごうで》だったという線もあるけれど。

「だから、上総先生はグラヴィスを15—15のタイムで走らせながらも、ラスト1ハロンは少しだけ強く追ってほしかったんだと理解できたんです。彼の脚を壊さないため、そして、追いだされた中で大きな体の活かし方を学んでもらうために」

すらすらと言葉を並べる颯太を見つめながら、鉄魁はあごをさする。

やがて、開かれた口から発せられたのは威圧的な言葉ではなく、職人へ意見をあおぐかのような謙虚さが含まれていた。

「……グラヴィスの才能は、どんな舞台で最も輝くと思うかね?」

その答えはテン乗りの中で、すでに固まっていた。

「グラヴィスはズブい馬です。1200メートルやマイル戦は展開がはやくて、彼にとっては忙しすぎると思います」

サラブレッドには最も強さが発揮できる距離適性というものがあり、その長さによってタイプの呼称も変わってくる。

1200メートルなどの短距離戦で本領を発揮する、瞬発力にあふれた馬をスプリンター。マイル（1600メートル）を主戦場にする、スピードとスタミナを兼ね備えた馬をマイラー。そして、長距離戦で抜群の強さを誇る、持久力に特化した馬をステイヤーと呼ぶ。

では、グラヴィスニーナの場合はどうか？

確かに、扶助への反応は鈍いかもしれない。でも、それは弱点ではない――その馬の個性というべきものだ。

颯太は調教の最中で垣間見《かいまみ》た、グラヴィスが宿す才能の発露をよみがえらせながら――

「今日、乗った感じだと、グラヴィスは周りの馬の動向に影響されず、マイペースで走ることができます。しかも、一度ペースをつくってしまえば、長く持続するスタミナも備わっている。その能力を活かすならマイルよりも、さらに長い距離――できるなら、2000メートル以上の長距離戦で使ってあげるべきだと思います」

そう、颯太はグラヴィスニーナの雄大な肉体に流れる血から、ステイヤーの香りを嗅《か》ぎとったのだ。

新しい相棒を語る颯太の顔が上気していく――才能豊かなサラブレッドの将来を考えると、いつだって胸がわくわくした気持ちで一杯になる。

「今から楽しみです。成長したら勝ちますよ、この子は」

「——ッッ⁉」

その言葉に打ち抜かれたように、鉄魁は一切《いっさい》の言葉を失った。

「せ、先生……？」

「——風早騎手。もう十分だ」

低くうなるような声でさえぎられ、颯太は悪い予感に襲われる——バイト面接の経験はないけど、重苦しい空気でわかる！　これ、落とされるやつや！

だから、次の瞬間に、鉄魁が口にした言葉を咄嗟《とっさ》に理解できなかった。

「たった今、グラヴィスのパートナーに風早騎手以上の適任はいないと理解した。無論、レースでも君を据えたいと思っている——今後は、そのつもりで乗ってほしい」

「——え、え？」

突然のことに、颯太は目を点にしてしまう。

固まった騎手の理解を待つように、鉄魁は不愛想ながらも我慢強く手を差しだし続けた。

——ご、合格したのか……？　巨匠の審判に……？

ゆっくりと、胸が達成感で満たされていく——自分の力で、最高の結果をつかめたこと。

そして、なによりもグラヴィスニーナの成長を見届けられることがうれしかったのだ。

だから、颯太は我に返るや否や、差しだされていた手を握った。

東の巨匠の手のひらは数多の仕事をこなしたことが一瞬でわかる、分厚く固い皮でおおわれている――この武骨な手をした男に認められたことが誇らしかった。

「色々と試すような真似《まね》をしてすまなかった。率直《そっちょく》にいわせてもらうと、君と一緒に仕事がしたくなった。こうなったら、私はしつこいぞ。覚悟したまえ」

「望むところです。俺は逃げも隠れもしませんから」

「実に、いい返事だ。そうでなければ、こちらも張り合いがない」

鉄魁は目じりにしわを寄せて笑顔を浮かべる――それは初めて目にする、東の巨匠の柔和な仕草だった。

空気が弛緩《しかん》した瞬間、それまで、隅っこで二人のやりとりを見守っていた聖来が一等賞をとる勢いで駆け寄ってきた。

「颯太くん、さすがです！　とっても、格好よかったですよ！　あぁ、わたしの推しが尊すぎて、語彙力《ごいりょく》が追いつきません！　かくなるうえは肉体言語で――‼」

怒涛の勢いで興奮の限界値に達した聖来は、それが唯一の治療法といわんばかりに颯太をむぎゅうと抱き寄せた。

「せ、聖来さん⁉」

いきなりのことに、目を白黒させてしまう颯太。

だけど、抵抗しようとする心は一瞬で消え失せてしまった――だって、一度味わったら二

度と忘れられないようなやわらかさに、全身が包まれたのだから！　この人のハグに逆らえる人類なんて、いないと断言できる。

「オーナー殿に感謝したまえ。彼女が、君の調教から目を離すなと助言をくれたのだよ」

「聖来さんが……⁉」

「はい……‼　颯太くんなら、必ずやってくれると信じてましたから……‼　勇気をだして上総先生を引きとめてよかったです……‼」

張り詰めていた気がゆるんだように鼻声になった聖来を目にして、颯太は微笑みをこぼす

──えらい先生に指図《さしず》するのは緊張しただろうに。でも、聖来さんの期待に応えることができてよかった。

「聖来さん、ありがとうございます」

「ううん、いいんです！　颯太くんのお役に立てたなら頑張った甲斐がありました！」

「……ふむ」

傍《はた》から見れば、胸やけを覚えるほど親密な騎手と馬主をながめながら、鉄魁は一人思索に耽《ふけ》っていた。

考えずにいられるものか──先ほど、若き騎手が語ったグラヴィスニーナの評価は、今年の夏を思い起こさせるものだったのだから。

そう、あれは、グラヴィスニーナが新馬戦を勝った直後──下馬した無量が汗を拭《ぬぐ》うのも

後回しにして、鉄魁へ真剣な面持ちで告げたのだ。

——上総センセ、グラヴィスはじっくり育てるべき奥手の馬です。ですが、本格化すればいいところで勝ちますよ。

まだ、デビューして2年目にすぎない経験の浅い騎手が、日本最高の名手と讃《たた》えられるジョッキーと同じ感想を抱いたのだ——これは、偶然の一致か。はたまた、風早颯太もまた、神崎無量と匹敵《ひってき》する天賦の才を授かった騎手なのか。

——この目で確かめなくてはな。競馬界の未来のためにも。

鉄魁はひそかな使命を帯びながら、伏せていた顔をあげた。

「さて、見目麗《うるわ》しいオーナー殿と仲睦まじいのは結構なことだが、そろそろ切りあげることをお勧めしよう——いかんせん、ここには美女とのスキンシップを羨《うらや》む独り身が多すぎる」

「え？　は、はぁ⁉」

鉄魁に指摘されて、辺りを見回した颯太は今更ながら仰天する。

調教スタンドに詰めている仕事中の先輩諸兄（記者や厩舎スタッフ）が、聖来に溺愛されている若造へ怨嗟《えんさ》の眼差しを突き刺しているのだ——いつの間にか、周りが敵だらけになっておる⁉

すると、推しを愛でることに夢中で常識を忘却した聖来も、自分が調教スタンドの和を乱していることに気付いたようだ。

「お、お見苦しいところをお見せしました！　続きは、お家ですることにします！」

しかし、ぺこぺこと頭をさげるお姉さんの謝罪は、場をさらにざわつかせたのだ。

「続きは、家でだと……⁉」

「あのスキンシップの、さらに先があるというのか……‼」

「種馬《たねうま》颯太、許すまじ……‼」

――聖来さん、鎮火に失敗してませんかぁぁ⁉　それと、種馬颯太の蔑称が普通に浸透してて震える。

「では、種馬――いや、風早騎手」

「上総先生まで⁉」

「すまない。間違えた」

颯太の悪名は、すでに東の巨匠にまで届いていたのだった――これから、聖来さんと美浦トレセンを歩くのは控えようかなぁ……。

「この後、厩舎に寄ってもらう時間はあるだろうか？　相談したいことがあるのだ」

「は、はい、大丈夫ですけど。グラヴィスの今後についてですか？」

「――いや、それとは関係ない」

次の瞬間、どこか憂悶を帯びた鉄魁の口から意外な一言が飛びだした。

「……秋桜のことで相談したいことがあるのだ」

上総厩舎は、事務棟もまた一味違っていた。

実用性を重視するあまり、素っ気ないオフィスのような景観になっている金武《かなたけ》厩舎と違って、颯太を迎え入れた空間はまさに客室と呼ぶにふさわしいものだった。

鉄魁が作業する机周りは、特に豪奢《ごうしゃ》だ。

調度品がセンスを競うように居並び、壁には颯太でも見たことがある絵画の精巧なレプリカが飾られている――厩舎でマホガニーのデスクなんて初めて見ました……。

なにもかも珍しくて、颯太は首を右へ左へふるのをやめられない――上質をこよなく愛する、大人の品格を感じさせる空間だ。

「座りたまえ」

往年の俳優のように渋い声で勧められ、颯太はソファに腰かける――座り心地で、すぐに高級品だとわかった。ふわふわすぎて、逆に落ち着かない！

鉄魁はというと、アンティーク調のガラス戸棚からなにかをとりだしたかと思ったら、いきなりゴリゴリという音を奏《かな》でだした。

何事かと目をこらすと、鉄魁は恰幅《かっぷく》のいい体を丸めて、手挽《てび》きミルを黙々と回しているところだった――東の巨匠にとって、コーヒーとは豆から挽くものらしい。

「上総先生、なにもそこまでしていただかなくても……」

「静かにしたまえ。大事な客人を至高の一杯でもてなすのは、紳士の義務だ」

マスターと呼びたくなるような手さばきを披露し、やがて、細工が美しいカップへ注がれたコーヒーが颯太の前に差しだされた。

「それで、秋桜についての話というのは……？」

「あぁ――」

颯太が頃合《ころあ》いを見計らって本題を切りだすと、東の巨匠は重苦しく相槌《あいづち》を打つ。

沈黙する間に鉄魁は傍らのシュガーポットを開けると、コーヒーへ角砂糖を投じた。

立て続けに二つ目をぽちゃん。怒涛の勢いで三つ、四つ目をぽちゃん――そして、スプーンでかきまぜ、もはやコーヒー味の砂糖湯となっているだろう液体を口に含んだ。

「うむ、上出来だ」

颯太にツッコむ勇気はなかった――でも、だからこそ、スムーズに話が進む。

「風早騎手が知っているかはわからないが、実のところ、秋桜はデビューしてからまだ1勝もできてないのだ」

コーヒーの水面に目を伏せながら鉄魁が語った事実に、颯太はなにをいうべきか見失う。

だけど、その発言で今日、上総厩舎で目にした様々なことに合点がいった。

「なるほど、そうだったんですね……」

ＪＲＡには、騎手が１００名以上在籍している――だから、全員の勝ち負けを把握するのは不可能だ。

だけど、新人騎手に限っては、記念すべき1勝目をあげると様々なメディアでとりあげられるので、ニュースを通して初勝利を知ることが多い。

それがJRA所属騎手のうち、現在たった3名しか存在しない女性騎手となるとなおさらだ――美少女ジョッキーとして人気を博す秋桜が、1勝をあげたらそれこそ界隈がお祭り騒ぎになるだろう。

だから、颯太は秋桜が未勝利のままであることは、薄々ながら気付いていた。

「しかも、今年デビューしたルーキーたちの中で、未勝利なのは秋桜だけだ」

「それは焦《あせ》るでしょうね……」

颯太も同じ騎手として、秋桜の気持ちは痛いほどわかる。

ルーキーイヤーの時、颯太も同期の成績は欠かさずチェックしていた。

1勝をあげられない期間が長くなるにつれ、仲間の活躍を目に入れるのが辛くなった――正直に打ち明けると、妬《ねた》んだことすらあった。

凌馬みたいに、1年目から順調に勝ち鞍をあげられる騎手なんてほんの一握りだ。

毎週のように騎乗しているのに10勝もあげられないまま、ルーキーイヤーを終える新人なんてざらにいる。

新人にとって勝利とは、それくらい遠くにあるものなのだ――「負けて普通」と考えるくらいが丁度いい。

だけど、状況がそれを許さない場合もある――同期のうちで自分だけが未勝利というのは、その最たる例ともいえる。

「……やはりそうか、といわんばかりの顔をしているな」

「い、いえ。だけど、どことなく秋桜の様子がおかしかったから、そんな気がして……」

颯太は、秋桜の焦燥に駆られたような横顔を思いだす。

そして、競走馬として極めて小柄なスターゲイザリリーを「勝てない馬」と断じ、大型馬であるグラヴィスニーナに騎乗したいと鉄魁に直談判した光景を――競馬学校にいたころの秋桜は、もっとサラブレッドに対して平等に接する子だった。

――あいつは1勝を焦って、なりふり構っていられなくなってるのかもしれない。

「……難しい問題ですね。本人次第というところが特に」

「確かに、秋桜は呆《あき》れるほど未熟だ。ただ、その責任の一端は私にあるといえるかもしれん」

「先生に？　どういうことですか？」

懺悔《ざんげ》するかのような鉄魁の言葉の響きに、颯太は尋ねざるを得なかった。

「私の厩舎はクラブ法人からの預託《よたく》が多くを占める。しかも、現在の競馬界を引っ張る優駿や、将来そうなることを期待されている超良血馬などがな」

――あぁ、そういうことか。

その前置きだけで、颯太は上総厩舎の事情と、鉄魁がいわんとしていることを理解できた。

今朝《けさ》、馬房《ばぼう》をのぞいただけでも名前を知っているオープン馬が何頭もいたし、現役《げんえき》競走馬の中でも最強の一角というべきGIホースまで見かけた。

この厩舎へ居並ぶのは、まさに競馬場を沸かせる常勝スター軍団だ――全頭の資産価値を合算したら、膝が笑ってしまうような額になるに違いない。

クラブ法人というのは強大かつ、多岐にわたる資本のバックアップを武器に、個人馬主では手が届かない良血馬を一口馬主たちに提供している。クラブ自体がサラブレッドの生産牧場を母体とするケースもあるので、競走馬の質の差は歴然だ。

GIレースを欠かさず見ている人なら、「いつも、この勝負服を乗せた馬が勝ってるな」と気付くかもしれない。

そんな時、少し調べれば、必ずでてくるのは名門クラブ法人の名前だ。

そう、現在の中央競馬は、クラブ馬たちが頂点を席巻しているのだ――一部の大物をのぞけば、個人馬主がGIを勝つなんて奇跡はほぼ起こり得ない。そういう意味では、新参の馬主にとって夢のない時代ともいえるかもしれない。

優秀なクラブ馬たちはレースで勝ち、厩舎をうるおわせてくれる稼ぎ頭的な存在だ。

ゆえに、上総厩舎は強豪と呼ばれるまでの繁栄に至った。

でも、だからこそ、通常の競走馬のようにあつかえないことがあるのだ。

「クラブ馬というのは一頭にあまりに多くの人間の思惑がからみ、外から多様な力が働きかけられるのだよ――端的にいうと、厩舎人たる我々にさほど多くの自由度は与えられてない」

「……それは、なんとなく俺でも理解できます」

上総厩舎でも超高額のクラブ馬を預かるにあたって、様々な折衝があるのだろう――レースで誰を鞍上に据えるかは、まさに最重要案件で慎重に検討《けんとう》されるに違いない。

そんなストイックに勝利を追求する会議の場にルーキーの、しかも、まだ1勝もあげていない女性騎手の名があがるだろうか？

颯太は、少しずつ秋桜の身に起こっていることを理解し始めていた。

秋桜が、まだ未勝利に甘んじているのは実力だけの問題ではない――おそらく、そもそもの騎乗回数が、同期の騎手に比べて大きく下回っているはずだ。

皮肉なことに、クラブ馬を主戦力とすることで美浦トップクラスの勝ち鞍を量産する強豪――上総厩舎に所属したがゆえに。

「正直なところ、秋桜に対して罪悪感がないといえば嘘になる。たまに、後悔の念に駆られるのだよ――別の厩舎に所属していたら、あの子にも違った未来があったかもしれない、と」

「か、上総先生……」

かつて男前だったであろう顔に刻まれたしわを一層深くした鉄魁に、颯太はなんて声をかければいいのかわからなくなる――いや、それ以上に口を開けば喧嘩《けんか》していた秋桜の身を、これほど真剣に案じていることに面食らったのだ。

首からさげた愛用のタオルで頭髪を拭った鉄魁は、やがて遠い目から帰ってきた。

「や、すまない。くだらない話を長々としてしまった」

「いえ、そんな……秋桜のことを知れてよかったです。俺にとっても大事な後輩なので」

理解を示すように頷くと、鉄魁はソファに預けていた背を正した。

「だからこそ、リリーとグラヴィスなのだ」

「え？　それは、どういう意味ですか……？」

「この2頭はどちらもうちの厩舎では珍しい、個人馬主の所有馬でね」

「あっ、そういうことだったんですね」

——だから、鞍上が秋桜と、金武厩舎に所属する俺という変則的なオーダーでも了承を得ることができたってわけか。

そう納得しかけたのに、直後に違和感が芽生えた——あ、あれ？　秋桜の初勝利を望んでるなら、どっちの馬も乗せてあげればいいのに。そこで、どうして俺がでてきたんだ？

颯太は探りを入れるように、東の巨匠の顔色をうかがう。

だけど、鉄魁は話題の舵を別の方向に切った。

「風早騎手、正直に答えてくれ——今日の調教で見た秋桜の騎乗は、君の目にどう映った？」

「秋桜の騎乗ですか？　えーと……」

颯太は記憶を呼び覚まそうと、視線を空中にさまよわせる。

グラヴィスニーナの稽古で頭が一杯であまり意識できなかったけど、たまに視界へ映った秋桜とスターゲイザリリーの調教はお世辞にも息が合っていたとはいえなかった。

秋桜は集中力を切らして何度か落馬しそうになっていたし、そんな鞍上をスターゲイザリリーも信用してないように見えた——コンビとしては致命的だ。

「……正直いって、うまくいってないのかなって思いました」

「同感だ。秋桜はリリーの外見に囚《とら》われ、本質である生き物としての強度を見ようとしない。そんな未熟な騎手に、サラブレッドは勝利を運んでくれない——ダービージョッキーになった君ならわかるだろう」

「はい。それは日々、実感しています」

毎日、サラブレッドと接していると、彼らに心や感情というべきものが備わっていることを思い知る。

ちゃんと期待をかけてあげなかったり、他の子と比べてぞんざいにあつかったりすると、やがて、そのサラブレッドは「走り」に対する情熱を失う。

ホースマンが競走馬にしたことは、善も悪もすべて自分へ返ってくる——それを、セイラが教えてくれた。だから、俺たちホースマンは、サラブレッドという己が仕える神の前で、心ない仕事をすることは決して許されない。

「サラブレッドとは恋人のように向き合え――私は常日頃《つねひごろ》から秋桜にそう聞かせているのだが、困ったことにあの馬鹿《ばか》は耳に入れようとしない。リリーの方は騎手に心を開く準備ができているというのに、人間がそれを無下《むげ》にしている。だからこそ君なのだよ、風早騎手」

「お、俺ですか……？」

思いもしなかった話の流れに、颯太は自分の顔を指差してしまった。

「あぁ、私のいうことなど聞きやしないが、親しい先輩である君の助言ならば秋桜も素直に従うはずなのだ――自分の力不足を白状するようで、恥ずかしい限りだが、な」

「つ、つまり、俺に秋桜を指導してほしいと？」

「その通り。理解が早くて助かる」

鉄魁は最良の采配《さいはい》をふるったかのように自信を深めていたものの、颯太は半信半疑だった。

――俺を先輩どころか、人間として下に見ている秋桜がいうことを聞くか……？

想像するや否や、結論がくだされる――答えはノーだ。下手に、あいつの騎乗に口をだそうものならステッキでぺちぺちされる。暴力反対！

表情をくもらせた颯太を目にして、察するものがあったのだろう――東の巨匠がとった行動は果断だった。

なんと、鉄魁は颯太に向かって深々と頭をさげたのだ。

「せ、先生、一体なにを⁉　頭をあげてください⁉」

予想してなかった事態に、颯太は腰を浮かしてしまう。

だけど、鉄魁は頑《かたく》なだった――自分の3分の1も生きていない若者へ頭を垂れ続ける。

「……この通りだ。秋桜のことを頼まれてくれないか、風早騎手」

切実な声音が響いたのを最後に、室内が水を打ったかのように静まり返る。

縁もゆかりもなかったはずの強豪厩舎に、どうして自分が招かれたのか――その意味が、やっとわかった気がした。

――上総先生はグラヴィスの鞍上だけじゃなくて、秋桜の指導役を探してたんだ。

颯太は唇を一文字に結んで熟考する――確かに、秋桜と比べて1年ほど長く積んできたキャリアをこねくり回せば、少しくらいはアドバイスできることがあるかもしれない。

だけど、レース中に騎手が頼れるものは己の腕と、相棒のサラブレッドだけなのだ――勝ち負けというのは、究極的には個人の問題であることを颯太は理解している。

果たして、自分に務まるのだろうか――胸中へ問いかけても、はっきりとした答えは返ってこない。それでも――

颯太は沈思のうちに落としていた視線をあげた。

鉄魁は東の巨匠という威光をかなぐり捨て、なおも黙したまま頭をさげている――すがるように、祈るように。

本人がいるところでは絶対にしないくせに、裏では秋桜のために身を尽くす――職人気質の男が見せた、不器用すぎる愛情に応えないわけにいかなかった。

いや、それ以前に、颯太にとって秋桜はかわいい後輩なのだ――ちょっと、悔しいけれど。

「――わかりました。その話お受けします」

グラヴィスニーナと、生意気な後輩――真剣に向き合うべき相手が一人増えたのだった。


「うーん、どうしたものか……」

東の巨匠から懇願されたという貴重な体験を味わってから5分後――颯太は金武厩舎への帰路につきながら、一人ぼやいていた。

帰り際に、秋桜と今後の話をしたかったけど、今日はもう厩舎には顔をださないとのことだった――なんでも、明日に大事な用事があるらしい。

直接会えないならば、別の手段で連絡をとるしかない。

だからこそ、颯太は美浦トレセンのど真ん中でスマホをいじっているのだ。

「えーと、確か、秋桜は登録してたはずだよな……」

メッセージアプリを起動して、ずらりと並んだリストを下へスクロールしていく。

「あった、あった。よかったぁ」

リストの中に秋桜の名前を見つけて、颯太は胸をなでおろす。

プロフィールのアイコンは、両手の人差し指と中指でハートマークをつくる秋桜のオフショット──ピースハートっていうんだっけ、これ？　よく知らんけど。

「ん？　うぇぇ？」

次の瞬間、颯太は異常を発見して、スマホを自分の顔に引き寄せてしまった。

秋桜から、既読になってないメッセージがきていたのだ──やべっ、通知に気付かなかったのか⁉　それより、どんだけスルーしてたんだよ、俺⁉

「最後に、秋桜となんの話してたんだっけ……‼」

画面がトーク表示に切り替わった瞬間、颯太の思考はぷっつりと途切れた。

──俺、騎手、辞めちゃおうかな。

かつて、自分が送信したメッセージに言葉を失くしてしまう。

そうだ、全部思いだした──日本ダービーでインコロナートを怪我させたせいで、ブービージョッキーと揶揄《やゆ》されたころ、こんな情けないメッセージを送ったんだっけ。

そして、それに対する秋桜からの返事を、颯太は今までスルーしていたのだ。

丁度、聖来と再会した時期と重なって、急に忙しくなったからという言い訳は通用しないことはわかっていた。

罪悪感がうずいて、颯太はすぐに秋桜からのメッセージを確認する。

──先輩が辞めるなら、あたしも辞めちゃおうかなぁ。最近、しんどいことばっかだし。

──ねぇ、先輩。これってチャンスですよ？　あたし、ガチのニートになっちゃうから、養ってくれるなら付き合ってあげなくもないかも、です！

「……………………」

後悔にも似た念と、あたたかい気持ちが同時に流れこんできた。

文面から察するに、このころからすでに秋桜は人知れず苦しんでいたのだろう。

それなのに、自分の悩みは一切口にせず、手のかかる先輩をユーモアを交えて励ましてくれたのだ——どんだけできた後輩なんだよ、あいつ。しかも、俺はその気遣いをスルーしてしまった。

颯太は猛省しながら、気持ちを切り替えるように一つ深呼吸をする。

さっきは鉄魁の必死な姿に押しきられて、秋桜の指導役を引き受けてしまったかもしれない。

だけど、頭が冷静になった今、自分でちゃんと考える必要があるんじゃないか——まだ、曖昧な気持ちの輪郭《りんかく》を探るように颯太は考えを巡らす。

そもそも、女性騎手というのは毎年のように、ぽんぽんと誕生するわけじゃない。

颯太も在学中に、残念ながら騎手になれず競馬学校を去った候補生の女性の話はいくつも耳にしていた。

そう、女性騎手とは数年に一度、デビューすれば御の字というくらいに希少な存在なのだ。

だからこそ、秋桜は超新星として、過剰なまでの脚光を浴びるに至った。

そして、ここからが最も深刻な問題なのだけど——競馬学校を卒業した女の子がジョッキーになれたとしても、女性特有の問題のせいで短いうちに騎手生命が終わってしまうケースが多々あるのだ。

颯太も競馬サークルに身をおく一人として、そんな後ろ暗い事情があることは理解している——時折、秋桜のことを気にかけていたものの、名門厩舎に所属した後輩に働きかけるには距離がありすぎた。

だけど、今なら少しの勇気をふりしぼるだけで、秋桜に歩み寄ることができる。

だとしたら、苦境にあがいている後輩をなんとかしてあげたい——心からそう思えた。

颯太は、秋桜に送るメッセージを真剣に考えながら歩を進める。

前方不注意で歩いていたから、何度か衝突しそうになってしまった——車じゃなくて、馬にね。なんたって、ここは美浦トレセンなのだから。

頭の中で、文面が完成したころには金武厩舎に到着していた。

「よし、決めた」

颯太はスマホに文字を打ちこんでいく——熟考に熟考を重ねた割には、ありふれた内容になってしまったけど、まぁ、そういうものだろう。

そして、勇気をかき集めて送信ボタンを押した。

——今まで連絡できなくてごめん。近いうちに会えないかな？　大事な話があるんだ。

第3R 秋桜ちゃんは、ちょっぴり病んでいる

「ふんふふ～ん♪　ふんふふ～ん♪」

休日に、午前中のうちからお布団《ふとん》の誘惑に打ち勝ったのは久しぶりのことだった。

お気に入りの曲を口ずさみながら、秋桜《こすもす》は全身鏡の前に立つ。

今日の秋桜は、上総厩舎《かずさきゆうしや》に出勤する時にお決まりのスポーツウェア姿じゃない――大学に通う女の子のように、華やかなファッションに身を包んでいた。

「うっわ。この女、バカかわよ」

普段とはまるで違う自分の姿に、秋桜のテンションは爆上がりする――弾む気持ちがおさえきれなくて、ワンピースのロング丈スカートをひらりとひるがえしてしまった。

後はクローゼットへ大切にしまっている、一目ぼれで買ったニットカーディガンを羽織《はお》ればコーディネート完成だ――ヤバい、これ絶対ナンパされるって！

すると、足元で「にゃー」と甘えるような鳴き声が聞こえた。

「おっ、どしたー？　ぷて」

秋桜のすねに頭をこすりつけているのは、「ぷて」と名付けた愛猫だった。

「そっか、あたしの美少女っぷりに辛抱たまらなくなったかー。お前もオスだもんねー。去勢済みだけど」

独り言を量産しながら、どれどれ撫《な》でてやろうと秋桜はしゃがみこむ。

すると、自信過剰な飼い主の手をひらりとかわし、ぷてはフードボウルがおいてあるキッチンへさっさと歩いていった。

秋桜はしばらくの間、ジト目で愛猫をにらんでいたものの、やがて、根負けしたようにため息をつく――猫さまは飼い主とのスキンシップより、朝ご飯をご所望のようだ。

「はー、お前にはあたしの尊さがわからんかー」

といいつつも、秋桜の猫を愛する気持ちは変わらない――普段、この子にどれだけ癒《い》やしてもらってるかわからないもん。

秋桜は猫缶を開け――迷った末に、中身全部をフードボウルへ盛りつける。

ぷては飼い主が手をどける前に、顔を突っこむようにしてがっついた。

「ぷてさぁ、またおデブになったんじゃない？　そんなぷよぷよの体じゃ、乗れる馬がいなくなっちゃうよ？　わかるかい、キミ？」

ぷてが日々ふくよかになっていくのは自分にも責任があるので、秋桜は「痩《や》せな」とは口にできなかった。

以前、秋桜は落馬事故のせいで緊急入院して、自宅を3日ほど空けたことがある。

退院するや否や、一目散にマンションへ駆け戻った――そこには、水もご飯も口にできず衰弱した大切な家族が、浅い呼吸を繰り返しながら横たわっていた。

あの日以来、秋桜は愛猫に余分にご飯をあげてしまう癖《くせ》がついてしまった――確かに、動物病院に連れていく度に、先生から「ダイエットさせませんか?」と勧められる程度にはわがままボディになってしまったけど、家族を飢え死にさせるより1億倍マシだ。

「仕事柄しょうがないじゃん。ねー、ぷて?」

何気なく口にしたはずの一言だった。

それなのに、遅効性の毒が回ったように、秋桜は悪寒に襲われる。

不安定な気持ちを落ち着かせるため、自分の肩を撫でる――この家には、他に撫でてくれる人がいないから。

これは、異常なことなんじゃないか――18歳の女の子が、何日も入院するほどの大怪我《けが》を負うリスクを、「仕事柄」という言葉で受け入れてしまう世界なんて。

厩舎の業務で忙殺されたり、日常という名の麻酔にかかって普段は考えないけど、時折、我に返ったように進む道を間違ってしまったんじゃないかと怖くなることがある。

こんな気持ち、美浦《みほ》トレセンの中で自分だけが抱えているんだろうか? 騎手になるということを選んだ、自分の覚悟が足りなかったのか?

ふとした瞬間、そんな気持ちに心を乱され、叫びだしたくなることがある。

だけど、誰《だれ》も教えてくれない。相談もできない――デリカシー未勝利クラスジジイに口を滑らせた日には、「それでもプロか！」と怒鳴られるに決まってるから。

――先輩なら、なんていってくれるのかな？

この間、久しぶりに再会した、相変わらず情けない顔をした先輩――そして、熱がでるくらい考えて送ったメッセージを、華麗にスルーしやがったクズ野郎。

――しかも、あたしからグラヴィスまで掠《かす》めとりやがって！　ホント、許せない！

同期の中で唯一の未勝利生活は、まだまだ続きそうだ。

肌寒いキッチンで、秋桜はがっくりと肩を落とす――もう、泣きそう。せっかくのメイクが死ぬから泣かんけど。

「あー、あたし病《や》んでんなぁ」

天井《てんじょう》を見上げて、秋桜は気持ちの整理をつけるように、いつもの独り言をつぶやいた。

「――ごめんね、ぷて。ちょっとだけ力を貸して」

秋桜はぷてを抱きあげて、魅惑のぷよぷよボディに顔を当てた。

そして、もふもふの毛並みに蓄えられたお日さまの香りをかぐ――猫吸いは万病に効く。

そう、今日に限っては朝からヘラってる場合じゃないのだ。

だって、これから、ずっと楽しみにしていたイベントがあるんだから。こうして、気合を入れておしゃれをしたのもそのためだ。

約束の時間が近づいていることに気付いて、秋桜は勢いよく立ち上がった。

――今日は、中学の親友たちと会うんだ！


茨城から電車を乗り継ぎ、はるばるやってきたのは東京の新宿。

一人じゃ、こんな魔都にまでこれなかった――だって、道で堂々とスケボーしてる男の人とかいるんだもん。泣いちゃう。

でも、恐怖を乗り越えた甲斐はあった――秋桜は心からそう思う。

「んみゃ〜〜〜〜〜〜〜い♥」

ケーキバイキングというこの世で最も天国に近い場所で、秋桜は語彙《ごい》を喪失していた。

しかも、最近、オープンしたばかりの若い女子をターゲットにしたカフェだけあって、店内のどこもかしこもフォトジェニックだ――やば、ファッション誌にでてくるような単語がナチュラルにでちゃったたって。

宝石箱にしまっておきたくなるようなケーキを堪能しながら、秋桜は華やぐ店内を見渡す。

そして、こんなに「かわいい」が氾濫しているオシャ空間に、自分が溶けこめていることに優越感を覚えた。普段、泥だらけになりながら仕事している姿から隔たりがあればあるほど、美浦《みほ》から遠く離れれば離れるほど、秋桜の心は羽が生えたように軽くなる。

「はぁ、１億年ぶりに女の子しとるわ、ワシ……」

秋桜がしみじみとそうこぼすと、正面から笑い声が聞こえた。

「秋桜、なにいってんの？」

「ってかさ、馬に乗る人なのに、そんなに食べて大丈夫なん？」

「うん！　明日から、サウナで暮らすから問題なし！」

「……サウナ？　秋桜、サウナ民だったっけ？」

「そもそも、サウナってそんな痩せる……？」

中学からの親友二人が疑問符を浮かべたのを見て、秋桜は自分の悪手に気付いた。

どちらの子も秋桜が騎手だと知っているものの、根本的に競馬に詳しくない——汗取りサウナで体重管理をしてるなんて説明しても、ちんぷんかんぷんだろう。美浦で日常的に飛び交っている騎手ジョークが通用するはずもない。

——そもそも、今日くらいは騎手であることを忘れたいのに！

「そ、そんな話はいいからさ！　二人とも、バカかわいい格好してんね！」

「当たり前じゃん。久しぶりの秋桜とのデートなんだからさ」

「そういう、秋桜もかわいいよー」

「かわいい女どもにほめられちったぁ。ふへ、ふへへっ」

「その笑い方は、さすがにキモい」

友達の割とシンプルな悪口もお構いなしに、秋桜は尻尾《しっぽ》がついてない代わりに体を左右へ揺すった。

——無理！　こんなん、にやけるに決まってんじゃん！

だって、美人女子大生たちに認めてもらえたんだから——こんな気持ち、なんて表現すればいいんだろう。電車に乗ってたら、隣にかわいい女の子が座ってくれた時みたいな？　あれ？　あたし、内なるおじさん出ちゃってるって！

「でも、駅で待ち合わせした時、でかい帽子被っててびっくりしちゃった」

「あーね。最初、不審者かよって思ったもん」

「……ははは、それは、ほら——仕方なく、ね？」

「わかるよ。秋桜は有名人だから、自衛しなくちゃだもんね」

「カフェに着くまで、何人かは気付いてたっぽいし。いやー、中学を卒業してから、秋桜だけ別世界の住人になっちゃったねー」

「そ、そんなことないけど……」

思わぬ話の流れに、秋桜はごにょごにょと不明瞭な言葉をこぼしてしまう。

確かに、人混みを歩いている最中、知らないおじさんから顔をのぞきこまれそうになったり、「マジで樫埜《かしの》秋桜？」という言葉が耳をかすめたりした。

騎手としてデビューしてから、秋桜は自分の生きる世界が様変わりしたことを痛感する

——別に、そんなものほしくもなかったのに。

だけど、それについては触れないでほしかった。どうか、今だけは――

――あたしだって、星の数ほどいるありふれた女の子と一緒なんだ。かわいい格好をして、おしゃれな街を歩ける。そのはず。そのはずなんだ。

流れがよくない――秋桜は、頭をフル回転して適当な話題を探す。

「駅といえば、新宿にいる女の子たちって、こんな寒いのに平気で足とかだしててびっくりしちゃった。ガン見しちゃったもん」

「あ、あぁ、ね？」

いささか苦しいトークテーマだったものの、さすが親友だけあってすぐ相槌《あいづち》を打ってくれる――その空気読みに感謝。

「でもさ、うちらくらいの年齢の女子って、もっと肌をだしていくべきだと思うんだよね。だってさ、そんなに長くは許されないじゃん？　堂々と人前で肌を晒《さら》せるのって」

そう熱っぽく告げた彼女は、フェイクレザー素材のショートパンツを身に着けていた。足のほとんどが丸見えの状態になっている――死ぬほど寒そうだけど、すごく今っぽい。

「それはそう。今を逃せば一生できないまである」

「でしょ！　私、秋桜のそういうファッションも見てみたいんだよね！　もちろん、今着てる服も、かわいいけど！」

「あ、あたし――!?」

「だって、秋桜って誰がどう見ても美少女じゃん？　もったいなくない？」

唐突なリクエストに秋桜は目を丸くする。

だけど、次の瞬間、表情を失くしてしまった。

「……あたしは、着れないかな」

「へ？　なんで？」

「──ごめん。そういうの興味ないんだよね」

秋桜は固まった表情筋を無理やり動かして、形ばかりの笑顔をつくる──ちゃんと笑えているか、ハナ差ほどの自信もなかったけど。

ぜんぶ、嘘《うそ》だった──ああいう肌をだす服に憧《あこが》れて、いくつも買ったことがある。

でも、着れないのだ。だって、騎手の仕事をこなすうちに切り傷、擦り傷、打ち身、ひどい時は捻挫や骨折──体中に傷ができてしまうから。

ほんの数か月前には、着れるのを楽しみに待ち焦《まこ》がれる純粋な自分がいた。

だけど、もうわかってしまった──古傷が癒える前に、日々の仕事の中で倍以上の新しい傷ができてしまうのだ。この前、落馬した際に足にできた青あざは、未《いま》だに消えてくれない。

だから、ショートパンツや短めのスカートといった類はクローゼットの一番奥に封印した──目にしたくなかったのだ。叶《かな》わなかった夢の残骸《ざんがい》を見せつけられているようで。

騎手であるうちは、同年代の女の子が楽しむようなファッションは諦《あきら》める──そう心に決めたはずなのに、肌を大胆にだす親友を前にすると、胸のもやもやがおさまってくれない。

女子トークに花を咲かせたいのに、ループに迷いこんだかのように普段の悩みが顔をだす
――っざけんな！　今はこんなこと考えたくないのに！

「それよりさ！　大学生活とかってどうなの？　聞かせてよ！」

秋桜は興味津々な素振りを装って尋ねる――やはり、困った時は相手の近況を聞くに限る。

「あー。まぁ、講義はダルいかなー。課題がでたら秒で精神が終わる」

「あ、あれ……？　あんまり楽しくない感じ……？」

「でも、それ以外は楽しいよ。うちのキャンパスって結構でかいから、色んな人がいるし」

「そうそう。男も選び放題ぞ」

「やばいって、あんた。肉食でてるって」

――そ、それそれそれぇ！

世の中で最も、秋桜のバイブスをぶちあげる話題がでたので即食いついてしまった。

「やっぱ、みんなカレシとかつくってんの⁉」

「秋桜、落ち着きな？　鼻息荒いよ？」

「ご、ごめん！　あたし、ちょっとかかっちゃ、い、い、い、ってた、い、い！」

動揺すると、すぐに騎手ジョークがでてしまう秋桜なのだった――無論、親友二人には華麗にスルーされる。

「だけど、うちらを含めて女の子たちは好き勝手に恋愛してるかもね。あちこちにカップルがいて、ウザイくらいだし」

「ええ、うそじゃん⁉　それ、日本の話⁉」

「とーぜん。もしかして、競馬場のアイドルである美少女ジョッキーさままであろう者が、男に飢えておられる？」

「べ、べべべべ、別にそんなんじゃないし……‼」

「ぎくっ！」という擬音が聞こえるくらいには、秋桜はわかりやすくうろたえた。

「でも、まぁ、うちらも学年あがるし本気でカレピつくんなきゃねー」

「えっ、あんた、気になっている男とかいんの？　初耳なんだけど」

「うん、いる。スパダリ候補が三人ほど」

「カレピ……。スパダリ……」

雑誌やネットでしか見聞きしたことがないワードが飛び交って、秋桜は圧倒されてしまう
——こ、これが人生無敵モードに突入した女子大生か……‼

なにより、同い年の女子が、こんな自由に恋愛を楽しんでいることに衝撃を受けてしまったのだ——キャンパスって、リアルで動作するマッチングアプリじゃん！　勉強しろ！　あたしが汗水たらして厩舎《きゅうしゃ》で働くがごとく！

化け物みたいな固定観念を生みだしつつも、秋桜はひるがえって自身のことを考えてしまう。

そして、あまりの環境の違いに愕然《がくぜん》としてしまうのだった。

確かに、秋桜の職場である美浦トレセンにも男性が大勢いる——むしろ、いすぎてむさ苦しいくらいだ。

そもそも、競馬サークルというのは、一昔前に比べれば多少マシになったとはいえ、まだ圧倒的に男性中心の社会なのだから——それは現在、中央競馬に在籍する150人ほどの騎手の内、女性ジョッキーが秋桜を含めて、たった4名しかいないことからもうかがえる。

だけど、男がたくさんいるからって、大学のように選《よ》りどり見どりというわけにはいかない——だって、厩舎にはおじさんと、馬にしか興味がないオタク君しかいないのだから！

もうね、絶望するほどに出会いが皆無！　あたしの恋愛パートどこいったぁ⁉

無性に、腹が立ってきた——あーあー、さっきの指摘は図星ですよ！　美少女ジョッキーは男に飢えてますぅぅ！　悪いか！

きらきらとした青春を送る、親友二人が直視できないくらいまぶしく映る——自分が持ってないものすべてを手に入れているようで、ひどく羨《うらや》ましかった。

さっき、別世界の住人といわれた瞬間、かっとなって否定したけど——やっぱり、彼女たちはあたしとは別の道を選び、決定的に違う人生を送っているのだ。

憧れを通り越して自己嫌悪に陥《おちい》った秋桜は、それ以降、友人たちの会話に混じることができなかった。

いつしか、あんなに心待ちにしていたイベントは、地獄のような時間に変わっていたのだった。

茜色《あかねいろ》に染まった霞ケ浦の水面が揺らめいて、いたずらに輝いている。

初めは夜まで遊ぶ予定だったのに、秋桜は夕方には茨城に舞い戻っていた――親友たちに、明日は仕事が早いからと嘘までついて。

霞ケ浦を間近に臨むこの道は遮蔽物がないため、いつも強い風が吹いている。

首元に入りこもうとする寒風を防ぎたくて、秋桜はアウターの前を閉じた。

それなのに、体はちっとも暖まってくれない。

心が冷たいままだからかな――帰り道を歩きながら、秋桜はそんなことを思う。

「はぁ、ほんましんどいって……」

秋桜は、気だるげにポケットからスマホをとりだす。

すると、仕事用のアドレスに何通かメールの着信があった。

だけど、心は灰色のまま、ちっともときめいてくれない――なんとなく、内容に心当たりがあったから。

メールのタイトルをざっと読みあげるとこうだ――「競馬チャンネルのアシスタントのお誘い」、「配信コラボ依頼」、「弊社番組の出演問い合わせ」、そんなうんざりするような字面がつらつらと並んでいる。

秋桜のもとへ殺到するのは、騎手引退後のキャリアを我先に提示するメールだった――まるで、足を引きずる鹿が息絶えるのを待つ、ハイエナのように。

――ほんっと、無理。こいつらキモすぎ。

秋桜は競馬学校に在籍したころから、「騎手課程にかわいい子が入った」と様々な媒体で話題になり、競馬ファンの知るところになった。

そんな期待の目に晒された女の子が、見事に騎手になったのだから、界隈が「美少女ジョッキー誕生！」とお祭り騒ぎになるのも必然だった――秋桜は時代の風に背を押されるように、新人として異例なほど華々しいデビューを果たしたのだ。

この類のメールをよこす送り主たちは、秋桜が誇る抜群の知名度や容姿、そして、唯一無二のカリスマ性を誰よりも早く手に入れようとしているのだ――美浦をうろつく情報屋から、美少女ジョッキーが引退を考えていると聞きつけて。

現役《げんえき》のジョッキーとして騎乗依頼は一向に増えないのに、こういうくだらないオファーは増える一方だ。

――騎手としてのあたしをほしがってくれる人は、この世にいないのかよ……‼

存在を否定された反動で、承認欲求がむくむくと首をもたげる。

こんなことしても、精神衛生上よくないってことは重々承知している。

だけど、たった一人でも自分のことをわかってくれる誰かを見つけたくて、秋桜はかつて１００万回ほど誓った「エゴサをしない」という決まりを今日も破った。

辿《たど》り着いたのは、とある競馬掲示板だった――人気だけは一流ジョッキーなみにある秋桜は、レースに出走する度に応援スレッドが加速する。

――【今日こそ】樫埜秋桜応援スレPart56【初勝利】

タイトルに心がちくっとしたものの、秋桜は日頃から監視しているスレをタップした。

――手応え、いい感じ！

――好位で直線向いた！　いけるか⁉

スクロールしていくと、あるレースで最後の直線に差しかかったと思しき書きこみが流れてきた。そして――

――咲け！　咲け！　咲け！

――咲け！　秋桜騎手！

――咲けぇぇ！

突如、スレが「咲け」という単語で埋め尽くされる。

誰の考案かはわからないけど、ラストスパートで秋桜にエールを送るコメントとして競馬板の住民に定着したものだ――きっと、名前が花を表す「秋桜」だからだろう。

期待感で加速したレスを目にして、最終ストレートでがむしゃらに馬を追った時の感覚がよみがえる。

だけど、残念ながら、秋桜はこのレースの結果を知っている。

全力を尽くしたものの、最後は後方の馬群に飲みこまれ下位に沈んでしまった——一瞬、いけると思ったのに！

無論、スレのテンションも一気にトーンダウンした。

——あぁ、今回もダメだったな。

——かわいいだけの騎手。妥当な結果。

——ってか、秋桜って55キロもあんのな。デブじゃん。

秋桜のスマホを持つ手が怒りでぷるぷると震える——もうちょっとで、憤怒のままに霞ケ浦へ投げ捨てるところだった。

「手のひらくるくるしやがってぇぇ!!　後、55キロってのは馬が背負う斤量《きんりょう》であって、不足分をおもりで調節してんの!!　あたしは、4●キロの極上スレンダーボディじゃぁぁい!!」

茜《あかね》空を映しこむ霞ケ浦に、秋桜は納得いかない気持ちを腹の底から叫ぶ——美少女ジョッキーがしちゃいけないような顔をしながら。

「——お嬢さん、なにか気に食わないことでもあったのですかな？」

突然かけられた声に、秋桜は「へあっ⁉」と素っ頓狂《すっとんきょう》な声をあげてしまう。

ふり向くと、そこにはぱりっとした身なりをした初老の男性がたたずんでいた。

一目で高級品とわかるチェスターコートをはおり、ハットを掲げる姿がやけに絵になる紳士だ。大人の余裕を感じさせるロマンスグレーに染まった髪もきちんとセットされていて、見すぼらしい印象はまるで受けない。

——な、ナンパ⁉　こんな、オジサマが⁉

見ず知らずの男性を前に、秋桜は警戒度を引き上げる——みんなのアイドルである美少女ジョッキーの、ガードが甘いわけあるか！　あたしをナンパしたいなら、無敗の三冠馬クラスのイケメンを用意しろってんだ！

「あ、あの！　なんの用ですか⁉　お、大きい声だしますよ！」

「これは失敬。驚かせてしまいましたかな」

尻尾をふくらませた猫みたいになった秋桜をなだめるように一歩下がると、老紳士は小脇《こわき》に抱えた紙袋へさりげなく視線をやった。

「丁度、霞ケ浦が夕日で彩《いろど》られる頃合《ころあ》いだったので。美味な焼き芋を片手に、観賞しようと思っていたのです——よろしければ、お嬢さんも一本いかがでしょうか？」

「えっ、いいんですかぁ♥」

紙袋が目に入るや否《いな》や、秋桜は即食いついた——このあたりじゃ、有名な焼き芋店のパッケージだ。土浦在住で、このスイーツの魅力に抗《あらが》える女子なんて存在しない。

3分後、自称ガードが固い女である秋桜は、見知らぬ老紳士と自然公園のベンチに座っていた――できたての焼き芋を、ハムスターみたいにはふはふと頬張《ほおば》りながら。

「はぁ、しあわへぇ……」

この、ねっとりと舌にからみつくような濃厚な甘み――やはり、このお店でしかだせない味……!! 憂鬱《ゆううつ》な気分なんて吹っ飛びそう……!!

ケーキバイキングを、十分に堪能できなかったのも最高のスパイスとなった――焼き芋一本でつられるとか安い女だな、と頭を過《よぎ》った考えはこの際無視することにしよう。オイシイモノ、クレルヒト、ミンナイイヒト!

「――なにか嫌なことがあったとしても、悪いことばかりが続くことはありません」

「え? わっ⁉ とと⁉」

突然、語りかけられ、せっかくのごちそうを落としそうになってしまった。

なんとか、焼き芋をキャッチして一息つく秋桜に、老紳士は孫を前にしたように目じりを垂らした――このオジサマ、こんなによくしてくれるってことは、あたしが騎手だと気付いてるのかな? でも、ファンだとしたら、競馬の話を全然ふってこないし……。

不思議に思う秋桜に、老紳士はおとぎ話を語って聞かせるように言葉を継いだ。

「悪いことの後には、必ずいいことが待っている。きっと、間もなく雲が晴れるような出来事が訪れるはずです。だから、失意に顔を伏せるのではなく、光が照らす方角に目をこらしましょう――あなたより何倍も長く生きてきた、老いぼれからのささやかなアドバイスです」

「は、はい」

秋桜がそう答えると、老紳士は満足げに頷《うなず》いて立ち去ろうとした。

「あ、あの！ せめて、お名前を！」

「素性を明かすほどの者ではありません。ただ一言、いわせてもらえるのなら——あなたのことを応援する、大勢のうちの一人といったところでしょうか」

——やっぱり、あたしのこと知ってくれてたんだ……!!

なにかお礼をしたくて立ち上がろうとした直前、ポケットのスマホが震えだして、秋桜は中途半端《ちゅうとはんぱ》に浮かした腰をベンチに戻した。

「こ、こんな時に……!?」

慌ててスマホを確認すると、メッセージアプリを介して着信がきていた——画面に表示されていたのは、「上総鉄魁《てっかい》」という名前。

秋桜は光の速さで通話を拒否する——休日まで連絡してくんな、クソ上司！

いらだちながらアプリを閉じようとした直前、未読メッセージがあることに気付く。

次の瞬間、秋桜の目は大きく見開かれた——メッセージをくれた相手は、颯太《そうた》だったのだ。

——せ、先輩!? なんで!? どうして!?

期待と不安をこめて、内容に目を通していく。

「大事な話があるから会いたい……だと」

いかにも男性らしい簡潔なメッセージには、それ以上のことは書かれていない。

しかも、いつまでも既読がつかないことに不安を覚えたのか、返信を求めるメッセージがいくつもきていた。

スマホを見つめる秋桜は最早《もはや》、にやにやをおさえきれない。

向こうからの連絡を待つしかなかった哀れな乙女から逆転して、今度はこっちが連絡を待たせる立場になったのだ——なんて優越感なんだろう。気持ちよすぎる……‼

胸がときめいて、秋桜は久しぶりに生を実感していた——しかも、しかもだ。

——先輩の方から、会いたいとかいいだすなんて……‼

まるで、最低人気の馬が大穴をあけたかのような超展開——秋桜は手の中にあるスマホが万馬券のように見えてしまう。

——もしかして、先輩、あたしと再会して、スイッチ入っちゃった⁉

「うっわ、先輩、バカチョロいって！　あたしのこと、好きすぎでしょ！」

そう叫びながら、秋桜は大層満足げにベンチをばんばんと叩《たた》く。

だけど、勝手に盛りあがった脳内は、寒風に吹かれて我に返った。

——そ、そうだ⁉　さっきのオジサマは⁉

大急ぎで周囲を見回すも、謎《なぞ》の老紳士は見当たらない。

だけど、彼から受けとった言葉と焼き芋は、まだぬくもりを帯びて胸の内にあった。

──あの人のいう通り、本当にいいことあったな……。

そうしなくちゃいけない気がして、秋桜は目の前の光景に深々と頭を下げる。

そして、鼻息荒くベンチに座り直すと、勝負レースと同じくらい本気で挑まなければならない案件へとりかかった。

──さぁて、なんて返信しようかなぁ。このまま、焦らすのもありだよね。

秋桜のちょっぴり生意気な表情が、いきいきと輝きだす。

──今日は忙しいんですけど、先輩がそこまでいうなら会ってあげてもいいですよ？

結局、気持ちをおさえられなくて、３分後にはそんなメッセージを送っていたのだった。

ついさっき見たばかりなのに、颯太はまた時間を確認してしまった。

席に着いてから、ずっと落ち着かなくて同じ行為を繰り返してしまう。

それもこれも、あの気まぐれな後輩のせいだ──ずっと、メッセージに既読がつかなかったと思ったら、いきなり今から会えるなんて連絡をよこしてきたのだから。

適当な場所で顔を合わせればよかったのに、急きょ、女の子受けがよさそうなカフェを見繕ってしまった。

若い女性客でにぎわうカフェに後輩を探す──そろそろ、約束の時間なんだけど……。

「──あっ。先輩、待たせちゃいましたぁ？」

妙に甘ったるい声が鼓膜をくすぐって、颯太は視線を持ちあげる。

そこには予想通り、秋桜が先輩への敬意なんて一ミリも感じられない表情で、こちらを見おろしていた。

「いや、全然待ってない。むしろ、こっちこそ急に呼び立てて悪かった」

「ホントですよ～。あたし、疲れちゃいました」

そう恩着せがましくいいながら、秋桜はボックス席に座ろうとする。

アウターを脱ぐ後輩の姿をながめながら、颯太は気付くものがあった。

「秋桜、お前さ……」

「え？　なんですか？」

「いや、なんかやけにおしゃれしてるなって……」

「は、はぁ!?」

瞬間、それまでの余裕が張りぼてだったかのように、秋桜は肩を跳ねあげた。

だけど、颯太はそんな後輩の異変にも気付かない。

それくらい、秋桜の私服姿が新鮮だったのだ――よくよく考えたら、厩舎の仕事着しか見てこなかったもんな。こんな遊びにいくような格好、初めて見た……。

まじまじと見つめてくる颯太に、秋桜は耐えかねたように口を開いた。

「あ、あたし、いいましたよね？　今日は友達と会う予定があって、メイクにもコーデにも気合入れまくったんです！　その帰りに、先輩が急に会いたいとかいいだしたら、そのまましかないじゃないですか⁉　むしろ、奇跡的にパーフェクト秋桜ちゃんを拝めた幸運に、むせび泣いてほしいくらいです！　ってか、金払え！」

「お、おう……」

──めっちゃ、早口でしゃべるじゃん……。

まくしたてられて、大いにたじろぐ颯太──相変わらず、この気難しい後輩はなにを刺激に爆発《ばくはつ》するかわからない。

フォロー下手な先輩に愛想を尽かしたように、秋桜はそっぽを向いてしまった──頬《ほお》がほのかに赤くなっているように見えるのは、照明のせいかしら……？

「……それで、話したいことってなんですか？」

「あ、あぁ。そうだった。えぇっとだな──」

注文したドリンクが到着したのが合図となったみたいに、ぎこちない会話が始まった。

実は直前まで、どう秋桜に伝えるべきか迷っていた。

より本人に納得してもらうため、長々と経緯を説明することはできる。

だけど、まずは自分の正直な気持ちを伝えなければ。

「──今度、俺《おれ》と一緒にトレーニングしないか？　秋桜が初勝利をあげるための、手助けをさせてほしいんだ」

やっと、視線と視線がぶつかる――秋桜は面白《おもしろ》いくらいに口をぽかんと開けていた。

どんな感情が彼女の内側に、渦巻いているかはわからない。

だから、颯太は返答をもらえるまで、じっと秋桜の顔をうかがっていた。


――は……？　今、なんていったの……？

少々、というか、とてつもなく頭を整理する時間がほしかった。

受けとった言葉が、今も耳の奥で反響している――聞き間違いじゃなければ、先輩が未勝利の沼から抜けだすために手を貸してくれるらしい。

胸の中で、ちゃちなプライドがうずいた気がした。

誠意がこもった颯太の眼差《まなざ》しから逃げるように、手元に視線を落とす。

考えるべきことは数えきれないほどある。でも、まず尋ねないといけないことは――

「――あのジジイから、頼まれたんですか？」

初めから、そんな質問を予期していたかのように颯太は曖昧《あいまい》な表情で頷いた。

「やっぱりね……。はぁ、ほんと最悪……」

「上総先生から頼まれたのは本当だけど、俺が引き受けたのは困ってるのが秋桜だったからだ。他のやつだったら――例えば、凌馬《りょうま》だったら断ってた」

「颯太先輩が、凌馬先輩に教えられることなんてあるんですか？」

「そりゃそうだけど——今ここで、それをいうか？」

後輩からの容赦ない指摘に、颯太は困ったようにはにかんだ。

颯太の言葉をあえて聞こえないふりをして、秋桜はソイラテを口に含む。

だけど、内心ではご満悦だった——これなんだよなぁ。先輩の才能というべき、情けないふにゃりとした笑顔。この顔が見たくて、ついいじめたくなってしまう。

「理由はそれだけですか？」

「……理由？」

「あたしを助けようと思ってくれた理由、です」

颯太が気まずそうに視線を泳がせたものだから、秋桜の勘が直ちに察する。

「いってみてくださいよ。絶対に怒りませんから」

「……グラヴィスを、俺が奪ってしまったのもあったからな。有力馬の騎乗チャンスを逃した時の、やりきれなさは痛いくらいわかる。だから——」

「だから？」

「久しぶりに会ったのに、俺に対する態度が刺々しかったのかなって。その罪滅ぼしも兼ねてというか……。もちろん、一番の理由は秋桜が大事な後輩だからであって——!!」

しどろもどろで、どこまでも的外れな言葉に、秋桜はがっくりと肩を落とす——やっぱり、この無能先輩、勘違いしてやがる。学生時代、サラブレッドに騎乗することだけにうつつを抜かして、乙女心を履修してこなかったのだろうか？

「……あたしの一世一代のメッセには、既読もつけずにスルーかよ」

「え？　ごめん、よく聞こえなかったんだが……」

かねてからの不満をぽつりとこぼすと、颯太が身を乗りだしてくる。

いかにも無垢《むく》そうな顔が免罪符のように見えてきて、秋桜はうんざりとした気分になった

——あたしは、なんて張り合いのない相手に、思いだしただけで死にたくなるようなメッセージを送ってしまったんだろう。

——付き合ってあげなくもないかも、です！

「うがぁぁぁ⁉　いっそ殺せぇぇ‼」

黒歴史が脳裏《のうり》にフラッシュバックして、秋桜はテーブルに突っ伏してしまった。

「ど、どうした、秋桜⁉」

「うっさい！　ぜんぶ、先輩のせいですからね！」

「俺の⁉　なんで⁉」

秋桜は顔をあげるや否や、今にもこぼれそうなほどの涙をためながら颯太をにらみつける。

絶対に、わかるはずがない——あたしが、どんなに勇気をふりしぼって、あのメッセージを送ったか。そして、どれほど先輩からの返信を心待ちにしていたか。

——だって、もし「じゃあ、付き合っちゃう？」なんて返事がきたら、本当に先輩と——

「あぁぁぁぁぁぁ⁉　でていけ、昔の頭おかしいあたし、この体からでていけぇぇ‼」

「こ、秋桜⁉　まずは、落ち着け！　話ならいくらでも聞くから！　な⁉」

颯太が親身になって案じてくれるものの、ちっともありがたくない。

むしろ、「お前のせいじゃない！」と叫びたいところだった——騎手を辞めようかなんて打ち明け、「あたし以外に、相談できる人いないのかな？」と期待させておきながら、いつの間にか自分だけ立ち直りやがって！　この薄情者！

すると、この場の混沌をおさめようとするように、颯太が毅然と口を開いた。

「秋桜、お前は女性騎手だから、競馬サークルで肩身のせまい思いをしてきたんじゃないか？　多分、俺じゃ想像することもできない、大変なこともたくさんあるんだと思う。これからは騎乗の技術的な面はもちろん、そういうことも相談してくれていいんだ。正直、解決できるか自信はないけど、どうすればいいか一緒に悩むことくらいはできるから」

「……先輩」

不覚にも、どきっとしてしまう。

視界に映る颯太の表情は真剣だった——先輩は、本気で心配してくれている。きっと、見返りなんて考えてもない。それくらいのことは、頭の悪いあたしでもわかる。

「そういうところ、ホントずるい……」

「え？　なんて？」

「はぁ……。なんでもないですよ」

「そ、それで、さっきの話の続きなんだけど……どうかな？」

「……合同トレーニングのことですよね？」

「あぁ。もし、秋桜さえよければ、明日からでも始めたいと思ってるんだが……」

秋桜は唇を引き結んで、もう一度しっかり考える。

最年少ダービージョッキーにまでなった先輩が、付きっきりで競馬を教えてくれる――こんな好待遇、めったにあるものじゃない。

でも、同時に、秋桜の胸中には引きとめるような心の動きも生じていた。

――もし、こんなチャンスをもらっておいて勝てなかったら、いよいよ、あ、あ、あたしは、は、騎手として失格の烙印を押されるんじゃないか。

その時、葛藤する秋桜の頭に、すべてを解決する第3のひらめきが舞いおりた。

――い、いや……!? もしかして、これは絶好の機会なのでは……!!

騎乗スキルの向上のため？　――ノー。

騎手としての心構えを学ぶため？　――ノー。

未勝利の沼から這《は》いあがるため？　――ううん、それも違う。

じゃあ、なにかというと、ずばり――先輩を、ふ、ふ、振り向かせる最高の、機、機会じゃ、な、ないか！

合同トレーニングをするということは、二人きりの時間が生まれるということだ。

それが、どのくらいの長さになるかわからないけど、秋桜には一日あれば十分に思えた

――勝てる騎手に成長するという意味ではなく、颯太をオトすという意味で。

――あたしのビジュなら、ガチれば先輩程度なら秒で攻略できるはず！　恋愛だって課金しまくってる乙女ゲーで履修済みだし。らくしょー、らくしょー！

根拠のない自信が無限に湧《わ》いてきて、秋桜の背中に追い風を吹かせてくれる。

臆病《おくびょう》な心が、やっとゲートから飛びだす――ただし、駆けだしたのは、逆走ともいうべき方向だったけど。

――顔面はぎりぎり許せるレベルだけど、ダービージョッキーを彼氏にできれば周りに自慢できるし、経済的にも安泰でしょ！　こんなしんどいくせに、いくら頑張っても報われない仕事ともおさらばできるかもしれないし！

競馬からかけ離れたところで、打算にまみれた頭脳がフル回転する。

やがて、秋桜の損得勘定をつかさどるコンピューターは最適解を導きだした――幸せな未来をつかみとりたいなら、今すぐに返事をしろと！

「しょうがないですね――合同トレーニング、してあげてもいいですよ」

「ほ、本当か⁉　正直、断られると思ってハラハラしてたんだよ！」

鉄魁からの頼みというプレッシャーもあったのだろう――後輩がなにを企《たくら》んでいるか露《つゆ》知らず、颯太は胸を撫でおろしていた。

対する、秋桜は競馬ファンを虜にしてきた容姿の薄皮一枚下で、小悪魔のような表情をつくる――ククク、バカめ。もうすぐ、きさまは、あたしの魅力でメロメロになるのだよ！

「やだなぁー。こんな大チャンス、あたしが逃すはずないじゃないですかぁ」

「決心してくれて、ありがとう。俺、全力で秋桜を支えるから。一緒にがんばろうな」

「長い人生、二人で力を合わせて歩んでいきましょうね♥」

「じ、人生？」

「ん？　騎手人生のことですよぉ」

「あ、あぁ、そういうことか――とにかくこれからよろしくな、秋桜！」

「はぁい♥　よろしくですぅ♥」

こうして、致命的なズレを抱えたまま、合同トレーニングを実施することになったのだった。

第４Ｒ　秋桜ちゃんは先輩をオトしたい

「──うし、これで完璧《かんぺき》かな」

自宅の隣室にある、トレーニングルーム──ブレーキが壊れた聖来《せいら》の愛の結晶ともいうべき場所で、颯太《そうた》は満足げにつぶやいた。

合同トレーニングが決まった翌日から、颯太は秋桜《こすもす》の過去レース映像を研究してきた。

その結果、何点かの弱点が見えてきた──秋桜は馬上でバランスを崩しやすい。騎乗フォームについても、レースによってばらつきがあって再現性が低かった。おそらく、体勢を維持するための体幹や、下半身の強化が足りてないのだろう。

そんな後輩のウィークポイントを克服するため、颯太は特別メニューを組んできた──しかも、どギツイやつを。今から、あいつの泣き顔を拝むのが楽しみだ。

準備が整えられたトレーニングルームで、一人ほくそ笑む──後は、本人がやってくるのを待つばかりだ。

──ピンポーン。

「せんぱぁーい？　います？　開けてくださぁーい。5、4、3……」

「き、きたっ！」

インターホンが聞こえるや否《いな》や、廊下へ飛びだし玄関に向かう。

競馬学校時代に、秋桜から急にカウントダウンされて、飲み物を買いに走った記憶がよみがえった――尻《しり》に敷かれ続けた男の、涙なしでは語れない習性である。

「あ、あぁ！　今、開ける！　いらっしゃ――」

ドアを開けた瞬間、視界に飛びこんできた秋桜の姿に、颯太は度肝を抜かれてしまった。

「こ、秋桜⁉　なんだよ、その服装⁉」

玄関前にたたずむ、まばゆいばかりの美少女――秋桜はこの前カフェで会った時以上に、というか、これからデートに繰りだすかのごとくおしゃれをしているのだ！

「しかも、秋桜、メイクしてない……？」

「はい、してますけど？　新作のアイシャドウに挑戦してみました。どーですか？」

「え？　え？　これから、運動して汗をかくんだが……？　わかってます……？」

「えー、なんのことですかぁ？」

半裸で馬主席へやってくるようなドレスコード違反を犯しながら、生まれもった愛らしさでゴリ押すように秋桜はしらばくれる――しかも、あざとく口元に指を添えやがりながら。

「先輩、そんなところで棒立ちされると入れないじゃないですかぁ。ほら、どいて、どいて。おじゃましまーす♪」

秋桜がするりと玄関に入りこんできた拍子に、まとった香水の匂《にお》いが鼻先をくすぐった
――甘酸っぱい香りが脳髄まで侵入してきて、くらくらとめまいを覚えそうになる。

いや、意志を強く持て――さすがに、ここで煙に巻かれるわけにはいかない！

「ちょっと待って、秋桜！　お前、一体どういうつもりだよ⁉」

「あー、あたし、いってませんでしたっけ？」

ちっとも悪びれることなく、秋桜はふわふわと受け応《こた》える。

「トレーニング初日は、見学しようと思ってたんですよね」

――は？


――どうして、こんなことに……‼

そんな言葉を呪詛《じゅそ》のように唱えながら、颯太は後輩に泣きべそをかかせるはずだった地獄のメニューに、あろうことか自分で挑んでいた。

ストレッチメニューを、ヨガマットの上でこなしていく。

しかも、後輩に手本を示さなければならないため、いい加減にはできなかった。

「へー、先輩ってプライベートのトレーニングルームなんて所有してたんですねー。さすが、ダービージョッキー。おっ金持ちー」

「秋桜さん⁉　せめて、見てもらっていい⁉」

颯太の主張もむなしく、秋桜は「わかりますー」と絶対わかっていない返事をしながら見学に余念がない。

「いい感じの広さですねー。先輩、もし彼女がここにキャットタワーおきたいっていったらどうします？」

「え？　うーん、別にいいけど——ってか、なんの話⁉」

——内見でもしにきたの、この子？　そして、なんで俺《おれ》だけが体を動かしてるの？

すると、気まぐれを起こしたように秋桜が戻ってきて、颯太の隣にぺたんと座った。

「先輩、お尋ねしたいことがあるんですけど、ちょっといいですか？」

「やっと、やる気をだしてくれたか！　なんでも質問してくれ！」

ハードルが下がり続けていた颯太は、たったそれだけのことで感動すら覚える。

だけど、次の瞬間、飛んできた質問は——

「——先輩、年収おいくらですか？」

「は、はぁ⁉」

正気を疑うように、後輩の顔をまじまじと見つめてしまう。

それなのに、秋桜は「とっとと答える」といわんばかりに目で訴えてきた——どうやら、この女、本気らしい。

「……昨年は、●●●●万円くらいかな」

「合格です」

――なんか合格した……。

「車は持ってますか？」

「持ってるけど……」

「いいね」

――SNSかな？

「成人したら、タバコとお酒を嗜《たしな》む予定はありますか？」

「今のところ、その予定はない」

「＋３点」

――点数もろた。

「付き合ったら、彼女との割り勘の比率ってどう考えてます？」

「それは、相手による……かな」

「あたしはこう見えて、割り勘全然オーケーな女です」

――なにアピールなの、それは？

「猫と一緒に暮らせますか？」

「アレルギーはないから大丈夫だけど――ってか、そろそろ真面目《まじめ》な質問しろよ！」

「遊びのつもりなら、こんな真面目に聞きませんよ！」

――なんか逆ギレされた⁉　本当どうしたの、この子⁉

今日の秋桜はさすがに様子がおかしい――ただ、貴重なトレーニングの時間を、これ以上無駄にできなかった。

「秋桜、頼むから少しは参加してくれ！　お前のために組んだメニューなんだから！」

「えー、ストレッチとかだるいんですよねぇ。体、痛いし。海外セレブの間で流行《はや》ってるやつなら、やってみたいですけど」

「いいからやりなさい！　まったく、あんたはもうぅ！」

このままだと、全メニューをすっぽかされそうなので強くでざるを得ない――そりゃ、口調もおかんになりますわ。

「ホント、先輩はうるさいですねぇ。うーん、どうしよっかなー」

渋っていた秋桜は、やがて、天啓がふってきたかのように「あっ」と声をもらした。

「男女二人きりでストレッチ……‼　これ、急接近するやつや……‼」

――どうしよう。後輩が、よくわからないことをつぶやき始めた。

「先輩、今すぐストレッチしましょう！　さぁ、背中を押してください！　きゃもん！」

人が変わったようにやる気をみなぎらせ、秋桜が促してくる。

一体、なにが彼女を突き動かしたのか謎《なぞ》が残るものの、トレーニングに積極的なのはいいことだ――そう強引に納得して、颯太は秋桜の背後に立った。

「前屈いくぞ。準備はいいか？」

「あっ、先輩。忘れてたことがありました。ちょっと待ってください」

「は？　なんだよ？」

颯太が目を点にしている間、秋桜は後ろ髪をシャンプーのCMのごとくなびかせた――普段は隠れている、白く華奢《きゃしゃ》なうなじがちらちらとのぞく。

少し目を奪われたものの、颯太の中では後輩の謎ムーブに対する疑念の方が強かった。

「まずは、目で楽しんでください」

「お前は、いいところでだされる料理かなにかなの？」

気をとり直し、颯太は秋桜の肩に手を当てて少しずつ前へ力をかけていった。

「――あっ♥」

突如、聞いちゃいけないような声があがったものだから、颯太は仰天してしまう。

「ッッ――⁉　お前、なんて声だしてんだよ⁉」

「はぁ？　これが、あたしの普通ですけど？　先輩こそ、なに想像したんですか？」

「ぐっ――‼」

「はぁ、やだやだ。男って、なんでもかんでもセンシティブに受けとっちゃうんだから。咳払《せきばら》い程度でエッロとか思っちゃうんですよね？　しょうもな」

秋桜は鬼の首と、マウントをとったとばかりにやれやれと首をふるものだから、さすがの颯太もむっときてしまった。

「うるさいな。じゃあ、もっと強く押すからな？」

「はぁい、お好きにどうぞ——あっ♥　あっ♥　あぁぁん♥」

「だから、喘《あえ》ぐんじゃねえぇぇ⁉」

——もうやだ、こいつ⁉

だけど、先輩を手玉にとることができて、愉悦《ゆえつ》に浸る秋桜の余裕は長く続かなかった。

背を押され、前屈ストレッチがある程度まで深くなると——

「あっ、あっ——いだっ⁉　いだだだだっ⁉　むりむりむりむり‼　もう、むりだってぇぇぇ⁉　じぬぅぅぅぅぅぅぅ‼」

さっきまでの、なまめかしい声音《こわね》はどこへやら、獣の絶叫がトレーニングルームに響き渡る——やっぱ、こいつは騎手のくせに体が硬すぎる。

「……先輩の人でなし」

きれいにセットした髪をぐしゃぐしゃに乱し、マットの上でぐったりと横たわる秋桜——この状況、罪悪感が無限にこみあげてくるんですけど……。

「ほら。秋桜、いつまでも寝てないで起きる」

「うん、ぐすっ……」

颯太が差しだした手をとって、秋桜は泣きべそをかきながら起きあがる——この後輩、攻めっ気は強いのに、ディフェンスはぺらぺらだから、想定外のことが起こるとすぐにヘマをしてしまうのだ。競馬のレースでも、日常生活のちょっとしたシーンでも。

おそらく、乱高下するメンタルがパフォーマンスに直結するからだろう。

長い付き合いの中で、ポジティブな精神状態にある秋桜は手強《てごわ》いライバルに豹変《ひょうへん》することを知っている——それを、俺はずっともったいないと考えてきた。

だからこそ、騎乗フォームはどんな時も安定するように固めるべきだと思うのだ。

「秋桜、ここには木馬もあるんだが——乗ってみないか？　なにか、アドバイスできることがあるかもしれないし」

「も、木馬ですか……？　でも、あたし、私服だし……」

「あぁ、これ使ってくれ」

「ジャージ……？」

「それを着れば問題ないだろ？」

「……でも、これレディースものじゃないですか？」

——す、鋭い。あのジャージは、いつもトレーニングに付き添ってくれる聖来さんの私物だ。

「先輩の部屋に、どうして女性ものの服があるんですか……？」

「ささっ、秋桜！　準備が済んだら、木馬に乗ってくれ！」

今にも追及してきそうなジト目の秋桜を、颯太は全速力で急《せ》かした。

「――じゃあ、騎乗しますね？」

下だけジャージに着替えた秋桜は、さっそく木馬の上でモンキー乗りの体勢をとった。

そして、馬を追う動作を開始する。

正面の壁は鏡張りになっているため、本人でも騎乗フォームを確認することができるけど、颯太もしっかりチェックしていく。

「背中が立ってる。できるだけ、馬の背と平行になるように」

「や、やってるつもりです……!!」

「つもりじゃダメだろ。実践しろ、実践」

「わかってますって――どう⁉　これで、文句ないでしょ⁉」

「重心が左に傾いてる――昔からの癖《くせ》が、抜けてないぞ」

「ううっ……!!　今、やろうと思ってたところなの！　黙って見っててくださいよ！」

木馬が揺れる音が、トレーニングルームに響く。

さすが現役《げんえき》ジョッキーだけあって、秋桜も木馬に乗りだすと口数が減った。

後輩の練習風景を見守っていると、昔の記憶がよみがえってくる――競馬学校にいたころから、こうして秋桜の自主練によく付き合った。なにかアドバイスすると、ぶつくさ文句をいいながらも、最後には従ってくれるところも変わってない。

颯太が懐かしさを覚えたのと同じく、秋桜も感傷に浸っていたようだ。

「先輩は昔から、変わってないですね。特に、その……お節介なところとか」

「それは、秋桜が悪い。お前は、放っておけないオーラが常にもれてるから」

「……ふん。なんですか、それ」

「秋桜は、あのころから――ちょっと変わったよな」

颯太はためらいがちに、その言葉を口にした。

「どういうところが、ですか？」

「昔は上達することに必死で、練習中によそ見することとなんてなかった」

「っ……!?」

ばつが悪くなったように、秋桜は颯太に向けていた視線を鏡に戻した。

競馬学校で騎手になる夢を追っていた秋桜は、もっと競馬に真摯《しんし》な情熱を注《そそ》いでいたし、滅多なことで弱音なんて吐かなかった――でも、現状を鑑《かんが》みると、そのひたむきさが少し陰ってしまったように思える。

一体、なにが彼女を変えてしまったのだろう――未勝利から抜けだせないからか？　それとも、男性中心の競馬サークルに馴染《なじ》めなかった？　いや、俺の知る秋桜は、その程度のことで、せっかくの才能をくもらせてしまうようなやつじゃなかった。

ならば、どうして――？

いつの間にか、秋桜が木馬を揺らす音は止んでいた。

「……爽夏《さやか》先輩のこと知ってますか？」

「……爽夏、先輩？」

――もちろん、知ってる。彼女は、日本競馬界でも屈指の有名人なのだから。

清澄《きよすみ》爽夏――俺より1年先に競馬学校に入学した、かつての騎手候補生だ。

そして、騎手免許試験に合格して、ＪＲＡに5年ぶりに誕生した女性騎手でもある。

だけど、彼女の真価はそれだけにとどまらない――爽夏先輩はこれまでの女性騎手のイメージを塗り替えた、日本競馬史の偉人として語り継がれるほどの人物なのだ。

そう、清澄爽夏はとにかく強い。

どのくらいかというと、デビューしてから3年目の勝利数で、これまで記録された女性騎手の最多通算勝利数を抜き去ってしまったくらいだ――大事なことだから繰り返すけど、通算の勝利数だよ？

様々な分野で出現している、「男性と対等に渡り合える強い女性」――その競馬界におけるシンボルこそ、清澄爽夏という傑出したジョッキーだった。

颯太は、爽夏が今年も順調に勝ち鞍《くら》をあげていくのを見てきた――このペースで勝っていけば、彼女は歴代最強女性騎手として、やがて、前人未到の金字塔を打ち立てるだろう。

そして、これは誰《だれ》よりも彼女になついていた秋桜が知っていることなのだけど――爽夏先輩は、サラブレッドからおりても素晴らしい人なのだ。

いかにも、スポーツに打ちこんでいる女子らしくさっぱりとした性格で、競馬学校では誰からも慕われた。

当時の秋桜をして、「競馬学校の中で結婚するなら絶対、爽夏先輩！」といわしめるほどのイケメンっぷりだ――男どもが形なしである。

だから、秋桜の口から唐突に爽夏の名前がでても違和感はなかった――颯太はよく考えもせず、気安く請け合う。

「あぁ、爽夏先輩なら、今年も順風満帆って感じで大活躍してるよな」

そう答えた瞬間、秋桜の瞳《ひとみ》に失望が過《よぎ》った気がした。

「……そんなふうに映ってるんですね、爽夏先輩のこと。先輩も他の男性騎手と変わらないってことか――いや、あたしが勝手に、先輩だけは違うって思いこんでいただけかも」

その言葉はぞっとするほど熱が通ってなくて、心臓をしめつけられるようだった。

なにより、秋桜が内に抱えている絶望が、不意に顔をのぞかせた気がしたのだ。

「――もう、終わりますね」

「わ、わかった。今日はここまでにしとくか」

秋桜は興味を失ったように木馬からおりる。そして――

「そういえば、そろそろお昼ですね、先輩」

「あ、あれ？　もうそんな時間か……」

「あーあー、たくさん動いたから、お腹空《なか》いちゃったなぁ」

「動いてたのは、ほとんど俺だけどな」

そういうと、秋桜はからかうような笑顔を向けてくる——そのやりとりで、いつもの空気感が戻ってきた。

「というわけで、あたしとの約束、覚えてますか?」

「あ、あぁ、もちろん」

そう、実はトレーニング後、颯太の自宅でお昼を食べることになっていたのだ——最初こそ渋っていた颯太だったけど、秋桜がどうしてもと聞かないので最後は折れることになった。

「秋桜、悪いけど自宅に向かうのは、ここでシャワーを浴びた後でいいか?」

「はぁい、ごゆっくりどうぞ。あたし、いい子に待ってますね♥」

後輩の言葉を信じて、颯太はバスルームへ向かったのだった。


——先輩、チョロすぎ。そんなんじゃ、悪い女にだまされますよぉ。

それが、颯太を見送ってから2秒後の、秋桜の思考だった——この後輩、真っ黒である。

秋桜は借りていたジャージを脱ぎ去ると、さっそく約束を破ってトレーニングルーム、そして、そのまま玄関からもでてしまった。

一応、罪悪感はあるらしく、後ろ手でそっとドアを閉める。

――危なかったな。

さっき、爽夏先輩の話がでた時、心の動揺をおさえきれなかった。

――あたしが競馬に不信感を持った理由は、男性のホースマンにとっては見落としてしまうくらいの些細《ささい》なことらしい。

秋桜はうずきだした傷口を静めるように、胸に手を添えた。

そうだ――あたしはこんな理不尽な世界から抜けだしたくて今、頑張っているんだ。

全力でおしゃれをしてきたり、あざとい女の子の演じ方を紹介する動画を見て勉強してきたものの、先輩に上手《うま》いことアピールできてるか正直自信はない。

だからこそ、もう一押しをするべく、こっそり抜けだしたのだ。

秋桜が女豹《めひょう》のごとき眼差《まなざ》しで見据えるは隣室――あそこが、颯太の自宅マンションだ。

「あやしい者じゃありませーん……。先輩がかわいがってる後輩でーす……」

そんな不審者丸だしの台詞《せりふ》をつぶやきながら、秋桜は恐る恐るドアを引いた。

ガチャという音と共に、手応えが伝わってくる。

――ホントに開いちゃったんだけど……。先輩、不用心すぎん……？

望んだ通りの展開になったのに、秋桜は二の足を踏んでしまう――だって、冷静に考えなくても、やってること不法侵入だもん。

だけど、先輩をオトすと誓った乙女の決意は固かった。

「お、おじゃましまーす……」

初めての場所に訪れる猫のように、慎重に颯太の自宅へ足を踏み入れる。

さっきのトレーニングルームよりも、ファミリー向けに設計された広い間取りだ——こんなところで、一人暮らしとかすごすぎんか……⁉ ダービージョッキーになると、ここまでいい暮らしができんの……⁉

廊下の先にあったドアを開くと、清潔感あふれるアイランドキッチンが現れた。

「なにこれ、すご……‼ うちのアパートのキッチンとは大違いなんだけど……‼」

丸くなった秋桜の目は、やがて、見過ごすことのできない異常を捉《とら》えた。

一人暮らしには多すぎる箸《はし》の数、手に優しいタイプの食器用洗剤、極《きわ》めつけはパステルカラーのかわいらしいエプロン——くんくんくん、臭う、臭う。先輩を毒牙にかけようとする女の臭いが。

まさかのライバルの影に一瞬だけ動揺したものの、すぐさま秋桜はふんぞり返る勢いで勝ち誇った。

——名も知らぬ女よ、男を見る目があることは認めるが、攻略に時間をかけすぎたようだな！ ゲームは終わりだ！ あたしが先輩の家にあがった時点でな！

そう、颯太に嫌がられることを承知でキッチンに乗りこんだのは、重大なミッションがあったからだ——それは、つまり、あたしの手料理を喰らわせるこ、こ、こ、こ、こ、こ、こ、こ、こと！

男というものは、手料理をふるまうだけでほれてしまう馬より単純な生き物だ。

――先輩がシャワーを浴びてる間に、冷蔵庫のあまりものでぱぱっと一品つくってあげれば感激したあげく、あたしのことしか考えられなくなるはず……!!

「……うっし、やるぞぉ」

秋桜はキッチンに立つと、今日初めてやる気をみなぎらして腕まくりをする。

時間もきっかりお昼時――なにもかも完璧だ。おいおい、あたし天才か？

「さぁて、なにつくろっかなぁ」

そういって、秋桜が冷蔵庫に手をかけた時だった――ふと、頬《ほお》に視線を感じたのだ。

――だ、誰!?

気配のする方向に首を巡らすと、見知らぬお姉さんが壁から半身をひょっこりだして、こちらを見つめていたのだ。

未知との遭遇に、秋桜はたじろぐ――いや、なによりも、このバカきれいなお姉さんは誰!?

硬直すること数秒後、秋桜は自分が通報されればまずい立場であることを思いだす。

「そ、その……!!　あ、あたし、あやしい者ではなく、そそそ、そうっ！　颯太先輩の後輩で――」

内なる陰キャを発症させた秋桜に、目の前に降誕した見目麗《うるわ》しい女神――聖来《せいら》は、なにもかも優しく包みこむような笑顔を浮かべた。

「もちろん、秋桜騎手のことは存じています！」

聖来は目をきらきらさせながら、上品に手と手を合わせた――敵意なんて微塵《みじん》もない顔には、「あなたに会えてうれしいです！」とはっきり書かれている。

「わたしのこと、覚えているでしょうか？　この前、上総厩舎《かずさきゅうしゃ》へお邪魔した時に、ほんのちょっと顔を合わせたのですが……」

「あっ、あの時のお姉さん……!?」

頭の片隅に追いやられていた記憶がよみがえる――先輩が上総厩舎へ現れた時に、付き添いとしてやってきてた女の人だ。確かに、懇意の馬主さんだって紹介されたけど、どうして先輩のマンションに……!?

聖来のまばゆいスマイルを浴びながら、秋桜の中で恐ろしい可能性が生まれる――も、もしや、先輩と、このお姉さんは騎手と馬主以上の関係なのでは……!!

そういえば、少し前に小耳にはさんだことがある――日本ダービーを制し、人生の絶頂にあった先輩がダービーの賞金を注ぎこんで、大和撫子《やまとなでしこ》と金髪美少女を自宅に囲ったという闇《やみ》が深すぎる噂《うわさ》を。

だけど、秋桜は颯太の性格を知っているからこそ、そのゴシップに踊らされなかった――むしろ、馬鹿馬鹿《ばかばか》しいと鼻で笑っていたくらいだ。

でも、かつてインプットされた疑わしい情報と、目の前の現実を照合すると、もしかすると、いや、もしかしなくても——

瞬間、秋桜の頭に内蔵されたコンピューターが一つの結論をくだした。

——このお姉さん、あたしの敵だ！

その思考が開戦の鐘を鳴らしたように、秋桜は臨戦態勢をとる。

だけど、秋桜が心の中でとったファイティングポーズに気付かない様子で、聖来はわたあめのようなふわふわとした笑顔を浮かべた。

「颯太くんから、トレーニングの話はうかがっています。今日は、もう済んだのですか？」

「は、はい。そのまま、お昼を食べようということになりまして……」

「なるほど！　ならば、ぜひ、わたしに腕をふるわせてください！」

秋桜の言葉を受けて、聖来の表情が一際《ひときわ》いきいきしだす。

「颯太くんだけではなく、大ファンの秋桜騎手にもごちそうするとなれば、特別メニューに挑まなければなりませんね……!!」

「え、え？　あ、あの、お姉さん？　あたしがつくるつもりだったんですけど……」

蚊の鳴くような声で訴えたものの、時すでに遅し——やる気満々でエプロンを身に着けた、聖来の耳に届くことはなかった。

「秋桜騎手はリビングでくつろいでいてください！　すぐに用意しますから！」

「あ、あざます……」

ピュアな圧に屈した秋桜はソファにちょこんと座り、調理を開始した聖来の背中をながめることしかできない――どうしてこうなった……⁉　あたしの完璧なラブコメ計画が……‼

どうにか軌道修正しなくては――そんなことをあくせく考えているうちに、キッチンからいい香りが漂ってきていた。

「秋桜騎手、少しよろしいでしょうか？」

「は、はい⁉　なんですか、お姉さん？」

「少し、味見をしてもらってよろしいでしょうか？」

そういって、聖来はおかずをとり分けた小皿を差しだしてくる。

「…………」

秋桜は黙って、天女のように微笑む聖来から箸を受けとった――逡巡《しゅんじゅん》している間、嫌な女になろうと決心しながら。

――ちょっとくらいおいしくても、ぎったぎたに酷評してやる！

黒い思惑をのせた箸が、触れるだけで崩れてしまいそうな豚の角煮へ迫る――そう、これは乙女の仁義なき戦い！　ライバルを調子づかせるわけには――

「――ッッ⁉　なんこれ、うっま⁉」

コク深いタレが、これでもかとしみしみになった豚バラ肉の旨味が味覚をがつんと直撃した瞬間、秋桜の脳みそは完全敗北していた。

「よかったです。スープも、どうぞ。石狩鍋をわたしなりにアレンジしたレシピです」

「うまぁぁ⁉　世の中に、こんなおいしいものがあんの⁉」

すでに、秋桜は聖来の料理を絶賛するだけのマシーンとなり果てていた。

「ありがとうございます。そこまでほめてもらえれば、つくった甲斐があるというものです」

「——は、はっ⁉」

我に返った秋桜は絶句してしまう——完全に、胃袋をつかまれてた！　だって、「この女と結婚してぇ……」とか思っちゃってたもん！

「とても参考になりました。颯太くんもこのくらいの味付けが好みだから、二人とも同じ料理をだして大丈夫そうですね」

「——は？」

——もしかして今、先輩のことよく知ってるアピールぶっこまれました？　ケンカします？

秋桜が禍々《まがまが》しいオーラをまとうも、聖来は敵としてすら認識してないようで、会釈《えしゃく》の際に乱れた髪を耳にかけてキッチンへ戻っていく——なに、あの仕草。かわよ。あたしも真似《まね》しよ。

ともあれ困ったことになったと、リビングで秋桜は作戦会議を開く。

同性すら見惚《みほ》れる美貌、そして、料亭級の一品を次々に生みだす野生に存在してはいけないレベルの料理スキル——こんなの、どう勝てっちゅーねん。ってか、この人、先輩にはもっ

たいなさすぎるだろ！　マッチング、ミスってるって！

なけなしのプライドを打ち砕かれそうになりながらも、秋桜は完全無欠の女神に勝てる点を必死に探す。

――そ、そう！　あたしの方が若いし……!!　先輩が年下好きならワンチャン……!!

「とても、いいカオリがしまーす！　セーラ、ワタシおなかペコペコのペコでーす！」

すると、わちゃわちゃしたジャパニーズと、騒がしい足音が聞こえてくる。

そして、次の瞬間、秋桜の目の前に現れたのは――金髪碧眼《きんぱつへきがん》のイギリス産傑作美少女だったのだ！

「ｗｏｗ！　ワタシとオナイドシのこすもすジョッキーではないですかー！　おともだちになってくださーい！」

「うわぁぁぁん!!　こんなのってないよぉぉ!!　ばかぁぁぁ!!」

心が折れる音を聞いた秋桜は、ガチ泣きをしながら玄関に向かって敗走する。

丁度よくというべきか、最悪のタイミングというべきか――シャワーを浴び終えた颯太と、鉢合わせになった。

「こ、秋桜!?　どした!?」

「うるさい!!　死ね!!」

「なんで!?」

突然の暴言を残して、嵐《あらし》のごとく去っていた後輩に颯太は唖然として立ち尽くす。

リビングから聖来とキアラが目を瞬かせながらこちらをのぞきこんでいたものの、心当たりのない颯太は首をふるしかないのだった。


「どーどーどー。よしっ、稽古はこれで終わり。今日も、よく頑張ったな」

朝調教を終えて上総厩舎へ戻ってくると、颯太はグラヴィスニーナを労《ねぎら》うため首筋をぽんぽんと愛撫した。

テン乗りで感覚をつかんでから、徐々に馬と意思疎通がとれるようになってきた——レースに出走できるレベルに仕上げるのは、もう少し先になりそうだけど。

下馬した颯太は、担当厩務員《きゅうむいん》にグラヴィスニーナを引き継ぐ。

「——いい仕事だったぞ、風早《かざはや》騎手」

颯太がヘルメットのひもを外していると、鉄魁《てっかい》が声をかけてきた。

「今日のセッションも実に魅力的だった。人馬が徐々に打ち解け合ってきた甘美の中に、まだ拙《つたな》さが残る青いグルーヴ——心ゆくまで堪能させてもらったよ」

すでに、鉄魁向けの翻訳機が脳にできていた颯太は瞬時に理解する——つまり、いい騎乗だったとほめてくれたのだ。多分だけど。

「グラヴィスの体つきも、日に日に緊張感を帯びたラインが浮かびあがってきている——まるで、丹念に研《と》がれていく日本刀のようにな」

「調教のストレスで飼い葉食いが悪くなってガレている……とかじゃないですよね？」

馬が飼い葉を食べなくなったせいで体調が悪くなったり、馬体が小さくしぼむこと——それを、競馬サークルでは俗に「ガレる」と表現する。

「その点は心配いらない——むしろ、グラヴィスの食欲旺盛さは、こちらが手を焼いているくらいだ。稽古の中で、うまくしぼれているという認識でいてくれて構わない」

調教メニューの強度があがっているのに、食欲に影響をおよぼさないとは——グラヴィスニーナというサラブレッドは、その恵まれすぎた馬格に目がいきがちだけど、実は何事にも動じないメンタルが最大の武器なのかもしれない。

「順調ですね。速いペースで走る時の、体の使い方も格段によくなりましたし」

「うむ。この調子で稽古を積んでいけたら、レースに出走できる日も遠くはないだろう」

グラヴィスニーナについては、目下のところ心配はなさそうだ。むしろ、問題なのは——

「リリー、いつになったら本気で走ってくれるわけ⁉」

感情的な声が聞こえた方角では、秋桜とスターゲイザリリーのコンビが南馬場から帰ってきたところだった。

調教の出来は聞くまでもない——なによりも、鉄魁が渋面《じゅうめん》をつくっている。

「秋桜、お前こそ、いつまで進歩のない騎乗を見せるつもりだ？」

「はぁ⁉　指示通りの時計で走ったのに、なんで文句をいわれなきゃいけないわけ⁉」

スターゲイザリリーから下馬した秋桜は、神経を逆撫でされたように声を荒らげた。

「私の目を侮るな。内容が伴ってないのだよ――例えるなら、お前はチェーンが外れかけたペダルを、力任せに漕《こ》ぐことで帳尻《ちょうじり》を合わせているに過ぎない。リリーとコンタクトをとるという最も大事な作業を放棄して、な」

「仕方ないじゃん！　リリーが、いうことを聞いてくれないんだから！」

「馬に拒絶されている――それが理解できているのなら、お前にもまだ見込みはある。ならば、一番近くにある教科書をなぜ見習おうとしない？　風早騎手と、グラヴィスの走りから、なにか感じることはないのか？」

鉄魁が説くも、秋桜は眉《まゆ》を吊《つ》りあげ、さらに反抗的な表情をつくった。

「説教なら後にしてくんない⁉　あたし、リリーの他にも、今週末のレースに出走する子の調教が控えてるから忙しいの！」

「秋桜、先生に対してその口の利《き》き方はさすがに――」

「種馬野郎は黙ってろ！」

――し、しどい！

先日の退散事件があってから、秋桜はますます強情になってしまった――俺の話だって、まったく聞きやしない。それでも、約束通りに合同トレーニングにくるあたりは、生真面目《きまじめ》さが垣間《かいま》見えてかわいらしいけど。

小さな怪獣のごとく暴言をまき散らすと、秋桜は厩務員が連れてきた別の馬に騎乗する。

鞍上《あんじょう》の心の乱れを感じとったように、サラブレッドは尻尾《しっぽ》をぴんと高く掲げた――神経質に首をあげさげするパートナーに、秋桜は手を焼いているようだ。

再び南馬場へ出発した人馬の様子をながめていると、颯太は不安を覚えてしまう。

「……あの馬で、秋桜は今週のレースに？」

「あぁ。そして、来週はリリーとレースに挑むことになっている。それなのに、この体たらくとは……」

鉄魁は鈍痛を覚えたように、こめかみにとんとんと指を打ちつけた。

「焦《あせ》らせるつもりはないのだが――秋桜を指導する件は、難航しているようだな」

「はい。俺が力不足のせいで、どうにも上手《うま》くいかなくて。すみません……」

「馬づくりも、人づくりも時間がかかることは承知している。ただ、秋桜を見捨てないでやってほしい――憎たらしい態度ばかりとるが、性根は人の教えを聞ける素直な子なのだ」

「……それは、俺もわかっています」

ただ、なぜ、秋桜が競馬へ澄んだ情熱を傾《かたむ》けなくなったのか――その原因が、いつまでも見えてこない。

颯太は洗い場に向かうポニーのように小柄な牝馬《ひんば》――スターゲイザリリーに目をやった。

担当厩務員が引く手綱に、彼女は素直に従っている——颯太の目から見ても、気性に問題のある競走馬には見えない。

ならば、ちぐはぐな騎乗になってしまうのは乗り手——秋桜側に問題があるのだろう。

秋桜が抱える問題を進展させるには、新たな一手が必要だ——それは、誰が見ても明らかだった。

第５Ｒ　先輩は最強女性ジョッキー！

　１１月初旬の競馬開催日――颯太《そうた》の姿は東京競馬場にあった。

　依頼を受けていたレースを走り終えて、颯太は競馬場内にある騎手の控室――ジョッキールームに向かう。ただし、その足取りはいつもより速かった。

　ジョッキールームとは、出番がやってくるまで騎手たちが待機する場所のことだ。

　颯太が入室すると、イスが等間隔に並ぶ広々とした空間が現れる。

　実はこの場所、騎手によって定位置というものがあって、顔馴染《かおなじ》みのジョッキーたちがいつも愛用しているイスで一時の休憩をとっていた。

　颯太も馴染《なじ》みのイスに腰をおろし、レースで昂《たかぶ》った熱を吹き冷ますべく息を吐く。

　正面にはテレビが複数並べられていて、そのどれもが競馬中継を映していた――ジョッキーはこうして休憩の合間に、レースを観戦することができるのだ。

　東京競馬場では、次のレースに出走する馬たちがパドックを周回しているところだった――颯太はその中から、ここのところ考えない日はない人物の姿を探す。

――いた。

秋桜《こすもす》は、この間、上総厩舎《かずさきゅうしゃ》で見かけた競走馬にまたがってパドックを歩いていた。

その横顔はひどく心細げに映る――乗り手の感情の揺らぎを察したように、相棒の馬は落ち着きなく早歩きをして、付き添う厩務員《きゅうむいん》を困らせていた。

どことなく不穏な光景に、颯太までも胸騒《むなさわ》ぎを覚えてしまう。

「――おぉ、颯太じゃーん」

「え？」

その晴れ渡った夏空のような声を聞いた瞬間、颯太の脳裏《のうり》にある人物が浮かびあがる。

首を巡らすと、想像した通りの人物が歩み寄ってきていた。

「やっほー、久しぶりだね」

「さ、爽夏《さやか》先輩⁉　久しぶりです！」

白い歯をこぼして快活《かいかつ》に笑う勝負服姿の女性は、颯太の一年先輩であり、歴代最強女性ジョッキーとして名高い清澄《きよすみ》爽夏その人だった。

騎乗の邪魔になるからと潔《いさぎよ》く切ったショートヘアは、競馬学校時代から変わってない。

髪が短いため、目鼻立ちがはっきりとしたルックスがより強調される。間違いなく美人の部類に属するのに、いい意味で女らしさを感じさせない中性的な魅力をふりまいていた。

甘い香水の代わりに、風とターフで洗われた爽《さわ》やかな香りをまとう格好いい女性――それが、颯太が爽夏に抱く印象だった。

　爽夏は颯太が立ち止まると予想していた間合いより、さらに一歩踏みこんでくる。

　もうちょっとで肩が触れてしまいそうで、颯太の方が遠慮してしまった――完全に、男同士の距離感だ。

「なーに、そんなテレビに食いついて。FA●ZAでも流れてた？」

「そ、そんなわけないじゃないですか！」

　――この人は、こんなふうに平気で下ネタをぶっこんでくる。それも相まって、男の先輩と接してるような気分になるのだけど。

　たじたじになった颯太を前に、爽夏は美少年と見紛《みまご》うような笑顔を浮かべた――相変わらず歯並びがいいし、ホワイトニングしているみたいに白い。

「冗談だって――やっぱり、颯太はイジりがいがあって、よき後輩だなぁ」

　そういって、爽夏はさりげなく颯太の頭をぽんぽんとやった――ちょっと待って。今、胸が「トゥクン……」っていったんだけど。俺《おれ》が女だったら、間違いなくオチてた。

　秋桜がぞっこんになるのも納得できる――爽夏先輩はルックスも、性格も、そして、サラブレッドを駆る姿まで、本当に男前美女なのだ。

「そんで、なんでレース映像に釘付《くぎづ》けになってたわけ？　馬券でも買った？」

「さっきよりも、巨大な爆弾を投げつけてくんな！」

　――JRAに所属する職員が、中央競馬の馬券を買うとガチで逮捕されます！

「次のレースに、秋桜が出走するからチェックしようとしてたんですよ！　今、あいつのコーチングをしてる最中なので――」

「へ、マジ？　颯太、秋桜の師匠になったの？」

つい勢いで口を滑らせてしまった後で、颯太は後悔の念に駆られた――爽夏の目は、すべて吐けといわんばかりに好奇心で輝いている。

「ふぅん、金武《かなたけ》厩舎所属の最年少ダービージョッキーくんが、上総厩舎所属の美少女ジョッキーちゃんを手とり足とりねぇ――こいつぁ、臭いますな。くんくんくんくん」

「うっ――!?」

一気に核心へと迫られて、颯太は警戒度を引きあげる――これは上総厩舎の問題であって、あまり外にいいふらすべき事柄じゃない。

「でも、おかしいなぁ。秋桜って、未勝利だからって颯太に泣きつくようなタマじゃないし――もしかして、上総先生から直々に頼まれたんじゃないの？」

「な、なぜ、それを――!!」

動揺のあまり、ほとんど自白めいた発言をしてしまう。

己《おのれ》の自爆芸に嫌気がさしたものの、どうして、爽夏がノーヒントで真相に辿《たど》り着けたか気になってしまったのだ。

「簡単なことじゃん――だって、上総先生、秋桜のことを溺愛してるし」

「溺愛って……。爽夏先輩、正気ですか？」

この世で最も的外れな発言だったので、先輩相手だろうと颯太は失礼な口を利いてしまう。

確かに、未勝利の沼から秋桜を救いだしたいがために、他厩舎の騎手を頼った鉄魁《てっかい》の必死さは思いやりと呼べるものだろう――だけど、それは師弟愛というべき関係性で、溺愛という甘ったるい言葉で語るにはふさわしくない気がする。

「実は俺、騎乗依頼をもらってる関係で上総厩舎へ頻繁に顔をだしてるんですが、お父さんと反抗期の娘が食卓を囲んでるようなムードでしたよ」

「それは表向きの話でしょうが」

颯太はゆるがぬ証拠を突きつけたつもりだったのに、爽夏は痛くもかゆくもないとばかりに手をひらひらさせた。

「知ってる？　上総先生が、いつも首からさげてるタオル――あれって、秋桜が贈った誕プレなんだよ」

「――ええ⁉」

あまりに意外なエピソードに、颯太はジョッキールームでくつろいでいる騎手全員が注目するほどの大声をあげてしまった。

「あの強面《こわもて》の先生は、目に入れても痛くない弟子からのプレゼントを肌身離さず身につけたくて、毎夜欠かさず洗濯に励んでるってわけ――そう考えると、ほっこりしない？」

愛用タオルのために黙々と洗面所で働く鉄魁が目に浮かんできて、颯太は不覚にも厳ついおじさんでキュンとするところだった。

秋桜も鉄魁も互いにそんな大切に想《おも》っているなら、もっと普段から表にだせばいいのに――どっちも素直じゃないから、話がこじれてるんだよなぁ……。

「てか、私と無駄話しててていいの？　秋桜、もう少しで出走だけど」

「――は、はっ⁉　忘れてた⁉」

颯太は思考を打ちきり、東京競馬場の本馬場を映しだすテレビに目をやる――丁度、秋桜と相棒の馬はゲートインを果たしたところだった。

スタートの瞬間を待ちわびるように、競馬場が静まり返る。

映像越しでも、その場にいるような緊張感が伝わってきて思わず息をのんでしまった。

「――くる」

真剣な面持ちの爽夏が、そうつぶやいた瞬間だった――ゲートが音を立てて開いたのだ！

一斉にスターティングゲートから、人馬がターフへ飛びだしていく。

どんな小さな動きも見逃さんとばかりに、颯太と爽夏の瞬きの頻度は激減した。

ターフでは騎手が己の戦略を完遂しようと、思い思いの立ち上がりを見せている――組みあがりつつある隊列を見て、二人があげた声は奇《く》しくも同じだった。

「「先行……か」」

そう、秋桜の姿は先頭をゆく馬群の中にあったのだ。

競馬中継は可能な限りレースの全体像を映しだすため、基本は引きで撮っている。

そのため、容姿や体型といった特徴でジョッキーを特定することは難しい――今回のレースだと秋桜は紅一点だから、すぐ見分けがつくんじゃないかと思う人がいるかもしれないけど、これだけ距離があると性別の違いすらもヒントにならない。

だからこそ、競馬ファンたちは勝負服や、競走馬が装着するゼッケンの番号で、応援している騎手がどのポジションにいるかを把握するのだ。

いうまでもなく、颯太は秋桜の勝負服や、馬番号を記憶していた。

だけど、探す手間は必要なかった――勝手に、向こうから視界へ飛びこんできたのだ。

そして、その感覚は爽夏も一緒だったらしい。

「……嫌でも目につくね」

「……はい」

嫌でも目につく――ポジティブな評価に聞こえるかもしれないけど、残念ながら、颯太も爽夏もほめ言葉の意味で使っていない。

男性騎手たちに囲まれて、かわいそうなくらい強調されている――秋桜の騎乗フォームだけ、明らかに姿勢が高いのだ。

ルーキーが騎乗するレースを観戦したことがある人なら、覚えがあるかもしれない――まだ本物のレースに研磨されていない、未完成な新人のフォームは時に晒《さら》しあげという表現がぴったりなくらい浮きぼりになることがある。

競馬学校卒業時、颯太は教官からこんなはなむけの言葉を贈られた——観客たちがお前の姿を見失って初めて、一人前の騎手になったというのだぞ、と。

颯太は今になって、その意味を噛《か》みしめていた。

——多分、ブービージョッキーと非難されて、ふてくされていた時の俺もあんなふうに騎乗してたんだろうな。

過去の過ちと対面しているようで、颯太は目をそらしてしまうところだった。

「これは相当、厳しいね」

「……はい」

爽夏の的確ゆえに、無慈悲ですらある分析に颯太は頷《うなず》かざるを得ない。

レースは中盤——秋桜は、未《いま》だ先頭集団に食らいついている。

だけど、互角の闘いとはいえないようだ——秋桜の手綱だけが、すでに忙しなく動いているのだから。

競馬において、これが意味するところはあまりにも大きい。

ライバルの騎手たちは相棒の馬を信じ、今はじっと力を温存している——いうならば、最終ストレートに備え、弓のつるを極限まで引き絞っている段階だ。

対して、秋桜は馬の制御に失敗して、なし崩し的に先頭の馬群についたにすぎない。

同業者として、手にとるように分かってしまう——すでに、秋桜の馬には余力はない。騎手が自ら押してやらないと、追走できないくらい弱っているのだ。

今この瞬間、ターフで闘う秋桜の胸の内を思うと、颯太はぞっとしてしまう。

あの時、騎手を襲う感情を表現するならば——重石《おもし》に縛りつけられ、海底に沈んでいくような絶望感。

誰《だれ》も助けてくれない。奇跡を願うことすら許されない——もうとり返しがつかないと、本能が理解してしまうから。

「——あーあ、だめだ、こりゃ。同じ土俵にも立ててないよ」

爽夏の言葉が引き金になったように、秋桜の馬が明確に遅れだした——第4コーナーの最中で、力尽きたようにずるずると順位を落としていく。

カメラが、一着を争う主役たちを映像におさめんと先頭へフォーカスしていく——残酷にも見限られたようにフレームアウトしていくのは、もがき苦しむ後続の馬たち。

そして、それ以降、秋桜の姿は一瞬たりとも映ることはなかったのである。

「うわー、こんな負け方したら、私だったら引きずっちゃいそう」

重苦しい空気を紛《まぎ》らわすように、爽夏は肩を揺らして笑ってみせる。

「……俺も、あの負け方をしたら、数日は夢に見ると思います」

「秋桜のところ、いってあげなくていいの？　相当、落ちこんでると思うけど」

「今は、やめておきます。秋桜のやつ、感情が邪魔してまだ敗北と向き合えてないと思いますから――それに、どうしても見ておきたいレースがあるんで」

不思議そうに目を瞬かせていたのは一瞬で、勘のいい爽夏はすぐ心当たりに行きついた。

「あぁ、なるほどね。阪神《はんしん》競馬場のメインレースは、ファンタジーステークスだったか」

その通りと言葉にする代わりに、颯太は頷いてみせる。

ファンタジーステークス――今年は、阪神競馬場で開催される2歳牝馬《ひんば》限定のGⅢレース。格としてはこの間、セイラが制覇したアルテミスステークスと同等といえる。

そして、類似点はそれだけじゃない――ファンタジーステークスは阪神ジュベナイルフィリーズのステップレースとして位置づけられ、いわば関西地区での前哨戦《ぜんしょうせん》ともいえるのだ。

ここを勝った馬は、ほぼ間違いなく阪神ジュベナイルフィリーズに出走してくる――そう、セイラと共に挑む冬の2歳女王決定戦へと。

「颯太が阪神ジュベナイルフィリーズで乗る馬って――確か、セイライッシキだっけ？」

「はい、そうです」

「そのライバルになる馬を、把握しておきたいってわけね」

「それもありますが――もう一つ、確かめたいことがあるんです」

「確かめたいこと？」

颯太はアルテミスステークスを勝った直後から、ずっと忘れられない台詞《せりふ》を思い返す――

あの、天才ジョッキーが口にした意味深な言葉を。

「神崎《かんざき》さんにいわれたんです――　阪神ジュベナイルフィリーズで騎乗する馬は、西のエ、エ、エース
だから覚悟しておけって」

「マジ？　有力馬をとっかえひっかえしているあの人が、そこまで絶賛する馬なんて――」

――そう、間違いなく並大抵の馬じゃない。

そして、今年のファンタジーステークスで、無量《むりょう》は一番人気の馬にまたがっているのだ。

間もなく、出走の時を迎える阪神競馬場の様子を、凝視しながら颯太は確信していた――

おそらく、あの馬こそが神崎さんが西のエースと絶賛している馬だ……!!

スターティングゲートで臨戦の気合を立ちのぼらせている、セイラにとって最大のライバル
になるだろうその馬名は――

「ス、ス、ス、スティルインサマー……っていうのか」

「……っ」

その瞬間、古傷が痛んだように爽夏は表情を強張らせた。

だけど、颯太は映像に必死で、先輩のかすかな変調に反応できない。

たった今、阪神競馬場のメインレース――　ファンタジーステークスの火蓋《ひぶた》が切られたのだ
から！

各馬、一斉にゲートから飛びだす――颯太の目は、いうまでもなく無量とスティルインサマーのコンビへ注《そそ》がれた。

スティルインサマーの毛色は深く、吸いこまれそうなブラウンの鹿毛《かげ》。

寒くなってきたのに、長くもこもこした冬毛が一切《いっさい》見当たらない見事な馬体は、日を浴びて妖《あや》しいほどに艶めいている。馬体もぱんと張っていて、調子はすこぶるよさそうだ。

しかも、スティルインサマーは前走――夏の函館競馬場で函館2歳ステークス（GⅢ）を勝った、世代トップクラスの実績馬でもある。

そして、勢いがあるのは鞍上《あんじょう》もまた同じだった。

無量は今シーズンも勝ちまくっていた。先月は、牡馬《ぼば》クラシックの三冠目――菊花賞《きっかしょう》をインコロナートで勝ちきり、日本ダービー制覇に続き彼を2冠馬へ導いた。

好調の最中にある人馬は、完璧《かんぺき》なスタートを切る――隊列を引っ張る逃げ馬を前に見ながら、単独の二番手という好位についた。

そのまま、レースは滞りなく流れていく――不世出の天才ジョッキーの腕と技術があれば、この時点で決着はついたといってもよかった。

颯太と爽夏が熱い視線を送る中、勝負は最後の直線に移る。

そして、無量とスティルインサマーは絶好のポジションから突き抜け、後続に2馬身半の差をつけてファンタジーステークスを制してみせたのだ。

「よかったね。これで、本番前に西のエースの全貌が明らかになったんじゃない？」

「いや、それが……」

「なに？　颯太、なんか歯切れ悪くない？」

風になびくスティルインサマーのたてがみを、無量は労《ねぎら》うように撫でている――ウイニングランの最中にあるコンビを、颯太は言葉もなく見つめていた。

胸中にたちこめるものを一言で表現するなら――そう、違和感。

「上手《うま》くいえないですけど、違うんじゃないかなと……」

「違う？　スティルインサマーが、そこまで強くない馬だってこと？」

いつもより強い語気で詰めてくる爽夏――まるで、プライドを傷つけられたように。

だけど、颯太は思索の中にあって、その小さな棘《とげ》を気に留めることができなかった。

「いや、確かに強いは強かったんですけど……」

もちろん、スティルインサマーが強い馬であることは間違いない――レース運びも、勝ち方もまさに横綱相撲《すもう》だった。

だけど、颯太の騎手としての勘が納得してくれないのだ――果たして、数多の名馬の背を味わってきた神崎無量をして、西のエースといわしめるほどの実力だったのか、と。

そう問われれば、颯太は否《いな》といわざるを得ない――スティルインサマーは誰よりも速くゴール板を駆け抜けたものの、二着に飛びこんできた追いこみ馬に差を詰められていた。

実力は感じられたものの、同時に底も見えた——それが、颯太のスティルインサマーに抱いた印象だった。正直にいえば、凌馬《りょうま》とパウンドペルソナのコンビの方が怖い。

——神崎さん、本当にその馬が西のエースなんですか？

返答はないと知りながらも、颯太は映像の中の無量に問いかけてしまった。

「まぁ、颯太がどう思うかは別として、セイライッシキの最大のライバルと目されるのは、スティルインサマーで決まりでしょ」

本当にそうだろうかと思ったけど、ここでいくら考えても結論はでない——颯太は今、自分がなすべきことに意識をシフトする。

「あっ、そうだ。秋桜は——」

「まだ、ジョッキールームには戻ってきてないみたい——ところでさ、秋桜の指導、上手くいってないでしょ？」

唐突に投げかけられた言葉の鋭さに、颯太はのどの奥でくぐもった声をあげてしまう。

爽夏はさっぱりした笑みを浮かべていたものの、同時に、なにもかも見透かすような凄みを湛えていた。

「多分、秋桜を苦しめてるのは技術不足とか、未勝利とかじゃなくて、女性騎手であらざるを得ないことへのやるせなさなんじゃない？」

その言葉が、鋭利な刃物のように颯太の心臓に突き刺さった。

そうだ――これまで、秋桜と接してきて、なにが彼女の競馬に対する情熱を失わせているのか見えてこなかった。

もちろん、一番の問題は、未勝利のままでいることだろう。

だけど、それは裏側に隠された原因が、水面上に顕在化したものにすぎないと颯太も気付いていた――秋桜は深いところに病巣を抱えている。心までも腐らせるなにかを。

時間をかけても、颯太には秋桜が一体なにに悩んでいるのかわかってあげることができない――その無理解の間には、自分とは決定的に違う問題意識が横たわっている気がするのだ。

だけど、同じ女性騎手――しかも、秋桜の憧《あこが》れである爽夏先輩なら……‼

そう思った瞬間、颯太は目の前の救世主に助けを乞うていた。

「爽夏先輩！　もし、よければ秋桜のコーチングを手伝ってくれませんか？　一時期でいいんで！」

「わ、私が？」

いきなり、音が鳴るほどの勢いで頭をさげた颯太を前に、爽夏は呆気《あっけ》にとられる。

だけど、決断力に優れた最強女性騎手が困惑していたのは束の間のことだった。

「――うん、わかった。いってあげてもいいよ」

「ほ、本当ですか⁉」

「他でもない颯太の頼みだからね。それに、同じ女子として、秋桜になにかアドバイスできることがあるかもしれないし」

そういって、爽夏は雲一つない空のように笑った――あ、ありがたすぎる！

「本当にありがとうございます！　後で、日時を連絡しますんで！」

「うん、二人と一緒に特訓できるのを楽しみにしてるよ」

頼もしい応援を得た颯太は、爽夏の言葉に「はい！」と弾む声で答えたのだった。

「はぁ、だるぅ。先輩、どっか遊びにいきませんか？」

「お前さ、そろそろ、どうしてここにきてるのか自覚してくんない？」

今日も今日とて、颯太のトレーニングルームで秋桜はだらだらしていた――時間ぴったりにやってきたと思ったら、スマホをいじくっている。やる気があるんだが、ないんだか……。

「先輩、このイス座りにくくないですかぁ？　お尻《しり》、痛いんですけど」

「それ、下半身を鍛えるマシンな。そんで、お前はそのマシンを使ったメニューを、やらなきゃいけないわけなんだけど」

「あーね」

――あーね、じゃねーんだわ。

「あたし、もっと、先輩とおしゃべりしてたい気分です――だめですかぁ？」

甘ったるい声音《こわね》でそう告げると、秋桜は小悪魔を演じるように首を傾げる。

明らかに、トレーニングを後回しにする小癪《こしゃく》な策なのだけど、今回だけは乗ってやろうと思えた――聞いておきたいことがあったのだ。

「この間のレースのこと、もう大丈夫か？」

「……先輩、話題ふるの下手ですか？」

秋桜は気まずそうに目をそらすと、膝《ひざ》を抱えるように座り直す。

「まぁ、ぼちぼち立ち直った感じ……ですかね」

そういったものの、秋桜の表情は明らかに感傷的な影を帯びている。

無理もないと、颯太は思う。

あれほど屈辱的な敗北を味わったら、引きずるなという方が難しい――むしろ、颯太は秋桜がトレーニングを欠席する最悪の事態まで覚悟していた。

そんな病みあがりのメンタルで、いきなり厳しい特訓を課せられたら、気持ちがついていかないのも頷ける――今の秋桜は悪夢の一敗を忘れるほどの、甘いアメが必要だ。

そして、今の颯太は、とっておきのプレゼントを抱えている。

「あーあ、気分乗らないなぁ。先輩、あたしのやる気あげてもらっていいですかぁ？」

「これを見ても、まだそんなことをいえるかな、秋桜⁉」

颯太は満を持してトレーニングルームのドアを開け放つ――次の瞬間、姿を現した人物に、秋桜は飛び跳ねるほど驚いた。

「えっ、ヤバ⁉　爽夏先輩じゃないですか⁉　なんで⁉　ヤバい！　なんで⁉」

「よっ、秋桜。久しぶりだね」

語彙力《ごいりょく》を喪失している秋桜に、爽夏は清涼感のある笑顔で応《こた》える。

「きゃー！　きゃー！　先輩、かっこよ！　あっ、颯太先輩のことじゃないですよ？　爽夏先輩のことです」

「話の流れで、それくらいわかりますけどね！」

——いきなり、スンとなってトドメを刺してくるな！

「そ、それで、爽夏先輩はどうしてここに⁉」

「颯太が、秋桜に特訓をつけてるって聞きつけてね。私も、かわいい後輩二人のために一肌脱ぎたくなっちゃったってわけ」

「えっ⁉　ってことは——」

「うん、今日は一緒に体を動かそっか——特別に、私が普段からとり組んでいる、女性向けメニューも伝授してあげる」

そこで、秋桜は電源が切れたかのように言葉を失った。

さぁ、ここからが正念場だと颯太は気を引き締める。トレーニング嫌いの秋桜の心を動かすのは、いくら爽夏先輩でも並大抵のことでは——

「やります！　やらせてください！　爽夏先輩が実践してる特別メニュー！」

「やる気があるのはうれしいんだけど、颯太のトレーニングをこなしてたんじゃないの？」

「丁度、颯太先輩の特訓じゃ、物足りないと思ってたところなんです！」

今まで、嘘《うそ》なんて一つもついたことがないといわんばかりの笑顔で、そんなことを告げる秋桜――ねぇ、泣いていい？　同じ先輩なのに、あつかいに差がありすぎませんか？

でも、大目に見てやろうと颯太は心のうちに流れた涙を拭《ぬぐ》う――後輩が前向きな姿勢を見せてくれたのは、それだけで喜ばしいことなのだから。

爽夏が少しだけ申し訳なさそうに目配せしてくる――その意味を察して、颯太は頷いた。

「じゃ、さっそく始めよっか。準備はいい、秋桜？」

「はい！　よろしくお願いします！」

秋桜の輝く目は、もう爽夏しか映らないようだ――もう、この場に必要なくね、俺？

「あっ、せっかくだし颯太も体験してかない？　私が普段、どんなふうに体を鍛えてるか」

「えっ、いいんですか？」

「先輩、空気読んでください！　あたしと、爽夏先輩の間にはさまるな！」

――お前に聞いてないから。

「颯太にも女性騎手が、日常的にどんなトレーニングを積んでるか知ってもらいたいし――まさか、ダービージョッキーさまが、途中で音をあげたりしないよねぇ？」

爽夏は不敵に笑う――その挑戦的な言葉で、颯太のプライドに火が付いてしまった。

「どうですかね？　最近、優秀なマ、ネ、ー、ジ、ャ、ー、がついたのでかなり仕上がってますよ、俺」

「へぇ。じゃあ、お手並み拝見といこうかな」

まんまと乗せられた気もするけど、こうして、颯太も爽夏のスペシャルメニューに挑むことになった。

そして、そう時間はかからず軍配があがったのだ。

「はぁ……!!　はぁ……!!　きっつぅ……!!」

なんとかメニューをこなし終え、颯太は柔軟用のヨガマットへ大の字で寝転がる。

天井《てんじょう》を映す視界に、いたずらっぽい笑みを浮かべる爽夏の容貌がぬっと入りこんできた。

「それで、ご感想は？」

「……正直、舐《な》めてました。思ってたより100倍きつかったです」

白旗をあげるように告げると、爽夏はどこか満足げに頷いた。

そして、手を差し伸べてくる——その力を借りて、颯太はむくりと起きあがった。

「でも、さすがだね、颯太。この強度のメニューを、初見で消化するなんて」

「ホント、ぎりぎりでしたよ。普段、鍛えてない筋肉を動かしてるみたいで……」

「男と女じゃ筋量とか、肉体のバランスが違うからね。競馬サークルには男性騎手のトレーニングの知見しかなかったから、試行錯誤しながらやっと今の形にいき着いたんだ」

「もしかして、このメニューを毎日こなしてるんですか？」

「むしろ、今日は秋桜に合わせて軽くしてる方――そのくらいしないと、男性騎手が強すぎてあっという間に淘汰《とうた》されるから。女性騎手をやってると、遊んでる暇なんてないんだよ。今じゃ、親友も恋人もサラブレッドって感じだもん」

その実感がこもった言葉から、爽夏が途方もない時間と労力を払って、「歴代最強女性騎手」の称号を守っているのだと思い知らされる。

「……秋桜の方は？」

「今も、必死に食らいついてる。予想よりも、ずっと一生懸命に――」

爽夏のまぶしいものを見つめるような眼差《まなざ》しを、颯太も追った。

秋桜は、過酷なトレーニングに真っ向から挑んでいた――滝のようにかいた汗で、おでこに髪が引っついていても、なりふり構わず目の前の課題へとり組んでいる。

その姿を目の当《ま》た《あ》りにして、颯太は競馬学校時代の秋桜を鮮明に思いだす――そうだ、俺が知る元々のあいつの姿はこうだった。女性騎手であることや、小さい体であるハンデをカバーするように、鬼のように練習を積んでいたのだ。

まだ、秋桜の中に昔のひたむきさが残っていた――そのことが、かけ値なくうれしかったのだ。

「爽夏先輩！　いわれたメニュー、全部終わらせました！」

「おー、よくやった、秋桜。えらいぞー」

よく懐いた犬のように駆け寄ってくる後輩の頭を、爽夏はぽんぽんと撫《な》でた。

「爽夏先輩、トレーニングの他にも日々の食事とか、厩舎の仕事とかで相談したいことがあるんですけどいいですか？　そ、その、男の人には聞きにくいこともあって……」

「うん、なんでも聞いて。そのためにきたんだから」

「じゃ、じゃあ――!!」

周りに、相談相手がいなかったのだろう――秋桜は次々と爽夏へ質問をぶつけていった。

そして、そのどれもが颯太では気付くことも難しい、女性特有の悩みだったのだ。

改めて、同じ騎手という仕事をしていても、性別が違えばここまで直面する問題に違いが生じるのかと痛感する――そして、絶対数が少ない彼女たちは相談できる相手に恵まれず、その多くを自力で解決しているのだ。

女性騎手はレースはもちろん、男性が多くを占める競馬サークルでの日常生活が強いる不便さとも闘っていかなくてはならない。

だから、颯太はトレーニングの終了時間がやってきても、爽夏へ相談を続ける後輩をとめることはなかった――これで、秋桜の状況が好転すればいいんだけどな……。

「――あ、最後に一つだけ」

「ん？　なに？」

「あ、あの、聞いていいのかわからないんですけど、どうしても知りたくて……」

爽夏が寛大なことを知っているはずなのに、秋桜はその先の言葉をなかなか口にしない。

風向きが変わった。そんな気がして、颯太が耳を傍立《そばだ》てていると――

「どうして、この間のファンタジーステークスに、爽夏先輩はスティルインサマーで出走しなかったんですか？」

――え？

あまりに予想外な問いかけに、颯太は言葉を失ってしまう。

そして、反射的に爽夏へ視線を送る――歴代最強女性ジョッキーの異名をとる先輩は表情こそ明るかったものの、さっきまでなかった複雑な情緒を帯びているように映った。

「なにいってんの、秋桜？　騎手なら、そんなこと尋ねるまでもないでしょ。私はスティルインサマーの鞍上に選ばれなかった――ただ、それだけ」

「そんなのおかしいです！　だって、爽夏先輩はスティルインサマーを函館2歳ステークスで、しっかり勝たせたじゃないですか！」

声をふりしぼる秋桜は、加速度的に感情的になっていく。

だけど、それ以上に言葉そのものの衝撃が、颯太の感情を波立たせた――スティルインサマーが函館2歳ステークスを制覇したのはリサーチ済みだったけど、その鞍上が爽夏だったというところまでは把握してなかったのだ。

常識的に考えれば、重賞勝ちを手にした爽夏とスティルインサマーは、そのままファンタジーステークスでもコンビを継続するはずだ。

だけど、そうはならなかった——理由は、明確だ。

「——乗り替わりがあったんですね」

「うん。ある日、スティルインサマーの馬主さんから『次走は、最高の騎手を鞍上に据えたい』っていわれてさ。その騎手が神崎さんだったわけ。そりゃ最初はびっくりしたけど、誰でもリーディングジョッキーに愛馬を託したいよねって、秒で納得しちゃったもん」

爽夏はあっけらかんと事情を語る——とっくの昔に吹っ切れたような笑顔が、颯太の目にはむしろ痛々しく映った。

騎手の世界では、乗り替わりは珍しい話じゃない。むしろ、日常茶飯事の出来事だ。

それは、単純にジョッキーの騎乗がまずかったり、上手く騎乗できたとしてもオーナーサイドの事情によっておろされる場合がある。

そんな競馬サークルの文化に染まった颯太でも、爽夏の乗り替わりの話は理不尽さを感じざるを得ない。

男性騎手を押しのけて騎乗依頼をもらうのが難しい女性騎手が、重賞競走を制覇してみせた——爽夏先輩は、期待される中で最高の結果をつかみとったはずだ。

それなのに、愛馬とのコンビを引き裂かれてしまったのだ。

それは、つまり競馬サークルに未だ根深い女性騎手への信用の低さを表している。

颯太としては男性騎手と女性騎手の間に、それほど明確な能力差があるとは思えない。

ただ、せっかくデビューしたものの思うように勝てず、やがて、騎乗依頼がもらえなくなって、早々に現役《げんえき》続行を諦《あきら》めざるを得なくなった女性騎手は数多くいる。

JRAも短命に終わる傾向がある女性騎手を、負担重量を減量させることで救済しようとしている——ルーキーの男性騎手は3キロの負担減量を許されているけど、女性はさらにハンディキャップが考慮され、最も軽い4キロ減での出走が認められているのだ。

だけど、颯太は皮肉にも優遇措置そのものが、誰も口にしたがらない事実を白状しているように思うのだ——女性騎手は、男性騎手に比べて実力が劣っていると。

そして、爽夏という天才を以てしても、そのイメージをまだ払拭できないでいるのだ。

「二人とも、深刻な顔してどしたの？　私は、もうなんとも思ってないのにさ」

けらけらと笑う爽夏に、颯太はなんと声をかけるべきかわからなくなってしまった。

だけど、秋桜は躊躇《ためら》いもなく、おさまらない感情をぶつけるように叫んだのだ。

「あたしは、認めたくありません！　だって、スティルインサマーとコンビを組んできたのは、爽夏先輩じゃないですか⁉　それなのに大人の事情で、神崎騎手に乗り替わりなんてひどすぎます！　コンビが解消されてなかったら、阪神ジュベナイルフィリーズにも出走できたはずなのに！　こんなの先輩がかわいそうです！」

吐露していくほどに、秋桜はどんどん泣きだしそうな顔になっていく。

その姿は、小さな体に蓄積されてきたどす黒い感情が一気に噴出したかのようだった。

「それもこれも、女性騎手の実力が軽視されるから――!!」

「――秋桜、そこまでにしな。それを口にしちゃえば、私が闘ってる意味がなくなるから」

爽夏の厳しい声音に頰《ほお》を打たれたように、秋桜はうるんだ瞳《ひとみ》を震わせる。

「……先輩は悔しくないんですか？　男の人に負けないくらい乗れるのに、こんなあつかいを受けて」

「自分じゃどうしようもないことで悲しんだり、心を乱したりするのは時間の無駄だって気付いたから。私は、任せられた仕事で最善を尽くし続ける――清澄爽夏というちっぽけな存在が、世界を変えるにはそれしかないから」

無数の悲しみや苦しみの上に成り立った達観の言葉――そして、それは残酷なほど正論であるはずなのに、秋桜は反抗するように唇を嚙んだのだ。

「先輩でさえそんな苦しみを味わってるなら、あたしはなにを犠牲にすれば報われるんです、か⁉」

その慟哭《どうこく》が鼓膜を震わせた瞬間、秋桜の情熱を鈍らせているものの正体に触れた気がした。

秋桜は赤い目で、爽夏をにらみつけて答えを待つ。

だけど、爽夏は沈黙するばかりで、なにも語ろうとしなかったのだ。

「――もういい!!　帰る!!」

「こ、秋桜⁉　待て！　どこに――」

「颯太、追いかけなくていいよ！」

背中にかけられた声に、駆けだそうとしていた颯太の足が止まる。

「ど、どうしてですか、爽夏先輩！　このまま放っておいたら、あいつ――‼」

「自分の意志で戦いの土俵にのぼれない人間が、この世界で生き残れると思う？　颯太ならわかるよね――その程度の覚悟しかない騎手は、遅かれ早かれ消えていく」

「で、でも、秋桜、あんなに辛そうだったし――」

本当は、今すぐにでも後輩を追いかけたい。

だけど、爽夏がいいたいことも理解できた――ゆえに、颯太はその場から動けない。

「誰かを救いたいと思う時、手を差し伸べる側の気持ちは関係ないんだよ。大事なのは手を差し伸べられる側に、準備ができてるかどうかだから。今の秋桜を、引きあげようとしても無駄。颯太も一緒に沈んでいくだけ。それに――」

情けを殺していたように冷酷だった爽夏の表情が、もの悲しい色を帯びる。

その感情の機微で颯太はやっと気付き、そして、自分を恥じた――いくら厳しい言葉をかけても、秋桜のことを爽夏先輩が心配しないはずがないのだ。

「今、あの子が立ち止まってるのは、かつての私が足踏みしていた場所だから」

女性騎手同士にしか理解できない葛藤《かっとう》がある――それを痛感した颯太は、爽夏の助言に従うしかなかった。

どうかしている――そんなのは、自分でもわかっている。

でも、秋桜は胸の内で荒ぶる、獣のような感情をおさえつけられなかった。

認めることなんてできない――爽夏《さやか》先輩があんな目に遭っているなんて。

――あれほど才能がある人が、あんな屈辱を味わってるの!? 歴代最強女性騎手と呼ばれる人でさえ、毎日のように挫折を味わってるの!? 女の子として享受できるはずだった幸せを手放してまで、競馬へ捧《ささ》げた時間が報われないっていうの!? だったら、だったら――!!

トレーニングルームから飛びだした秋桜は、ろくに前を見ずに走り続ける――胸が絶望に塗りたくられて、それどころじゃなかった。

――あたしのちっぽけな努力なんて、最初から意味ないじゃないッ!!

ずっと、この感情が前に進もうとする体を縛りつけていた。健常な心を蝕《むしば》んでいた。

――本当は気付いている。ジジイも颯太《そうた》先輩も、あたしを本気で勝たせようとしてくれてることくらい。だけど、心を腐らせてしまったあたしは、その想《おも》いに応《こた》えられない。

スターゲイザリリーも、本当は強いサラブレッドなのだろう――馬に関して、あのジジイが嘘《うそ》をつくはずがない。

だけど、いくら説得されようが、信じることができないのだ――小柄すぎるリリーに騎乗してると、非力な女性騎手である自分をより意識してしまって。
そして、秋桜は思いだす――今週末に、リリーと出走するレースがあることを。
こんな状態で騎乗すれば、どんな目に遭うか――そんなことは理解している。
だけど、濁流《だくりゅう》のような感情を、コントロールすることはできなかった。
今は、少しでも競馬から離れたい――その一心で、秋桜は涙も拭《ぬぐ》わず駆け続けた。

第6R

どうして、あたしはこんな弱いんだろう？

――結局、目の腫《は》れは引いてくれなかったな……。

秋桜《こすもす》はゴーグルを外し、かゆみがおさまらない目を戒めるように首をふった。

そして、大事な場面で集中力を欠く自分を戒めるように首を拭う。

今、まとっているのは勝負服。身をおいている場所はスターティングゲート。そして、またがるのはポニーと見紛《みまご》うような牝馬《ひんば》――スターゲイザリリーだった。

そう、間もなく、東京競馬場にて出走の時を迎えようとしているのだ。

ゲートが開く瞬間を待つ間、秋桜は臨戦のオーラをまとうライバルたちへ目移りしてしまう――どの馬も強そうだ……。そして、女性騎手はあたし一人だけ……!!

勝負を前にして、秋桜は心細さを覚えてしまう。

そして、そんな鞍上《あんじょう》の感情の揺らぎを察知したように、スターゲイザリリーが急激に落ち着きを失くしたのだ。

――や、やば……!!　やっちゃった……!!

鞍上のメンタルというのは、想像以上にサラブレッドへ感染するものだ――特に、騎手が馬に不信感を抱いてしまった時は。

首筋を撫《な》でても、気が立ったスターゲイザリリーは足踏みをやめない――警戒したように後ろへ引き下がっていく。ついには、臀部《でんぶ》がガードにぶつかってしまった。

そして、その瞬間だったのだ――ゲートが音を立てて開いたのは！

「――あっ⁉」

最悪のタイミングだった――十分な備えをとれなかった秋桜とスターゲイザリリーは、大きく出遅れてしまったのだ。

開幕早々、不利を被ってしまう。ポジションはいうまでもなく隊列の最後尾――秋桜は荒い手綱さばきで、スターゲイザリリーに追走を命じざるを得なかった。

早鐘を打つ心臓をなだめながら、落ち着けと自分にいい聞かせる。

なぜなら現在、闘っているのは2歳馬の番組にしては比較的距離が長い、東京芝1800メートルという条件――巻き返せるチャンスは、まだある。

スターゲイザリリーには、長距離適性がある――そう鉄魁《てっかい》が判断したゆえの選択だった。

「――あんたは、長い距離で活躍できる馬なんでしょ！　その力を見せて！」

秋桜を背にしたスターゲイザリリーは、小さな体を弾ませるようにターフを疾駆していく。

3コーナーで後れをとり戻し、4コーナーに達したころにはライバルと互角の戦いを繰り広げていた。

しかも、手綱に伝わる手応えからも、余力を十分に残しているように感じられる。

――こんな小さな体の一体どこに、これほどのスタミナが……!!

火が入ったように熱を帯びつつある馬体から、スターゲイザリリーの瑞々《みずみず》しい才気が立ちのぼってくる――その熱波にあおられるように、秋桜の胸が希望にふくらんだ。

濁流のごとく過ぎ去っていく4コーナーの出口から、東京競馬場の最終ストレートがのぞく――コーナリングフォースから解き放たれた馬体が、最高速で直線へ放たれた。

しかし、ここで状況が一変したのだ!

「――ッッ!?」

ライバルの騎手たちが、最善のラインに乗ろうと積極的に馬を動かしてくる――ぎゅっと詰まった隊列で、ポジション争いが一気に激化した。

そして、ここでスターゲイザリリーの弱点が露見してしまうのだ。

後ろに控えていた馬が、強引に馬群を割ってくる。インで並走していた馬も、活路を見出すべく外へ斜行してきた――しかも、どちらもスターゲイザリリーより、1・5倍以上の馬体重がありそうな牡馬《ぼば》だ!

まさに、衝突すれすれの肉薄――勝利のため、危険を顧みない一手に打ってでた人馬の動きは遠慮がなかった。

体格差がありすぎて、こちらが避けざるを得ない――軽量級のスターゲイザリリーは、弾《はじ》きだされるように悪いポジションを押しつけられていく。

逃げた先は僻地《へきち》。しかも、屈強な牡馬たちに包囲されて進路を見失う――すでに、頭に思い描いていた理想のラインとは程遠かった。

鞍上で、もがくように手綱をしごく秋桜――さっきまで、胸に宿っていたわくわくするような気持ちは死に絶えていた。

無力感に打ちひしがれる秋桜の脳裏《のうり》に、パドックを周回した記憶が過《よぎ》る。

あの時、嘲笑《ちょうしょう》を伴った観客の言葉が耳をかすめたのだ――「なんだ、あのチビ馬。ポニーが混じってんぞ」、と。

忘れようと努めた言葉が今更ながら鼓膜を打った瞬間、勝負への熱気が急速に醒《さ》めた。

代わりに、全身を焼いたのは激しい羞恥心《しゅうちしん》――スタンドから送られる無数の視線が怖い。

――こんな小さい馬の上で、必死に頑張ったって勝てるはずないじゃん。周りの馬は大きくて強そうだし、あたしの騎乗技術は男性騎手の足元にも及《およ》ばない。

秋桜の失意が胸を満たすほど、追いだしの動作に覇気がなくなる。

並みの馬なら、このまま着順争いから脱落するはずだった。それなのに――

――な、なんで……⁉

鞍上が闘争心を失っても、スターゲイザリリーの脚色は決して衰えない――それどころか、馬が自分の意志で前にいきたがってる⁉

スターゲイザリリーは小さい体をどの馬よりも精一杯駆使して、牡馬たちへ必死に食らいつく。

こんなの、初めての経験だった――なんなの、これ……!! 馬が騎手に競馬を教えようとしてるみたい……!!

――あたしにいけっていってるの、リリー……!?

秋桜は、奇跡に立ち会ったような感覚を抱く。電撃が脳天を貫いたように、「ここだ！」と全細胞が告げていた。

今、スターゲイザリリーを追いだしたら、世界がひっくり返るかもしれない――腐りかけの心臓が息を吹き返したように鼓動を打った。

しかし、ゆく手をふさぐのは、疾駆する0・5トンの肉弾たち――正真正銘、命の危険を覚えるほどの獰猛《どうもう》なエネルギーが支配する世界。

しかも、最終ストレート半ばで疲弊しきった前の一頭が危うげにふらつき、スターゲイザリリーの進路に侵入してきたのだ。

「――ひっ!?」

言葉にならない恐怖に襲われる。震えあがった命を守るように、体が委縮した。

――怖い。怖い。怖い。このまま、突っこんだら冗談じゃなく死んでしまう。あたしは、ただ無事に家へ帰りたいだけなんだ。たとえ、リリーがいきたいと訴えても――!!

――あたしにはできない……‼　そこまで、競馬に命を捧げられない……‼

醜い本心がさらけだされた瞬間、秋桜は心が折れる音を聞いた。

ゴーグル越しの光景がにじんでいく――希望が潰えたターフは、憎たらしいほどに長い。

そのまま、秋桜は勝負を諦《あきら》めていないスターゲイザリリーの鞍上で、不甲斐《ふがい》ない追いだしを続けた――騎手として、最低の行為だと理解しながら。

スターゲイザリリーは粘りに粘ったものの、結局は下位に沈んだ。

今日の、彼女の走りを評するならば――孤軍奮闘ほど適切な言葉はないだろう。


部屋のどこかで、スマホが鳴った。

朝から、何件も通知がきているけど確認する気になれない。

カーテンが閉めきられたアパートの寝室――秋桜は布団《ふとん》を被りながら、ベッドの上で膝《ひざ》を抱えてうずくまっていた。

スターゲイザリリーと出走したレースで惨敗してから、秋桜は仕事を休んでアパートに引きこもってしまったのだ。

生気が宿らない目に、不健康な薄暗さに支配された室内が映る。

この生活を始めてから、秋桜はとり憑《つ》かれたように一つのことしか考えられなかった――

どうして、あたしは騎手をやってるんだろう、と。

時々、思うことがある。

騎手だって、小説家だって、アイドルだって、なんでもいい――その道のプロになるというのは才能に恵まれた幸せな人ではなく、そこでしか生きられない呪いをかけられた不幸な人なんじゃないかって。

きっと、プロであり続けるというのは、命に烙印《らくいん》された呪《のろ》いを引き受けるということなのだろう。

――乗り替わりを命じられた爽夏《さやか》先輩や、ブービージョッキーと後ろ指をさされた颯太《そうた》先輩を見てると特にそう感じる。楽しいことより、辛いことの方がずっと多い騎手という仕事に、歯を食いしばってしがみついている二人の姿に。

この場所に、そんな価値があるのだろうか？　ジョッキーという営みや、サラブレッドという生き物に、命を懸けてまで尽くす意味があるのだろうか？

もう、数えきれないくらい自身に投げかけた問い。

そして、胸にぽっかりと空いた洞《うろ》から響く返答は変わらない――そんな価値も意味も、ここにはない。

それは、激痛のうちに己《おのれ》の四肢をもぐかのような――いや、これまでの人生を全否定するかのような答えだった。

虚《うつ》ろな瞳《ひとみ》に、暗い意志が宿る。

秋桜はベッドから抜けだし、ソファにおいてあったスマホを手にとった。

この気持ちを最初に伝えるべき相手は決まっている――かつて、あたしに騎手を辞めようかと打ち明けてくれた人へ、と。

秋桜は力が入らない指で、メッセージを打ち終えた。

――先輩、次の休日、一緒にお出かけしてくれませんか？


「――どうか、許してください！　この通りですから！」

マンションのリビングに、颯太の懇願するような声が響いた。

やり慣れていることが一目でわかる、ほれぼれするほど美しい土下座を向けている相手は――聖来《せいら》だ。

ただし、いつも微笑みを絶やさない女神さまの表情は、珍しくくもっている。

その原因は、颯太が差しだしているスマホにあった――表示されているのは、秋桜とのメッセージのやりとり。

「……つまり、秋桜騎手とデートをさせてほしいということですか」

「い、いや、どこにもデートと書かれてないので、そうと決めつけるのは……」

「いえ、これは間違いなくデートのお誘《さそ》いです」

とろんと垂れた双眸《そうぼう》を、ちょっぴり吊《つ》り目にして聖来は断言する。

とはいえ、颯太も、これがただのお誘いじゃないことはわかっていた——なぜなら、秋桜は先日のレースで敗北を喫《きっ》してから、自宅に引きこもってしまったのだから。

——上総《かずさ》先生も、爽夏先輩も、俺《おれ》も毎日メッセージを送った。だけど、いくら待てども返信も既読もつかなかった。

そんな八方《はっぽう》ふさがりの状況の中、秋桜から連絡がきたのだ——おそらく、俺にだけ。

「これって、秋桜からのSOSだと思うんです。あいつは今この瞬間も、一人で悩んでる——だから、俺がいってやらないと！」

「事情は、よくわかりました。ですが……」

土下座の体勢から顔をあげると、聖来は依然として悩ましそうにしている。

颯太にとっての誤算がこれだった——いつもなら、颯太の望みならなんだって聞いてくれる聖来の態度が、今日に限ってはひどく強硬なのだ。

本当なら聖来に隠し通して、こっそりと秋桜に会うことはできた。

だけど、謎《なぞ》の罪悪感に苛《さいな》まれて、白状せざるを得なかったのだ。

「し、下心なんて1ミリもないですから！　本当に、俺は先輩としてあいつのことが心配なだけで——」

「そこは、信頼しています。颯太くんは、そんなことをする人じゃありませんから」

「え、え？」

──あ、あれ？　そこが、引っかかってたんじゃなかったのか？

啞然としながら颯太は、お姉さんの顔を見つめる。

聖来はというと視線を微妙にそらし、どこかすねるように──

「だって、颯太くん、わたしとは一回もデートしてくれたことがないのに……」

「ッツ──!?」

その控えめな声が耳に入った瞬間、颯太の男の部分がやるべきことを理解した。

「この件が済んだら、すぐ埋め合わせをします！　ってか、逆にこっちから頼みたかったくらいで──あ、あの！　ぜひとも、俺とデートしてください！」

実のところ、聖来と同居してからというもの、ずっとデートに誘いたくて悶々としていた颯太は、ここぞとばかりに懇願した──まさか、こんな形で問題が解決するなんて！

「ええ、本当ですかぁ!?　うれしいです！　とっても、とってもうれしいです！」

聖来はお嬢様らしく手を合わせながら、とろけるように笑ってくれる。

「と、ということは……!!」

「はい！　とびっきりのオシャレをして、颯太くんの隣を歩かせていただきます！」

なんてことだ──誕生以来、最強に待ち遠しいイベントができてしまった。今、地球上で俺が一番の勝ち組だぁぁ！

でも、デートの日を迎えるより先に、全力で挑まなければならない問題がある。

向かい合う、颯太と聖来の顔が同時に引き締まった。

「……それじゃ、お出かけの件、許可してもらえますか？」

「はい、秋桜騎手のこと、上手《うま》くいくことを祈っています」

聖来の言葉を聞き届け、颯太はスマホを手にとり返信メッセージを打ち始めた。

第7R こんなのバカみたい……!!

霞ケ浦の水面が穏やかに揺れている。天気も予報通りに晴れてくれた。

聖来《せいら》にアドバイスしてもらったファッションに身を包んだ颯太《そうた》は、シティサイクルにまたがりながら待ち人の姿を探していた。

待ち合わせの約束をした公園――もうすぐ、あいつがやってくるはずだ。

「あっ、先輩！　こっち、こっちです！」

能天気な声に首を巡らすと、ミニベロの自転車でやってくる女の子の姿が映った。

何日も音信不通だったこと、そして、敗北のショックが彼女に与えた影響を思うと、颯太は平静ではいられない。

「秋桜《こすもす》！　元気だったか⁉　ちゃんと、三食食べてたんだろうな⁉」

「なんですか？　先輩、ママみたいなこといいますね。この顔を見てくださいよ。元気です」

颯太は、秋桜をまじまじと確認する――確かに顔色もいいし、表情もいきいきしている。

まるで長い間、苦しんできた呪《のろ》いから解放されたかのように。

どうして、そんなに清々《すがすが》しく笑えるんだろう――颯太は、それが不思議で仕方なかった。

Booby Jockey!!

「それより、先輩！　今日のあたし、どうですか？」

アピールするように、透け感のある前髪を指でちょんちょんと直しながら、秋桜は期待で満ちた上目遣《うわめづか》いを見舞ってくる——今日の後輩の格好は、ファッション誌から飛びだしてきたかのように華やかだ。

「あ、あぁ。すごく、おしゃれだな。それに、似合ってる」

「えへへっ、でしょでしょー！　最強装備秋桜ちゃんとおデートできるなんて、先輩は幸せ者ですねー！　あっ、やべ。ぷての毛、ついとる……」

「ぷ、ぷてって？」

「うちの猫の名前です」

秋桜はアウターについた愛猫の毛を、黙々と手で払っていく——集中すると唇をきゅっとすぼめる仕草が微笑ましくて、颯太の頰《ほお》はほころんでしまった。

「そんじゃ、いくか」

「はい、いきましょ！」

あの後、メッセージをやりとりして、秋桜とショッピングモールへいくことになった——なんでもクリスマスが近くなって、イルミネーションスポットが爆誕したそうだ。

普段なら、捕食者の気配を察知した小動物のごとく絶対に寄りつかないところだけど、今の秋桜にお願いされたら断れるはずがなかった。

秋桜と二人で、自転車を走らせる。

霞ケ浦を隣にのぞむサイクリングロードは景観が抜群だ——冷たい風も、ペダルを漕《こ》いでいれば徐々に心地よくなってくる。

「先輩も、ぷてのこと撫《な》でにきます？　バカかわいいんですよ！　ガチ恋必至です！」

「は？　それって、つまり……秋桜の家にお邪魔していいってことか？」

「えーー」

「そっちから、いいだしたのに渋るんかい」

「まっ、今日のデート次第って感じですかねー。先輩、がんばってください♪」

自転車で並走しながら、小癪《こしゃく》な後輩はからかうように笑う。

今日の、秋桜は驚くほど機嫌がいい——颯太は遠慮がちに、楽しそうな横顔へ目をやる。

この間の大敗、それにスターゲイザリリーのことは本人の中で決着がついたのか——颯太は、どうしても気になってしまう。

「あのさ、この間のレースのことなんだけど——」

「——今、その話はしたくない」

返ってきた言葉は拒絶の色に満ちていて、颯太はそれ以上、踏みこめなかった。

「そんなことより、これからいくお店のことなんですけどぉ！　実はあたし、今日のために、めっちゃリサーチしてきて——」

わくわくした様子でデートスポットを語る秋桜は、どこにでもいる普通の女の子のようだ

──颯太もそのノリに流されてしまう。

他愛《たあい》もない会話を交わしながら、しばしの間、サイクリングを楽しむ──おしゃべりに夢中になるあまり、二人とも目の前の段差に気付けなかった。

「──きゃっ⁉」

秋桜は驚いた声をあげたものの、対処する動きに迷いはなかった。

車体が跳ねあがった瞬間、素早く腰を浮かす──そして、車輪が地面に着地すると、ふわっと優しくサドルへ座り直した。

そして、颯太もまったく同じ身のこなしをしたのだ。

その洗練された動きは、馬が背を痛めてしまうことを避ける騎手の本能的な習性だった。

「──あっ」

瞬間、秋桜は恥じるような、戸惑うような、それなのに心のどこかで安堵《あんど》を覚えたような

──複雑な感情が入り混じった横顔で苦笑する。

なぜか、その切なげな表情を見つめていると、胸が苦しくなった。

颯太の中で曖昧《あいまい》だった不安が輪郭《りんかく》を帯びてきて、なにもいえなくなってしまう。

きっと、彼女は一人きりの夜に、誰《だれ》の手も借りないまま決断をくだしてしまったのだ。

ショッピングモールに到着してから、秋桜のテンションはさらに跳ねあがった。

様々なテナントが並ぶ通路はクリスマスを演出するオーナメントに彩《いろど》られ、とてもきらびやかだ。

行き交う人たちもカップルが多い気がして、颯太はそわそわしてしまう。

「あっ！　あの、お洋服かわよ！　あたし、仕事忙しくて、今年の冬物をそろえられてなかったんですよね！　ちょうどよーい！」

「そうなの？　俺《おれ》は去年のやつを、ずっと着回してるけど」

「うちのぷてでも季節ごとに毛が生え変わるのに、先輩は恥ずかしくないんですか？」

「お前、ホント、俺に対してあおり性能高いよな！」

「いいからいきましょ！　ねっ！」

秋桜につられて、若い女の子にとってはマストらしいブランドのお店に入る。

「うっわ、かわよ♥」とか、「一目ぼれ確定！」とか、はしゃぎながらコレクションを物色する後輩の後ろを、颯太は曖昧な相槌《あいづち》を打ちながらついていくことしかできない――さっきから、店員のお姉さんが微笑ましそうにこちらを見てるんですけど……。気まずい……。

「先輩！　どっちの方が、似合うと思いますか？」

声をかけられて向き直ると、秋桜が目をきらきらさせながら二つの洋服を掲げていた。

いうまでもなく、颯太は返答に困る——女の子の服のセンスなんて、さっぱりわからん。

それぞれの服を着てもらって、パドックを周回してもらわないと。

現実にはそんなこと不可能なので、颯太は選択を直感に任せることにした。

「じゃあ、こっち……？」

「えーー」

——うっ、選択ミスったか。

「じゃあ、こっち買おっと！　お会計いってきます！」

颯太が選んだ方の服を大事そうに抱えて、秋桜はレジへ駆けていった。

どうやら、後輩の「えーー」は難色を示しているんじゃなくて、満更《まんざら》でもない感じらしい
——秋桜の素の顔を知れた気がして、なんだかくすぐったい気持ちになった。

お店の前で待っていると、会計を済ませた秋桜が急がなくてもいいのに小走りで帰ってくる。

しかも、満面の笑みで手をふりながら——多分、世の大多数の男は、この仕草だけで落ちると思う。

「先輩、お待たせです！　たった今、秋桜ちゃんのクオリティ・オブ・ライフが激しく向上しました！」

「よかったな。荷物は持つぞ。お前、ちょこまか動くから両手が空いてた方がいいだろ」

そういって、颯太は秋桜が手からぶらさげたショップ袋を受けとった。

秋桜は虚を突かれたように「――へっ?」とつぶやき、しばらく、呆けていたものの――

「――意外とやるじゃん、先輩」

どこか、照れくさそうな笑顔を満開にしてくれたのだった。

秋桜の頬がほのかに赤らんでいることに気付いて、颯太は妙な心地になってしまう。

「そ、そんじゃ、イルミネーションいくか?」

「よき! よっしゃ、いくぞー!」

明らかに縮まった距離感で、二人は目的であるイルミネーションスポットへ向かった。

「わっ⁉ なんこれ! バカきれいじゃないですかぁ!」

「あぁ、思ってたより、ずっと本格的だな……‼」

これには秋桜だけじゃなくて、颯太まで目を丸くしてしまう――コンサートができそうな規模のイベントホール一帯が、イルミネーションとプロジェクションマッピングのコンビネーションで彩られているのだ!

颯太と秋桜は感嘆の声をあげながら、人でごった返す1階へおりていく。

ネオンで飾られたスノードームに、巨大クリスマスツリー――目につくものは数あれど、一番気になるのは近郊のカップルが全集結しているような大行列だった。

「こ、この列はどこに続いてるんだ……」

「あっ! 多分、あれですよ!」

秋桜が指差した方向には、大人の身長ほどあるプレゼント箱、トナカイの人形やスノーマン、クリスマスブーツなどがピラミッド状に配置され、その前にカップルシートがどんと鎮座していた。

そして、今まさに、行列の先頭にいる男女がシートに座ってポーズをとっているのだ。

さすがに、こういう場所に疎《うと》い颯太でも察しがつく――あそこは、カップル専用のフォトスポットになっているのだ。

「うわ、すごっ！　先輩、並びましょうよ！」

「えっ⁉　この混雑だと、どんくらい待たされるかわからないぞ……⁉」

「いーじゃないですか！　あたしと、おしゃべりしてればあっという間ですって！」

興奮で小さく跳ねる秋桜からせがまれるままに、颯太は列の最後尾に並んだ。

そして、待つこと数十分後、颯太たちの番が回ってきた――目の前には、そういう系の雑誌の表紙を飾っていそうな、フォトジェニックすぎるカップルシート！

「わっ！　わっ！　こんなキラキラしたところに座っていいってガチ⁉　数日前まで、引きこもってたあたしが⁉　温度差に、風邪ひきそ！」

「なにに負い目を感じてるんだか。ほら、早く座って済ませるぞ！」

態度こそ毅然としていたものの、颯太は内心どぎまぎしていた――なにしろ、こういういかにもなデートスポットで写真を撮った経験もなければ、これほどの数のカップルから視線を向けられることも初めてだったのだから。

颯太が促すと、秋桜は「はい！」とうれしそうにシートへ座った。

隣り合って、お利口に座ること数秒――

「あのさ、秋桜、これ誰が撮影すんの……？」

「えっ……？」

目を点にして、途方に暮れる二人――デートスポット初心者であることが丸わかりである。

「あっ、先輩、聞いてください！　そういえば、前の人たちが一つ後ろのカップルに、スマホを渡して撮影をお願いしてたような……!!」

「なんだよ、その文化……!?　めちゃくちゃ恥ずくないか……!?」

ともあれ、このまま黙って座っていても埒《らち》が明かない。

秋桜は、見よう見まねで後ろに並んでいた人たちに撮影を依頼した――見知らぬカップルも快く引き受けてくれて、しかも、いい一枚を撮ろうとカメラの操作方法まで事細かに尋ねてくる。いつから、日本はこんな陽《よう》キャの集まりになったんだ……!?

カップルの女の子は撮影ガチ勢だったらしく、ビシバシと指示が飛んだ。

「カレシさん、もっと寄ってください！」

「お、俺は秋桜の彼氏じゃないです！」

「カノジョさんも遠慮しないで！　それじゃ、フレームにおさまりませんよ！」

「あ、あたしだって、まだ先輩の彼女じゃないですから！」

「えっ、今までだっていった……？」

「う、うっさい！　前だけ見てろ！」

そんな、ひと悶着があって、やっとのことで撮影された一枚は――　いかにも、友達と恋人の中間という曖昧な距離を空けて映る二人の姿だった。


カフェで注文したドリンクを、颯太はカウンターで受けとった。

一つは自分のもの。そして、もう一つは後輩のものだ。

颯太はドリンクを手に、休憩ベンチへ戻る――　ここは、近くにお店がないため人通りがまばらだし、少し奥まった場所にあるから一息つくことができる。

やがて、小さな背中が見えてきた――　秋桜はスマホを熱心に見つめている。

「お待たせ、秋桜」

近寄りながら、それとなくスマホをのぞきこんでみる――　秋桜は先ほど撮影したツーショット写真を、飽きもせずながめていた。

なんともいえないくすぐったい気持ちになりながら、颯太もベンチに腰をおろす。

「ほら。これ、秋桜の」

「ありがとうございます」

秋桜はドリンクを受けとると、熱いのを怖がるように少しずつ飲んでいく。

そして、なおも、スマホに視線を注《そそ》ぎながら――

「あの、先輩？」

「うん？　どした？」

「今日、あたし、ずっと楽しくて。夢みたいに楽しくて。だから、お礼をしたいなって――」

「いや、俺の方こそありがとう。いいリフレッシュになったよ」

「……ん。先輩もそう思ってくれたら、あたしもうれしい、かな」

秋桜は気恥ずかしさをごまかすように前髪に触れながら、そんなことをごにょごにょと告げる――そして、颯太と視線が合う前に、そそくさとドリンクを口に含んだ。

お出かけの最中に秋桜が見せてくれた顔は、どれもが新鮮だった――そのすべてが、厩舎《きゅうしゃ》では見たことのない仕草だったから。

全力で遊んで、全力ではしゃいで、全力で楽しむ姿は、どこにでもいるような普通の女の子のようで――命懸けのレースに身を投じる勝負師にはとても見えなかった。

――だけど、多分、だからこそ。

きれいに笑う秋桜の表情から燃え尽きた灰のような清々しさと、なにかが風にさらわれて形を失っていくような切なさを覚えてしまうのだろう。

「――でも、それも、そろそろ終わりかな」

秋桜は夢から覚めたようにスマホをポケットにしまうと、ベンチから立ち上がった。

そして、気持ちを整えるように1歩、2歩前に進んでいく――なにかの儀式のような雰囲気に、颯太はなにも口をはさめなかった。

「わがままに付き合わせてごめんなさい。本当は、たった一言伝えたかっただけなんです。先輩は呆《あき》れるほど優しいから、また甘えちゃいました。いい加減、この癖も直さないと――」

「こ、秋桜、お前……？」

「颯太先輩、あのね」

凛とした声と共に、秋桜はふり返る。

颯太の見間違えじゃなければ――秋桜の目元には光るものがあった。

「あたし、本当は颯太先輩みたく、馬と心を通わせられる騎手になりたかったです。爽夏《さやか》先輩みたく、男の人とも対等に闘える騎手になりたかったです。だから、あたしなりに二人の背中を追ってきたつもりだったんですが――どうやら、無理だったみたいです」

その場から動いていないはずなのに、秋桜が手の届かないところへ遠のいていくような錯覚に陥《おちい》る。

今すぐにでも、耳をふさぎたかった。もう、先に続く言葉を聞きたくなかった。

「先輩、あたし、騎手を――」

その時――スマホがけたたましく鳴ったかと思えば、建物が大きく揺れだしたのだ。

「きゃっ――⁉　じ、地震⁉」

「秋桜、その場に伏せてろ！」

バランスを崩して倒れこむ秋桜を見て、颯太は反射的に駆け寄った――唖然としたまま動けないでいる後輩をかばいながら、周囲を警戒する。

かなり大きな地震だ――立っていられないほどの揺れが続き、モール内は大混乱に陥っている。颯太のすぐ横を、観葉植物が鉢ごと倒れてきて肝《きも》を冷やした。

「じっとしてろよ、秋桜！」

だけど、秋桜は守られていることをよしとしなかった――こんな非常事態だというのに、恐れを抱いていない。いや、それどころか、自分の身すら案じてないように見える。

秋桜の感情にどんな動きがあったかわからない――ただ、その心はとっくに、こ、ここではない、い、い、いい別の場所にあった。

「――先輩、あたし、いかなきゃ‼」

「は、はぁ⁉　こんな時に、いくってどこに――おい、秋桜！」

目的地すら告げず、秋桜は颯太の手から離れて一直線に駆けていく。

地震に逃げ惑う客の最中にあって、秋桜の足取りだけが強靭《きょうじん》な意志に満ちていた。

地震の揺れは静まりつつあるのに、モールの混乱はちっともおさまらない。

「――お願い、どいて！」

恐怖で目がくらんで、無暗《むやみ》にうごめく群衆の只中を秋桜は直走《ひたはし》る。

人混みをかき分けて、モールの外にでる――日は傾《かたむ》きつつあり、空は怖いくらいの茜色《あかねいろ》に染まっていた。

自転車置き場に着くと、秋桜は自分のミニベロに飛び乗った。

ここまで一心不乱に駆けてきたため、すでに息も絶え絶えだ――だけど、秋桜の頭に、休憩をとるという悠長な考えは微塵《みじん》もなかった。

靴底を叩《たた》きつけるようにして、ペダルを漕《こ》ぐ。

目的地は、理屈を追い越して本能が知っていた――秋桜は、その方向にハンドルをきる。

車輪が性急に回りだす――ブレーキを一切《いっさい》かけずにカーブに突入すると、車体が横滑りを起こした。

それでも、もっとスピードがほしくて、秋桜はサドルから腰を浮かす。

がむしゃらに立ち漕ぎをする。ぶつかってくる向かい風にさらわれ、帽子が飛んでいく。

でも、秋桜はふり返りもしなかった――それどころか、気付きすらしていない。ただ、流れてくる目障《めざわ》りな汗を拭《ぬぐ》って、前を見据えている。

乱れた呼吸から、血のような香りが鼻孔に抜けていく。ムチを打った体が悲鳴をあげるように軋《きし》み、車体も危うげにふらついた。

それでも、秋桜はとまれない。とまれるはずがなかった。体と心が衝動に突き動かされるように、世界で最も嫌いなはずの一点を目指す──速く、もっと速く！

いつの間にか、秋桜の視界は汗とは別の水分でにじんでいた。

──こんなのバカみたい……!!

頭では競馬に醒《さ》めた自分がいるのに、騎手としての限界を悟った自分がいるのに──今この瞬間だけは諦観したつもりの樫埜秋桜を、あたし自身が肯定してあげられない！

いいようのない感情が胸を打って、とめどなく涙がこみあげてくる。

だけど、もうそれを拭う時間すら惜しんだ──そんなことしている暇があったら、一秒でも速くあそこに辿《たど》り着きたかったから。

──あたし、なにしてんだろう……⁉　どうして、あたしはこんな馬鹿《ばか》なんだろう……⁉

引き返せと忠告するような逆風が、涙を吹き飛ばしいく──心がざわつくのに、体は前へ、前へ先駆けていく。

──もう、辛い想《おも》いをするのはうんざりなのに!!　あそこに戻っても、なに一ついいことなんてないのに!!　それなのに、あたしは──!!

「どうして、あの場所を捨てられないのッッ⁉」

わからない。わからない──だけど、この最後の最後に、騎手としての死に際で見つけた心だけは裏切っちゃいけない気がするんだ!!

説明なんてつかない初期衝動のような感情が、夕映えの空を焦《こ》がすような咆哮《ほうこう》になった。

「――わあああああああああああああッッ!!」

もがく、叫ぶ、駆ける――どうしてもごまかしきれなかった魂が手招く方角へと。

第８Ｒ 才能という呪いをかけられて

美浦《みほ》トレセンに辿《たど》り着くや否《いな》や、秋桜《こすもす》はミニベロを乗り捨てる。

そして、乱れた息を整えすらせず、上総厩舎《かずさきゅうしゃ》へ駆けこんだ。

「リリー!!　リリー⁉」

秋桜は脇目《わきめ》もふらず、一つの馬房《ばぼう》へ駆け寄る。

反応は、すぐにあった──馬房から、小柄な牝馬《ひんば》がぴょこんと首を伸ばしたのだ。まるで、主戦騎手の声に「なあに？」と応《こた》えるように。

「リリー⁉　平気だったの⁉」

秋桜は私服が汚れるのも構わず、馬房に入ってスターゲイザリリーの馬体をチェックする。

遊んでくれると思ったのか、スターゲイザリリーは秋桜に顔を寄せて甘えてきた。

つやつやした栗毛《くりげ》の毛並みにおおわれた馬体に異常はない── サラブレッドにとって、最も大切な脚にも怪我《けが》は見当たらなかった。

厩舎の中は道具が散乱しているものの、肝心な馬房に破損した箇所はなさそうだ。

地震が管理馬に与えた精神的ショックも、今は和らいでいるように見える── これなら、我を忘れて脱走する子はいないだろう。

「はぁ、よかったぁ……!!　ホント、よかったぁ……!!」

スターゲイザリリーの体温に包まれると、自然と涙がにじみでてきた──安堵《あんど》のあまり秋桜は、その場にへたりこんでしまう。

そんな騎手の気も知らず、「もう、遊ぶの終わり？」というようにスターゲイザリリーは秋桜の顔にくんくんと鼻先を寄せてくる──干し草の香りがする吐息が頬《ほお》をくすぐった。

まだ、立ち上がる気力は湧《わ》いてこないものの、秋桜は相棒の額を愛撫してあげた。

「ふふっ、リリーってば、そんなに遊んでほしかったわけ？　地震は怖くなかったの？」

愛おしい気持ちがあふれてくる──サラブレッドは時に息をのむほど美しく、時に見る者の胸を熱くするほどに強靭で、そして時折、心がほっこりするような表情を見せてくれる。

こんなにも、たくさんの魅力が詰まった生き物を秋桜は他に知らない──大昔、最初に馬の背にまたがろうと閃《ひらめ》いた先人も、きっとこんな気持ちだったのだろう。

懐かしい感覚だった。そして、同時に驚いてしまったのだ──自身を騎手という職業に導いた、純粋な想《おも》いがまだ奥底に残っていたことに。

だけど、秋桜は癒《い》えない病のように、醒《さ》めた目線をよみがえらせてしまう──途端に、心が黒く塗りつぶされた。

──まただ。また未練がましく、ここに戻ってきてしまった。あたしが、この世で最も求められてない場所へ。

「――秋桜⁉　ここにいるのか⁉」

その時、唐突に耳慣れた声が鼓膜を打って、秋桜はさっと顔をあげた。

必死になって、追いかけてきてくれたのだろう――厩舎の入り口には、颯太《そうた》がいたのだ。

薄暗い厩舎を捜索する視線は、間もなく、スターゲイザリリーの隣でうずくまる秋桜を見つけだした。

「い、いた！　秋桜、怪我は――」

後輩の身を案じる颯太の言葉は、途中でぶつ切りになる――ふり返った秋桜の頬に、月明かりに照らされた涙を認めてしまったがゆえに。

秋桜はよろめきつつ立ち上がると、今にも崩れそうなガラス細工のような笑みをつくりながら、か細く震えるのどで声をしぼりだす。

「先輩、おかしいんです……。あたし、大嫌いなはずのこの場所から、逃げられないんです……」

「こ、秋桜……」

駆け寄ろうとしていたのに、クレバスに阻《はば》まれたように颯太は一歩も動けなくなってしまう――秋桜がのぞきこんだ絶望に、自分が寄り添えないことを察してしまったのだ。

「あたし、どうすればいいんですか……？　もう、なにもわからないんです……。お願い、先輩、助けてください……」

すがるような視線に、颯太は応えることができない――いくら手を差し伸べたいという気持ちが強くても、一度止まった足が動くことはなかった。

颯太と秋桜は言葉もなく立ち尽くす。無為に時間ばかりがすぎていく。

耳に痛いくらいの静寂に支配された厩舎へ、不意に二人のものではない靴音が響いた。

そして、それは段々と近づいてきて――

「――あぁ、やっぱり、ここにいたんだ」

声がした瞬間、颯太と秋桜は同時に視線を巡らした――先に、声をあげたのは颯太だ。

「さ、爽夏《さやか》先輩……⁉　どうして、ここに……⁉」

「さっき、大きな地震があったでしょ？　オフだったけど、うちの馬は大丈夫かと心配になって駆けつけたの。そんで、今は別厩舎の応援に回ってたところ」

その言葉通り、爽夏は自宅から飛びだしてきたことがわかるラフな姿だった。

「そしたら、二人の姿が見えて――でも、よかった。上総厩舎は無事だったみたいだね」

「は、はい。でも……」

「――うん、わかってる」

颯太が濁した言葉の先を察したように、爽夏は神妙な面持ちで言葉を紡《つむ》いだ。

「今にも、壊れちゃいそうなのは人の方だ」

爽夏は出入り口にいる颯太の横を通り過ぎる。

月明かりもろくに届かない、厩舎の奥へ躊躇《ためら》いなく進んでいく――まるで、颯太が立ち往生してしまったクレバスを、かつて乗り越えたことがあるといわんばかりに。

その確固とした足取りの先にいるのは――秋桜だった。

「さ、爽夏先輩……」

「うすっ、秋桜。怪我がなさそうで安心したよ」

爽夏は手を掲げながら、白い歯をこぼすようにして笑う。

だけど、その秋桜が大好きな仕草は――一瞬にして冷徹な表情に裏返ったのだ。

立て続けに、秋桜の顔に痛みが走る。理解が追いつかなくて、目を瞬かせてしまった――いきなり、爽夏が秋桜のあごを乱暴に持ちあげたのだから。

「爽夏先輩、なにを……⁉」

後輩の問いかけには興味がないといわんばかりに、爽夏は秋桜の顔をまじまじと見つめる。

「ほんと、かわいい顔。腹立つくらいに」

目の前の光景に亀裂が入る――信頼していた先輩から、こんな心ない言葉をかけられると思ってなかったのだ。

「あんたさ、その顔に『あたしはかわいそうな女の子です～。誰《だれ》か助けてください～』って書かれてるの知ってる？　どうせ、そうやって颯太に同情してもらったんでしょ？　それ、やめな？　颯太だってヒマじゃないんだしさ」

「ち、違う！　出鱈目《でたらめ》いうな！」

土足で心に踏みこまれるような嫌悪感に、秋桜は爽夏の手を力任せにふり払う――すでに、目の前の女性騎手は憧《あこが》れの存在ではなく、明確な敵だった。

「つらくて騎手を辞めたいなら、誰にも迷惑をかけずに辞めたらいいのに」

「ッッ――!?」

言葉そのものに殴られたように、秋桜の目じりに悔し涙がにじむ。

その悲痛な表情を目の当《ま》たりにして、颯太はこれ以上、傍観していられなかった。

「爽夏先輩……!!　さすがに、それはかわいそうじゃ……!!」

「――ごめん。悪いけど颯太は黙ってて。こればかりは私たちの問題だから」

爽夏から、迂闊《うかつ》に触れれば血を見そうな一瞥《いちべつ》を送られる――あまりにも鬼気迫る表情に、颯太は口をつぐむしかなかった。

静寂をとり戻した厩舎で、爽夏は前に向き直る――対峙する秋桜の目は敵意に満ちていた。

「なに？　まだ、先輩面して説教するつもり？」

「うーん、説教というか秋桜って、それ以前の問題じゃん」

「――は？」

「私からしたら、浅ましいくらい見え見えなんだよね。あんた、颯太から優しく励まされたら、もう少しだけ騎手を続けるつもりだったでしょ？　そんな甘い覚悟でだらだらと続けても、延命措置にしかならないのがまだわからないの？」

「だ、黙れ！　さっきから、勝手なことばかりいって――」

「あんたは気付いてないから教えてあげるけど、秋桜は周りに恵まれすぎてんの。上総先生だったり、颯太だったり優しい人ばかり――　だから、本当に辞める覚悟があるのなら、一人で幕も引けない半端者《はんぱもの》のために、ここは私が悪者になってあげようかなって」

「くっ……‼」

秋桜は爽夏をにらみつけ、胸の内で煮えたぎる感情を吐くように――

「先輩はなんにもわかってない！　あたしにとって女性騎手として生きるのが、どれほど難しいことなのかを！」

「秋桜だって私のことろくに知らないくせに、なんでそんなこといえるわけ？」

「そんなの決まってるでしょ！　先輩は、あたしよりずっと才能があって、男性騎手にも負けないくらい強いから！　だけど、どっちも持ってないあたしは、淘汰《とうた》されるしかなくて――‼」

しかも、たちが悪いことに、容姿だけが独り歩きして有名になってしまった――　いつまでも、未勝利のままくすぶってる無能なあたしを、もうまともな騎手として見てくれる人はいない。ただ、顔だけが取り柄の客寄せパンダだ。

完膚なきまでに論破したつもりだった――だけど、爽夏は表情一つ変えなかったのだ。

「ほら、なにもわかってない。それだと、私がなに一つ犠牲にせず才能だけを頼りにして、この場所に踏みとどまってるみたいじゃん」

「――え?」

秋桜が決して目をそらすことができないように、爽夏はさらに歩み寄って――

「今まで、私の髪が肩口より伸びたところを見たことある?」

「な、ないけど……? それがどうしたの……?」

「なんでだと思う?」

「き、騎乗の際に邪魔になるからでしょ……?」

「そんなのは女性騎手が都合よく使い回してきた、仮初《かりそめ》の理由――本当は競馬学校時代から、ずっと男の子と競わされてきて、そいつらに騎手としての覚悟で負けたくなかったから。それじゃ、私がこんなかわいげのない男勝《おとこまさ》りな性格になった理由は?」

「も、元から、そういう性格だったんじゃないの……?」

「ううん、違う。正解は、男ばかりの環境で仕事してるうちに、ノリを合わせなくちゃいけなかったから。やっぱり、無理にでもさっぱりした性格に矯正した方が、ここだと働きやすいんだよね。最初は意地でも自分らしくあろうって誓ったんだけど、周りの価値観を変えるより、私自身を変えた方が早いって悟っちゃった。悲しいけどね」

吐露された事実に、秋桜は言葉を失ってしまう。

これまで、「男性騎手と互角に渡り合える女性騎手」という奇跡みたいな存在は、先天的な才能を頼りにして誕生したものだと思いこんでいた。

だけど今、爽夏が明かした話が真実だとしたら、秋桜はとんでもない勘違いをしていたことになる――「清澄爽夏《きよすみ》」という史上最強の女性騎手は想像がつかないくらいの忍耐と、努力と、自己犠牲によって後天的に形作られたものなのだ。

「これまでずっと、競馬サークルに受け入れてもらえるよう、ありのままの自分をねじ曲げてきた。女の子らしさとか、繊細さとか、邪魔なものは全部切り捨てて。この場所で生きやすいようにと一度ついた嘘《うそ》は、今さらとり消せなくて、いつの間にか本当より本当になっちゃった」

目を伏せながら、爽夏は感傷的な表情を浮かべる。

それは笑っているようで、だけど、指先が触れただけで泣き顔に変わってしまいそうで――いつも夏空のように明るい先輩が初めて見せた憂いの面持ちだった。

「だ、だから、それがおかしいんだって！　そんな無理を強いる、この場所が！　女性騎手であり続けることや、嫌なことを我慢するのがそんなにえらいことなの⁉」

「でも、困難を承知でジョッキーになる道を選んだのは、私たち自身でしょ？」

「だって、誰も教えてくれなかったじゃん！　こんなに苦しいことが待ってるなんて！」

涙を散らしながら、秋桜は世界中に轟《とどろ》かせるように慟哭《どうこく》する。

ふり返る度に、途方に暮れてしまう――競馬学校に入学してから、いや、騎手としてデビューしてからでさえ楽しいことよりも、辛くて苦しいことの方が多かった。

爽夏は、やりきれなさをこらえるように唇をきつく結んでいる――そして、その大人ぶった対応が、秋桜にとってはひどく腹立たしかった。

「だって、そうでしょ⁉ いくら頑張っても、報われないのに‼ 普通の女の子だったら味わえるはずだった、たくさんの楽しみを奪われるのに‼ そんな理不尽を耐え抜いた先で、女性騎手ってだけで軽視されても、心を殺してへらへら笑ってるのが正解だっていうの⁉ そんなのあり得ない‼ 甘えといわれようが、プロ失格といわれようが構わない――この場所に、そこまで犠牲を払う価値はない‼ あたし、間違ったこといってる⁉」

心の一番奥に秘めてきた思いの丈を叫びながら、秋桜は爽夏の胸に拳《こぶし》を打ちつける。

しかも、一回だけじゃなく何度も、何度も――やり場のない想いをぶつけるように。そこに、自分と同じ色をした痛みが眠っていないか確かめるように。

衝動に突き動かされた秋桜は最早《もはや》、禁句に触れることも厭《いと》わなかった。

「先輩、ファンタジーステークスでスティルインサマーの乗り替わりを命じられた時、悔しくなかったの⁉ ずっと、命を捧《ささ》げてきた競馬に失望しなかったの⁉」

「――したよッッ‼ そんなの当たり前じゃんッッ‼」

身を切るような声が鼓膜に届いた瞬間、秋桜は目を疑ってしまった。

爽夏が表情をぐしゃぐしゃにして、大粒の涙を流していたのだ――内に抱える葛藤のすべてをさらけだすように。

「死ぬほど悔しかった‼　あんなに尽くしてきた競馬も嫌いになりそうだった‼　ずっと一緒に闘ってきたスティルインサマーのことだって‼　男の子に生まれればこんなことにはならなかったのかなって、最低なことだって何度も考えたッッ‼」

「さ、爽夏先輩……」

「でも、目を背《そむ》けることで気が晴れた⁉　誰かのせいにして、嫌なことがなくなった⁉　逃げ回って、楽になる場所を見つけることができた⁉　私はそうじゃなかった！　別の居場所を探せば探すほど、私にはここしかないってわかっちゃったから！」

秋桜は衝撃を受ける――爽夏先輩もあたしと同じように逃げ場所を探してたなんて……‼　しかも、結局は、この場所に引き戻されてたっていうの……⁉

「逃げることも、続けることも同じくらい勇敢な選択だと思う。でも、心がぐちゃぐちゃになるほどの悔しさをぶつける先も、いくらお金を積んでも手に入れられない本当にほしいものも、ここにしかないって思い知らされたから――だから、私は見っともなく競馬にしがみついてるの！」

「な、なにそれ？　根性論？　そんな古臭い考えを捨てられないから、みんな苦しんで――」

「違う!!　それは秋桜が、一番わかってるんじゃないの⁉　身の危険も構わず、この場所に誰よりも早く駆けつけた、あんたが！」

「ッッ……⁉」

直接、心へ言葉を叩《たた》きつけられたみたいで、秋桜はなにも口にできなくなってしまう。

戸惑う視線に、馬房でたたずむスターゲイザリリーが映る――まるで、心の中をのぞきこむようなサラブレッドの純粋な瞳《ひとみ》が、秋桜をじっと見つめていた。

次の瞬間、発せられた声は、ひどく弱々しいものになる。

「そ、それは、あたしが呪われてるからで……」

「あんたが呪いと呼んでいる、どうしても手放せないそれは紛《まぎ》れもなく才能だよ。私や颯太だって、同じ贈り物を授《さず》かって生まれてきた。騎手という生き物は才能の導きでターフに辿り着いたんじゃなくて、才能という抗《あらが》いようのない磁力のせいでターフから離れられない――きっと、私たちはそういうふうにできている」

「ち、違う！」

絶対に、認めることはできなかった。

自分ごときが颯太や爽夏と肩を並べる騎手だなんて――スターダムへ先駆ける二人の背中ははるか遠方で輝く星のごとく、どれほど手を伸ばしても届くことはなかった。

「あたしはデビューしてから、まだ1勝すらできてないんだよ⁉　そんな雑魚《ざこ》に才能なんて

──!!」

「ううん。あんたも、私と似た者同士の生き物だ」

「う、嘘……!! そんなの絶対にあり得ない……!!」

自分が弱く、とるに足らない存在であることは自覚している。

それでも、卑下《ひげ》の言葉を吐くと、惨めな思いに苛《さいな》まれた──秋桜は顔を伏せてしまう。

だから、気付けなかったのだ。

突然、前髪をかきあげられて秋桜は息をのむ──顔をあげると、互いの鼻が触れそうな至近距離で、爽夏が瞳をのぞきこんでいたのだ。

「競馬場の観客全員があんたを罵倒したとしても、美浦トレセンのホースマンが口をそろえてあんたを否定したとしても、私がそんな声をかき消して断言してやる──秋桜、あんたには傷だらけになりながら、この場所で闘う資格がある」

「────」

確信に満ちた言葉が、ねじくれた猜疑《さいぎ》や卑屈を吹き飛ばしていく。

いつの間にか、見失っていた魂が打ち震え、その居場所を新たに宿した熱で伝えてきていた──本当は、信じてみたい。この凍土から芽吹いたような気持ちを。爽夏先輩が認めてくれた自分を。

「……どうして、そこまでして、あたしを引き止めてくれるんですか?」

「あんたは、昔の私にそっくりだから」

「あたし、そんな男っぽくないです」

「うーるーさーい」

爽夏はおどけるように笑うと、おでこをこつんとぶつけてきた。

そうして、秋桜の目元に残る涙を指先でそっと拭いながら――

「それに、私はまだ闘える目をしてる人間を、甘やかすほどお人好《ひとよ》しじゃないの」

「…………………………」

秋桜は自分という最も身近で、それなのに最も未知の森に分け入るように黙考する。

近くで、生き物が身じろぐ気配がした――小さい体をうんと使って、スターゲイザリリーが首を伸ばしている。まるで、己《おのれ》が背にする騎手の覚悟を聞き届けようとするように。

サラブレッドには、人間の言葉は理解できない――そんなのは、当たり前の話だ。

それでも、秋桜はもうスターゲイザリリーの前で心ない言葉を吐きたくなかった。嘘偽りない「本当」だけを、かき鳴らしたかった。

「あたしにできるのかな……？　爽夏先輩や、颯太先輩みたいに大切なサラブレッドを――リリーを勝たせることができるのかな……？」

「言葉で『できる』って答えるのは簡単かもしれない。だけど、私たちは誰かからの言葉の力を借りて、ずっとゆるぎなく在り続けられるほど強くない。きっと、これからも数えきれないくらい挫折したり、信じてたものが信じられなくなったり、こんな不細工に泣きじゃくる夜がやってくる。でも、秋桜が求める答えは、うんざりするような現実の向こう側にあると思うから。全部を諦《あきら》めるのは、あがいて、もがいて、ふんばって——地べたを這《は》いずるような364日を過ごして、やっとやってくる1日を確かめてからでも遅くないんじゃない？」

「爽夏先輩……」

秋桜は爽夏の言葉が信じるに足るものだと確信する。

かつて、爽夏も女性騎手という、ふと目を離した隙《すき》に消えそうなつぼみでいる時期があったのだ——風に耐え、雨を忍び、花開く日を夢見ながら。本当に、開花できる保証なんてないのに。

「それでさ、もう涙が涸れて、心も完全に燃え尽きたら——勝負服なんて脱ぎ捨てて、今までできなかった分おしゃれして、体重なんて気にせずスイーツ食べて、メモリがパンクするくらい映える写真撮って、えげつないほど彼氏もつくりまくって、ふっりふりのスカートはいて私と女子会しようぜ？　そう思えば、少しだけ気が楽にならない？」

「……ふふっ、なんですか、それ」

爽夏から笑いかけられ、秋桜は噴きだしてしまった——不思議だ。本当に、いつの間にか心が軽くなっている。

秋桜は肩を大きく落として息をつく——心の底から呆れたように、だけど、少しだけ清々《すがすが》しい仕草で。

「はぁ。あたしたちって、どうしようもない生き物ですね」

「互いに、こじらせちゃったもんだよ。でも、今日くらいは泣いてもいいんじゃない？　私たちの彼氏——サラブレッドは人間の男と違って、秘密をいいふらさないから」

「他の馬に乗り換えても、怒らないですもんね」

深いところでつながりを得たように、秋桜と爽夏は笑い合う。

だけど、その表情はゆっくりと泣き顔へ移ろっていた——普段、ひた隠しにしてきたあまり、凍《い》てついた感情が、やっと雪解けの瞬間を迎えたかのように。

そして、秋桜と爽夏は同じ痛みを覚えた心臓を触れ合わせるように抱き合い、厩舎中に響くような声をあげて大泣きしたのだ。

そんな二人の女性騎手を、馬房のサラブレッドたちは優しく見守っていた——もちろん、スターゲイザリリーも。

——ごめんね、リリー。

たった今、この世に産み落とされた赤子のように、秋桜は全身を震わせてしゃくりあげる。

——弱くて情けない姿を見せるのは、これでおしまい。涙が乾いた時には、ちょっとだけ強くなってるはずだから。

——だから、お願い。今夜だけは気が済むまで泣かせて。

秋桜は心にこびりついた汚れを洗い流すように泣きじゃくる――明日、笑顔でまたここに立っていられるように。

弱ささえも、己の一部と受け入れて。解けない呪いを、ガラスの靴として輝かせるために。

――だって、あたしは女の子のジョッキーなのだから。

サラブレッドに見守られながら号泣する秋桜と爽夏の姿を見届けて、颯太はそっと厩舎から立ち去った。

自分の出る幕はないと悟ったのだ――きっと、これでもう二人は大丈夫なはずだ。

上総厩舎の事務所前を通り過ぎようとしたところで、気配を感じて立ち止まった。

薄闇《うすやみ》に目をこらすと――鉄魁《てっかい》が壁にもたれ、たそがれるように座っていた。

「やぁ、風早《かざはや》騎手。いい夜だな」

「こんばんは、上総先生」

不意打ちのように声をかけられても、颯太は自然体で頭をさげた――心のどこかで、いるような気がしていたから。サラブレッドに魅入られた巨匠が、地震という非常事態に厩舎を空けるわけがない。

「すまない。君たちのやりとりを、盗み聞きさせてもらっていた」

「誰も怒らないと思いますよ。俺《おれ》も立ち聞きしていたようなものですし」

「……少し、話さないか？」

「俺もそうしたいと思ってたところです」

颯太は促されるがまま、鉄魁の隣へ腰をおろした。

空に視線をやる鉄魁にならって、颯太も天をあおぐ——宝石が散りばめられたみたいに、星が美しく瞬く夜だった。

「すまないな。このような夜空を一緒に眺《なが》めるのが、こんなしがない老人で」

「いえ、構いません。貴重な体験ですから」

颯太は微笑みながら答える。一瞬だけ、空気がゆるんだ後——

「……私の想像を越えて、あの子たちは強かったのだな。秋桜も、清澄騎手も——」

「ええ。女の子ってすごいです——繊細で壊れやすそうなのに、芯《しん》はとても強くしなやかで、簡単には折れはしない」

女性騎手は、あんな華奢《きゃしゃ》な体に不相応なほどの葛藤とプライドを抱えて、サラブレッドにまたがっているのだ。

「改めて、礼をいわせてほしい。あの子を助けてくれてありがとう」

「お礼なら、爽夏先輩にいってください。この件に関して、俺は最後まで役立たずでした」

「いや、私一人では、あの子の競馬から離れていこうとする心を引きとめられなかっただろう。病巣を放置するかのごとく、最悪の結末を迎えていたはずだ」

そこで不意にこらえきれなくなったように、低く厳格な声が震えた。

はっとして颯太が首を巡らすと――鉄魁があられもなく嗚咽《おえつ》していたのだ。

「心底、自分の無力さが嫌になる……!!　競馬に人生を捧げてきたつもりなのに、理想の馬づくりは未《いま》だ遠く、騎手の育て方はもっとままならん……!!　私はあの子の内に眠る才能を終わらせたくない一心で、誤った接し方しかできなかった無能な老骨だ……!!　だが――!!」

鉄魁は恥も外聞も捨てて声を裏返しながら、切々と想いを吐露する――年月によって刻まれたしわを、さらに深くしながら。

「あの子が馬に乗ることを嫌いにならないでくれてよかった……!!　競馬を愛してくれていて、よかった……!!」

体を丸め、鉄魁はいつも首から下げているタオルを顔に押し当てて号泣する――それはいうまでもなく、秋桜が恩師に贈った品物だった。

颯太は確信する――まだ、時間はかかるかもしれない。だけど、こういう温かい人に囲まれていれば、秋桜はきっと大丈夫だ。

「はい、秋桜は俺が思ってた以上に――立派な騎手でした」

颯太が口にした言葉をかみしめるように、鉄魁は何度も何度も頷《うなず》いた。

そして、視線をゆっくりと星空へ移す――目まぐるしすぎる最近の出来事を顧みながら。

颯太では、秋桜の苦悩をわかってあげられなかった。結局、最後の最後まで、血の通った言葉をかけてあげることができなかった。

でも、性別は違うけど、同じ騎手という生き物として――馬に乗る姿を通して、なにか伝えられるものがあるかもしれない。

――そう。俺にもまだ、あいつのためにできることがあるはずなんだ。

目についた一番星にそう誓って、颯太はゆっくりと立ち上がった。

第9R 激突！ 重戦車VSポニー

身を切るような寒さの早朝、颯太《そうた》は上総厩舎《かずさきゅうしゃ》の中庭でヘルメットを装着した。

まだ、朝日が顔をださない薄闇《うすやみ》の中、蒸気機関車のように白い息をぼうぼうと吐いて、一目でわかる巨漢馬が厩務員《きゅうむいん》に引かれてやってくる。

「おはよう、グラヴィス。今日も元気一杯だな」

颯太は、グラヴィスニーナの首筋を愛撫する——触れられることに鈍感なので、この子の場合は「ぱん」と小気味いい音が鳴るくらいのスキンシップを心がけている。

颯太とグラヴィスニーナがじゃれていると、管理馬を見回っていた鉄魁《てっかい》が歩み寄ってきた。

「風早《かざはや》騎手、おはよう。今日もグラヴィスを、よろしく頼む」

「先生、おはようございます。こちらこそお願いします」

挨拶《あいさつ》を済ませ、鉄魁は早々に本題へ入った。

「さて、グラヴィスだが、ここまでは順調に状態が良化してきている」

「はい、俺《おれ》も先生と同じ意見です」

日ごろから乗っているからこそ、颯太はその身で実感していた。

グラヴィスニーナの走りは、日ごとに力強さが増してきている。ペースを速めた拍子に、バランスを欠くこともなくなった――鍛錬の日々で、大きな体をうまくあつかう術を学習したのだ。

それも、鉄魁が大型馬の悩みの種である脚元の故障をケアしながら、大理石から傑作を削りだすかのごとく、少しずつ強度を高めた調教をグラヴィスニーナに課したおかげだ。

まさに、職人の技――東の巨匠の逸話は数えきれないほど耳にしていたけど、こうして一緒に仕事をすると、芸術的な馬づくりの凄みを肌で感じることができる。

「その言葉を聞いて安心した。しかし、話はこれで終わりじゃない――騎手である君ならば、いわずともわかると思うがな」

「……いよいよ、グラヴィスをレースに出す時がきたんですね」

颯太の緊張感がこもった声に、鉄魁は厳格な表情で頷《うなず》いた――冬の冷たい空気が、さらにぴりっと引きしまる。

グラヴィスニーナにも、感じるものがあったらしく雄々しく巨漢を震わせた――もとより、日々、厳しくなる稽古の影響で、彼の内に宿る競走馬としての闘争心は昂《たかぶ》りつつある。

「グラヴィスのオーナー殿と協議して、12月初旬の番組に照準を合わせることになった」

「12月初旬……」

今は、11月中旬――残された猶予を考慮すれば、これからグラヴィスを本格的に仕上げにかかる必要がある。

その前に、颯太は騎手として確認しなければならないことがあった。

「候補となる番組の条件は、どのように考えてますか？」

「前もいった通り、グラヴィスは豊富なスタミナと、不動心という稀《まれ》に見る素質を兼ね備えたサラブレッドだ。ゆえに、長い距離で闘わせてこそ、強みが発揮できると考えている」

「つまり、ステイヤー路線に変わりはないということですね」

「そう考えてもらって構わない――それらを踏まえて、今日からのグラヴィスの調教は、僚《りょう》馬《ば》を併せてより実践に近い形で行う」

「了解です。走破時計はどうしましょうか？」

「本番前に、脚を故障してしまっては元も子もない。時計はいつも通りで構わない。ただし、しまいのラスト１ハロンで強く追って、併せた馬より必ず先着させてほしい――グラヴィスの細胞へ火を入れ、レースの時が近いと教えこむためにもな」

「わかりました。最善を尽くします」

東の巨匠から黄金のレシピを授《さず》かり、颯太は自分のなすべきことを完璧《かんぺき》に理解する。

鉄魁もオーダーを伝えたきり、それ以上は余計な言葉を浪費しない――それは、プロとして互いの仕事に全幅の信頼をおいている証左だった。

「馬の方は、とっくに準備ができてるようだ――我々も作品づくりにとりかかろう」

鉄魁の言葉が合図となったように、グラヴィスニーナの担当厩務員が歩み寄ってくる。

厩務員の補助を受けて、颯太はグラヴィスニーナの鞍《くら》へ軽《かろ》やかにまたがった――約50キロを背負ったというのに、グラヴィスニーナは微塵《みじん》も動じない。

そんな頼もしい姿を讃《たた》えるかのように、颯太は相棒のたてがみを撫《な》でた。

「では、南馬場へ移動するとしよう」

その言葉に「はい！」と答え、颯太はグラヴィスニーナへ扶助《ふじょ》をだして発進を命じる。

厩舎から道路にでると、前をゆく人馬の姿があった。

栗毛の毛色が美しい牝馬《ひんば》の尻尾《しっぽ》と、鞍上《あんじょう》にいる騎手が結ったポニーテールがぴょこぴょことシンクロして揺れている――秋桜《こすもす》とスターゲイザリリーのコンビだ。

「秋桜、おはよう」

「あっ、先輩。おはようございます」

秋桜は軽くふり返って頭をさげた。

「そっちの調子はどうだ？」

「はい。上手《うま》くいえないけど……前よりは、リリーのことがわかってきたような気がします」

自分が感じている手応えに、秋桜はまだ半信半疑でいるように曖昧《あいまい》な表情を浮かべる。

あの地震があった日以来、秋桜はちゃんと上総厩舎へ出勤するようになった。

働きぶりや、馬への向き合い方にも変化があった――手癖《てくせ》で間に合わせの仕事をするのではなく、未知の領域へ分け入っていこうとするような探求心が伝わってくるのだ。

「そっか。上手くやってるようで安心したよ」

「なんですか、それ？　いつから、先輩はあたしのお兄ちゃんになったんですか？」

「まぁ、秋桜は手のかかる妹みたいなものだし」

「……ふーん、あたしは妹止まりですか。リリー、いこ」

秋桜はつんとした表情で前に向き直ると、スターゲイザリリーをさっさと進ませた。

また、漆黒の尻尾とポニーテールが仲良く揺れる――風に乗って、「リリー、あれどう思う？」という内緒話まで聞こえてきた。

鉄魁がこっそりと教えてくれた通りだ――颯太の目から見ても、秋桜とスターゲイザリリーは以前よりも互いを信頼し合っているように映る。

――だからこそ、あのコンビにとって、今が最も大事な時期なんだ。

思考を中断して、颯太は己《おのれ》の相棒であるグラヴィスニーナに意識を集中した。

これから実戦を想定した、今までの集大成というべき稽古をこなさなければならない。

それは、レースで勝つためでもあるけれど――飛躍の時を迎えつつあるあのコンビへ、少しでもいい影響を与えられるように。

「――よしっ、やるぞ」

独り言のつもりだったのに、グラヴィスニーナは応《こた》えるように耳をぴょこんと立てる。

その仕草が愛おしくて、颯太は相棒の首筋にぽんと手をやったのだった。

南馬場にやってくると、サラブレッドたちは調教の時間だと察して気が荒くなる。颯太は馬がためこんだ興奮を暴発させないよう、慎重にグラヴィスニーナをラチの切れ目へ促した。

遮蔽物がない南馬場には、今日も風が強く吹いている。

颯太とグラヴィスニーナの目の前に広がるのは、ウッドチップが敷き詰められた2000メートルの調教コースだった。

グラヴィスニーナと併せる僚馬と乗り役が、先にコースへ入っていく。

それを見届けて、颯太は相棒へ声をかけた。

「――さぁ。俺たちもいこう」

騎乗フォームをとって、颯太はパートナーへ合図を送った。

呼応してグラヴィスニーナはゆったりと、だけど、力強く四肢を繰りだして前進気勢を見せる――鞍上の颯太も、馬体の筋肉がにわかに躍動しだしたのを感じた。

手綱を繊細に操《あやつ》り、最初のうちはキャンターでやわらかく走らせる。

馬がいきたがっているのか、それとも、走るのを億劫《おっくう》に思っているのか――コンタクトをとる中でそういう兆候を敏感に察し、ものをいわない相棒の調子を手探っていく。

グラヴィスニーナは心地よさそうにキャンターで疾走している――その動きに鈍重さは、微塵も感じられなかった。

――この手応えなら……!!

颯太は、インコースを走っている僚馬を視界にとらえる。向こうの乗り役もこちらに横目を送り、タイミングをうかがっていた。

丁度、４ハロンを消化したところだった――ここからの時計が大事になる！

――さぁ、グラヴィス！　見せてくれ！

僚馬が加速したのを確認して、颯太はグラヴィスニーナに全力疾走を命じた。

推進力が段違いに跳ねあがる――鉄槌のごとく叩《たた》きつけられる蹄《ひづめ》の威力に、ウッドチップが爆《は》ぜ散った。

インコースで先駆ける僚馬を追走していく。

勢いを増し続けていた、グラヴィスニーナのギャロップのスピードが安定した――現状だと、２馬身ほど後ろにつけている状態だ。

一緒に稽古を積んできた仲ゆえに、グラヴィスニーナの癖《くせ》は把握している――このスピードが、彼にとって最も維持しやすいペースなのだ。騎手が意識的に扶助を送らないと、これ以上、自らギアをあげることはない。

颯太の予想通り、体内時計で計測したハロン棒の通過タイムは、ほぼ同じラップを刻んでいた――ナチュラルに、15―15のペースで駆けている。

――ここまで一貫してペースを守れるなんて最早《もはや》、才能だな……!!

よくいえば、安定感のある走りを持続できる。悪くいえば、鞍上が工夫をこらさないと、一本調子から抜けだせない。

そして、今日の調教は、いつも通り15―15で走らせて終わりというわけにはいかないのだ――最後に、僚馬を抜き去らないといけないのだから。

それまで、グラヴィスニーナの負担にならないよう、馬上の衝撃を受け流すことに徹していた颯太の動作が明確に変わった――ラスト2ハロンを迎える前に、手綱をしごいたのだ!

僚馬の乗り役が、変化に気付いて表情を驚かせた――見開いた目が、「追いだしが早すぎないか!?」と訴えている。

だけど、鞍上の確信は揺るがない――タイミングは、ばっちりなはずだ!

すでに、颯太の中でグラヴィスニーナの能力イメージは固まっている――セイラが最大出力へ一瞬で達するトルクエンジンを積んでいるとしたら、グラヴィスは点火するまで時間がかかる巨大ロケットを搭載しているといえばわかりやすいだろうか?

ゆえに、加速したい場所に差しかかってから追いだしても、後の祭りだ。

ロケットが点火しきる前に、ゴールを迎えてしまう――だからこそ、トップスピードに持っていきたい少し手前で、ゴーサインをださなければならないのだ!

颯太は果敢に手綱をさばいた――鞍上の意思を汲んだかのように、グラヴィスニーナがハミをがっちりと受けとる。

この瞬間、手綱は単なる馬具から、人馬をつなぐ魔法のツールへと生まれ変わる。

鞍上で躍動する騎手のダイナミズムが、グラヴィスニーナへあますことなく伝導していく。

「くっ……!!」

やはり、大型馬を追いだすのは容易なことではない――全身を使って手綱をしごいても、山を動かそうとしているような反応しかない。

だけど、鞍上から吹く熱風に突き動かされたように、グラヴィスニーナの一本調子だったギャロップが少しずつ勢いを増していく――まるで、巨大エンジンに火が入り、咆哮《ほうこう》をあげつつあるように。

競走馬には千差万別の個性があるように、騎手も彼らの能力を最大限に引きだす騎乗をしなければならない――それを、俺はグラヴィスに教えてもらった。

感謝をこめて、颯太は最後の一撃を炸裂《さくれつ》させるように手綱を前に押しだす――そして、人馬は狙《ねら》いすましたように、ラスト１ハロンで猛然と加速を果たしたのだ！

２馬身差が、みるみるうちに縮んでいく。戦野を席巻する重戦車のごとき馬体が、前をゆく僚馬をのみこんだ――きっと、相手からしたら、ものすごい圧迫感だろう。

馬体が併さったのは、ほんの一瞬だった――グラヴィスニーナはその四肢で大地を震わせ、僚馬を抜き去ったのだ！

僚馬への先着は、もう確実――後は好時計で走りきって、上総先生に万全をアピールしよう、グラヴィス！

だけど、最後の最後で思いがけない事態が起こったのだ。

「――グラヴィス、お前……⁉」

鞍上へびしびしと伝わってくる初めての感触に、颯太は目を見張る。

騎手が想定した以上に、グラヴィスニーナが前にいきたがっているのだ――己の意志では、頑《かたく》なにペースを変えようとしなかった彼が……⁉

おそらく、担当厩務員も、そして、鉄魁さえも知らないグラヴィスニーナの深奥――誰《だれ》もが到達し得なかった領域に、俺が最も早く旗を立てた。

一生かかっても解明できないいくらい競馬は奥深い――経験の浅い颯太は、自分がほんのわずかなことしか知らないことを自覚している。

だけど、手綱から伝わってくる、このエネルギーのみなぎりは、間違いなく新たな世界への扉だと騎手の感性が告げていた。

ただ、問題は、このままグラヴィスニーナという巨砲に装填《そうてん》された切り札を解き放っていいのかということだった――もし、ここで覚醒《かくせい》を許したら、レースでお釣りがあるのか……⁉

ゴールを間近にして、難しい判断を迫られる――好奇心と自制心がせめぎ合っていた。

そして、颯太はすべてをだし尽くそうと逸《はや》る心を静め、グラヴィスニーナを諌《いさ》めてゴールを迎えたのだった。


――やっぱり、先輩はすごいな……。

たった今、ウッドチップコースで繰り広げられた調教を目撃して秋桜は胸中でつぶやく。

よほど、鞍上のエスコートがよかったのだろう――鈍重なグラヴィスが、あんなにきびきび走るところなんて初めて見た。

調教コースから引きあげていく颯太たちをながめていると、いななき声が聞こえてきて秋桜は我に返る。

目の前には扶助が途切れて立ち往生していたスターゲイザリリーが、困ったようにふり返っていた。

「ご、ごめんね、リリー」

秋桜は慌てて、ラチの切れ間にスターゲイザリリーをエスコートする。

足を踏み入れたのは、広々としたウッドチップコース――さっきまで、颯太とグラヴィスニーナが会心の調教を行った場所だ。

馬場には、鮮烈な風が吹いている。真冬の空は、ぞっとするほど青かった。

鞍から腰を浮かした秋桜の手綱を受け、スターゲイザリリーはキャンターにおろされる。

なんだろう。いつもと同じ光景なのに、なにかが決定的に違う。さっきから、心がざわざわと落ち着かないのだ——だけど、決して不快な心地じゃない。

スターゲイザリリーのキャンターと調子を合わせていると、純粋な想《おも》いがあふれてきた。

——あたしも、あんなふうに乗ってみたい。

「リリー、いこう」

秋桜が合図をだすと、スターゲイザリリーはすんなりギャロップに移行する。

小柄な馬体がそうさせるのか、相変わらず軽やかな走り——この子の場合は他の馬と比べて、明らかに馬上の衝撃が少ない。

——いつも煩《わずら》わしいほどに、あたしを気にかけてくれる人がいっていた。リ、リ、リーには、す、い、い、い、い、でに騎手を受け入れる準備ができてる、っ、て。

秋桜は調教スタンドに目をやる——きっと、今この瞬間も、あたしとリリーのことを見ているはずだ。さっきの言葉を授けてくれたジジイが。

——信じてみようかな。

不思議と、素直にそう思えた——あ、の、夜、が、魔法をかけてくれたみたいに。

雑念が抜けて、頭がクリアになっていく——いつも、意識してしまう周囲の視線も、つきまとう劣等感も気にならない。

秋桜は、スターゲイザリリーの走りだけに向き合う。

全身を使って、小さな戦士の走りを後押しする。手綱のコンタクトも絶やさない。

騎手の献身的な働きに、サラブレッドは応えてくれた――スイッチが入ったように、スターゲイザリリーの目の色が変わったのだ。

――な、なにこれ……!?

手綱から伝わる感触が尋常じゃない――ギャロップに乗せた気合の質が、明らかに別物になった。

秋桜を乗せたスターゲイザリリーが、元気を持て余すようにコースを疾駆していく――いや、そんな表現じゃ足りない。羽が生えて、飛び立てそうなほど軽やかになっていく！

――もう、かなりの距離を走ってるのに……!!　たった今、走りだしたみたい……!!

そして、清冽《せいれつ》な一陣の風と化したスターゲイザリリーは、ラスト1ハロンを涼しい顔で走破してみせたのだ。

調教を終えて流しに入ったのに、秋桜の高鳴る胸はおさまらない。

大半のホースマンが見逃してしまう――だけど、東の巨匠だけが見抜いていた、スターゲイザリリーの体に眠る才能に触れた高揚が、手綱を握る指を震えさせていた。

朝調教をこなし、颯太は上総厩舎へ戻っていた。

担当厩務員に引かれて厩舎へ帰っていくグラヴィスニーナと入れ替わる形で、鉄魁が腕を広げて迎えてくれる。

「おぉ、風早騎手！　よくやってくれた！　素晴らしい仕事だったぞ！」

「ありがとうございます。グラヴィスが成長してくれたおかげです」

謙遜《けんそん》じゃなく、本心からの言葉だった――グラヴィスは体だけじゃなく、心の方も少しずつ一人前の競走馬になりつつある。

「グラヴィスがあれほど快調に走るのを目にするのは、私も久しぶりだ――神崎《かんざき》騎手を背にして、新馬戦を勝った日のことを思いだしたよ」

「え？　元々、グラヴィスは神崎さんと組んでたんですか？」

「そうか。風早騎手には伝えてなかった――すまない、もっと早くいうべきだった」

「いえ、構いません。少し驚いただけです」

その言葉通り、颯太は落ち着いたものだった。

むしろ、無量《むりょう》の騎乗に、自力で近づけたことが誇らしい――俺は、あの天才に少しでも追いつけたのだろうか？

「ともあれ、今のグラヴィスなら、レースにだしても勝ち負けを演じることができるだろう――最終調整もよろしく頼む、風早騎手」

「はい、任せてください。全力を尽くさせてもらいます」

それは、騎手として最も光栄な瞬間の一つだった――調教師の信頼を勝ちとり、グラヴィスとの出走が叶《かな》ったのだ！

だけど、颯太は舞いあがりかけた心をおさえる――大喜びするのは後だ。それより先に、大事な用事を済まさないと。

しかも、馬と馬の問題ではなく。人と人の問題だ――というよりは、お父さんと娘ってい
う感じだけど。

「上総先生、秋桜を迎える時も、この調子でお願いしますよ？　さっきの秋桜とリリーの調教、見てましたよね？」

「むぅ。君には、なにもかもお見通しのようだな――わ、わかった。善処しよう」

今朝《けさ》、調教指示をだした時とは別人のように、鉄魁の声は威厳を失っていた。

颯太は苦笑してしまう――馬に関しては文句なしのマエストロなのに、秋桜との接し方は本当に不器用だ。

「――ただいまー」

その時、話題になっている人物の声が聞こえてきて、二人はそろって口をつぐんだ。

「ほっ、ほっ、ほー。はい、リリーも、お疲れさま」

調教から引きあげてきた秋桜は、かけ声を発してスターゲイザリリーを立ち止まらせる。

そして、下馬すると、棒立ち状態の颯太と鉄魁へいぶかしげな視線を向けた。

「……なに、突っ立ってんの、二人とも?」

「ほ、ほら、先生! 今です! いってあげてください!」

「わ、わかっている! 押すな! 自分でできる!」

——肝心な時に、怖気《おじけ》づきやがった! この、おじいちゃんの手がかかること!

颯太に背を押され、やっと、鉄魁は居心地悪そうに秋桜の前に進みでた。

しかも、あれほど豪語していたのに、なかなか口を開かない——秋桜の不信感は、募るばかりだ。

「あー、その、秋桜。つまり、だな……」

「なに? なんなの?」

——あぁ、もどかしくて頭おかしくなりそう!! 自分、お節介いいすかぁぁ!!

だけど、颯太の我慢が限界を迎えるより先に、鉄魁が腹を括《くく》ったのだ。

「今日のリリーとの調教、以前とは見違えるようだった。そう、月並みな言葉を使うのならば——非の打ちどころがない、ということになる」

「は? ……は?」

秋桜は目をお粗末な点にして、長々と固まった末に——

「そ、そう? まぁ、確かに? いつもよりはいい感じだったけど?」

声はふにゃふにゃだし、目は泳いでるし、つま先で地面をぐりぐりするあまり穴ぼこができてるし、誰がどう見てもテンパっている――この子、ほめられ慣れてなさすぎる。

「秋桜、教えてくれ――次も、あの騎乗を再現できるか？」

「……うん、できると思う。コツをつかめた気がするから」

秋桜の返答に、鉄魁は満足したように頷きながら――

「ならば、リベンジを提案したい。先日の敗北の雪辱をそそぎ、お前とリリーの真の実力を示すために――今のお前たちなら、それができると私は確信している」

「そ、それって、また近いうちにリリーを出走させるってこと……？」

秋桜が驚くのも無理はない。隣で聞いていた、颯太も目を丸くしたのだから――今は１１月の後半に差しかかったあたりだから、かなり間隔を詰めてレースに使うことになる。

「オーナー殿は私が説得する。それに幸か不幸か、リリーは不完全燃焼のまま前走を終えたため、消耗が軽く済んだ。むしろ、一叩きされて、コンディションは今の方がいいくらいだ」

「た、確かに、そうかも……」

秋桜も心当たりがあるように頷く――この間の敗戦で参ったのは騎手だけで、スターゲイザリリーはぴんぴんしていた。まるで、小さな体を一杯に使って、「まだ負けてない！」と訴えるように。

「どうだ、秋桜？　リベンジに挑まないか？」

「――うん。あたし、リリーともう一度レースにでてみたい」

その答えを聞き届けた瞬間、鉄魁は長年の夢が叶ったかのように破顔した。

唐突に、肌にぴりっとした緊張感が走って、秋桜を見つめていた颯太は驚きを禁じ得ない──この感覚、神崎さんや淩馬《りょうま》と対峙《たいじ》した時のプレッシャーにそっくりだ……!!

「よくぞ、いった。出走時期は12月頭の番組を考えている──リリーの素質を考えて、距離は長ければ長いほどいいだろう」

「12月頭の長距離戦……!?　それって、もしかして──」

聞き覚えがある条件に、秋桜は声を裏返してしまう。

そして、それは颯太も同じだった。

すべてを察した二人を前にして、ついに鉄魁は己が描いたシナリオの全貌《ぜんぼう》を露《あら》わにする。

「リリーとグラヴィスを同じレースで走らせる。すなわち、秋桜──お前は、風早騎手と直接対決をするのだ」

颯太と秋桜は、逃れられない運命に導かれるように視線を合わせる。

ばちっと電撃が爆ぜたような音を、二人は聞いた気がした。


「ただいま戻りました！」

金武《かなたけ》厩舎に帰るなり、颯太は弾んだ声をあげた。

上総厩舎と外観はそっくりなのに、なぜかひどく落ち着く──これが、ホームの安心感と

いうやつか。

すると、颯太の声を聞きつけて事務棟からひょこひょこと人影が現れた——金武先生だ！

「颯太くん、上総厩舎のお勤めを済ましたのですね。首尾はどうですか？」

「はい、上手くいきました！　しかも、今、稽古をつけてる馬とレースにだしてもらえることまで、上総先生に許してもらって——」

「ほぅ。あの鬼のように厳しい上総鉄魁を陥落させるとは……。かわいい教え子を、武者修行へ送りだした甲斐がありました」

真っ白なひげを揺すって、清十郎《せいじゅうろう》は悦に入ったように笑い声をあげた。

「颯太くん、積もる話はあるでしょうが、まずは、厩舎に寄ってもらえないでしょうか？」

「えっ？　なにか、管理馬に問題が？」

「いいえ。そういうわけではなく、キアラくんと聖来《せいら》さんが待っているのです」

「キアラちゃんはわかりますけど、聖来さんまで……？」

不思議そうに首をひねる颯太に種明かしするように、清十郎は言葉を継いだ。

「それと、もう一つ——君の大切なパートナーに会えるかもしれませんよ？」

「——あっ⁉」

そのいたずらっぽい口調で、颯太はぴんときた。

にわかに、体が軽くなる——緊張感に満ちた朝調教の疲れも吹き飛んでしまった。

「先生、ありがとうございます！　いってきます！」

もう待ちきれないというように、颯太は厩舎へ駆けこむ。

まもなく、聖来とキアラの姿が目に飛びこんでくる——それだけでもテンションがあがることなのに、二人がたたずむ馬房《ばぼう》の中に尾花栗毛を認めると心臓が一段と高鳴った。

「セイラ！　やっぱり、セイラだ！」

会えなかった時間をとり戻すように、颯太はセイラの美しい流星が流れる額を撫でる。

突然、現れた人間の無遠慮なスキンシップが癪《しゃく》に障ったように、サラブレッドのお姫さまはいななきながら首を高く持ちあげた。

そのつれない対応さえも、実家の味噌汁を口に含んだかのように五臓六腑へ染《し》み渡《わた》る——やっぱ、セイラはこうでなきゃ！

すると、主戦騎手と愛馬のスキンシップを、幸せそうに見守っていた聖来が口を開いた。

「颯太くん、驚かせてごめんなさい。セイラも颯太くんと会えてよかったでちゅね～」

「全然いいですけど、びっくりしました！　でも、急にどうして——」

「阪神《はんしん》ジュベナイルフィリーズに向けて、私たちの目の届くところで調整ができるように、予定より早く帰厩《ききゅう》させることにしたんです」

「うぃうぃ！　ワタシたちがゼンメンテキにバックアップしまーす！　それにしても、セイライッシキはホウボクのあいだに、またひとまわりセイチョウしましたねー！」

「そういわれれば、確かに……」

キアラにいわれて、颯太は馬房で金色の尻尾を揺するセイラをながめた。

馬体のつくべきところに筋肉がついて、全体的に幼さが抜けてきたような印象を受ける——顔つきも、かなり大人びてきた。

セイラも年が明ければ、3歳馬——少女から、一人前のレディになろうとしているのだ。

離れている間、セイラも外厩《がいきゅう》で多くの経験を積んだのだろう。前より、さらに強くなっているはずだ——そして、俺だって、漫然と日々を過ごしてきたわけじゃない。

騎手として次のステージに進むきっかけとなる、新たな武器を手に入れたのだ。

それを思いだして、颯太は興奮した面持ちを聖来に向けた。

「そうだ！　聖来さん、俺からもお話ししたいことがあるんです！」

「え？　なんでしょうか？」

「俺、今朝の調教で、今までにない感覚をつかんだんです！　まだおぼろげだけど、あれをものにすれば新しい武器を手にすることができる——セイラに、もっと巧《うま》く騎乗できるはずなんです！」

「……颯太くん」

愛馬のため、ひたむきに修練を積む年下の男の子を前に聖来は愛おしげに微笑んだ。

「だから、来月の上総厩舎の馬で出走するレース、聖来さんにも見にきてほしいんです！」

「わかりました。颯太くんの格好いい姿を、目に焼きつけにいきますね」

聖来から最高の返事をもらえて、颯太は満面の笑みを浮かべる。

そして、馬房でこちらの様子をうかがっていたセイラへ、熱い眼差しを送った。

――次に、お前の背に乗った時、絶対に驚かせてやるからな。

これで、すべての準備は整った。

必ず、やり遂げてみせる――颯太は、グラヴィスの手綱から感じたみなぎりを手のひらによみがえらせ強く握った。


「……ねぇ、どういうこと？」

上総厩舎の事務棟――鉄魁の執務室で、秋桜は刺々しい言葉を発した。

「リリーとグラヴィスを――ううん、あたしと颯太先輩を競わせるとか、当てつけのつもり？」

デスクに鎮座した鉄魁は、目頭をもみこみながら重い口を開く。

「あり得ん。人間の都合で馬を動かすなど、ホースマンとして恥ずべき行為だろう」

「じゃあ、なんで!?　走らせるレースの選択肢なんて、たくさんあるのに！」

感情をおさえきれなくなったように、秋桜は声を張りあげる。

「はっきりいえばいいじゃん!?　どうせ、あたしにラビットをやらせたいんでしょ!?」

ラビットとは競馬において、ペースメーカーのことを意味する。

同一厩舎から同一レースに馬を多頭出走させる場合、勝ち目が薄い方の馬をペースメーカーとしてレースを引っ張らせ、もう一頭の本命馬をアシストする——欧州競馬で盛んに見られる戦略ながら、日本競馬でも実施例があることを秋桜は知っていた。

じっと話に耳を傾けていた鉄魁はイスに深く腰かけ、納得いかないような顔をしている教え子を見つめた。

「お前に、ラビットをやらせる気は毛頭《もうとう》ない。前にもいったはずだ。リリーとグラヴィスは個性こそ正反対だが、どちらも優れたステイヤーとしての血を引いている。そして、2歳馬のレースは基本的に距離が短く、長距離戦の番組は限られている——ゆえに、二頭出しが最善と判断したのだ」

「でも、颯太先輩とグラヴィスがでてくるんじゃ、リリーが……!!」

そこで、秋桜は言葉に詰まり、きつく歯を食いしばった。

執務室が、居心地の悪い静寂に支配される。

突然、イスがきしむ音がして秋桜は顔をあげる——鉄魁が立ち上がったのだ。

「秋桜、聞かせてくれ——どうして、お前は風早騎手に負けると思いこんでいるのだ?」

「——え?」

一瞬、虚を突かれたものの、秋桜は胸の内に抱えてきた劣等感を声にした。

「だ、だって、先輩はあたしとは比べものにならないくらい強い騎手で、しかも、グラヴィスはリリーよりずっと大きい男の子だし――」

「――秋桜、そこまでだ」

永遠に続きそうな弱音の連鎖を、鉄魁は毅然とした態度で断ち切る。

そして、ゆっくりと教え子に歩み寄った。

「秋桜、よく聞け――今日の調教、風早騎手も素晴らしかったが、私の目にはお前とリリーの走りがそれを凌駕《りょうが》しているように見えた」

「あ、あたしが、颯太先輩より……？」

「ホースマンとして誓う。私はサラブレッドに関することで決して偽りの言葉を吐かない――そうではなかったか？」

そうだ。ずっと、間近で目にしてきた東の巨匠の実像は、どこまでも真摯《しんし》に馬へ仕えるホースマンだった。

鉄魁は秋桜の肩へ遠慮がちに、だけど、勇気を分け与えるように手を添える。

そして、教え子の瞳《ひとみ》に巣食う懐疑を拭《ぬぐ》い去るように、精一杯のエールを送った。

「勝つのだ、お前が。風早騎手に――最年少ダービージョッキーに」

その言葉に魂を撃ち抜かれたように、秋桜は目を大きく見開く。

脳内にありありと思い描いてしまったのだ――風舞うターフで、スターゲイザリリーに騎乗した自分が、颯太を背にしたグラヴィスニーナを抜き去っていく瞬間を。

血潮がどうしようもなく沸いているのがわかる——どくん、どくんと騒ぎだした鼓動の音が、耳に着いて離れなかった。

メインR ここで咲け!!

Booby Jockey!!

12月の中山競馬場は、肌を刺すような冷気に満ちていた。

スタンドから歓声が聞こえてくる――今も、本馬場ではレースが行われているのだ。

真冬の冷気と勝負の熱気の両方を感じながら、颯太《そうた》は競馬場の裏舞台――装鞍所と呼ばれる場所にいた。

装鞍所《そうあんじょ》とは、間もなくレースに出走する馬に鞍《くら》を装着するところだ。

馬たちがおさまる馬房《ばぼう》前には、鞍とゼッケンを抱えたホースマンが行き交っている――颯太の手にあるゼッケンには、いうまでもなく「グラヴィスニーナ」の馬名が記されていた。

馬房にパートナーの姿を認めて、颯太は集中力を乱さぬように歩み寄っていく。

中山競馬場9R、葉牡丹賞《はぼたんしょう》――鉄魁《てっかい》との協議の結果、それが颯太とグラヴィスニーナが挑むレースに決定した。

条件は2歳1勝クラスの牝牡《ひんぼ》混合戦、芝2000メートル――全体的に距離が短く設定されている2歳馬限定の番組においては、持久戦といっていい長丁場の闘いになる。

そして、それゆえにステイヤーの才能の片鱗を示しているグラヴィスニーナにとって、力を発揮しやすい舞台のはずだ。

「――そうだろ、グラヴィス?」

そう呼びかけながら、颯太はグラヴィスニーナの馬房に入る。

そして、決戦直前の相棒のコンディションをつかむべく、全体をじっくりと観察した。

賢い子なのだろう――グラヴィスは、もうすぐレースに身を投じることを理解している。

それでも、天性のマイペースによって、テンションがあがりすぎてない。

それにしても、いつも不思議に思う――闘いを間近にしたサラブレッドは、湧《わ》きあがる闘志を内にこめているのか、馬体がいつも以上に張っているように見える。

今日のグラヴィスニーナの馬体は、ほれぼれするほど雄々しかった。

颯太の胸は高鳴ってやまない――だって、東の巨匠の手によって、芸術品のように仕上げられた相棒と共にレースへ出走できるのだから。

「――お疲れ様です、先輩」

その声に首を巡らすと、隣に勝負服をまとった秋桜《こすもす》の姿があった。

ただし、その視線は颯太を捉《とら》えていない――ただ、正面の馬房へ注《そそ》がれていた。

そこで、静かにたたずんでいるのは秋桜の相棒――スターゲイザリリーだ。

秋桜はそれ以上、口を開こうとせず、黙々とスターゲイザリリーに装鞍を施していく。

ひりつくものを感じながら、颯太はグラヴィスニーナの背中で山脈のように盛りあがっている部位――き甲《こう》を見定めて、その少し後ろに鞍をセッティングした。

そして、馬体と鞍を固定するために腹帯を締める――これを嫌がるサラブレッドは多いけど、大らかなグラヴィスはすんなりと受け入れてくれた。

装鞍を終えた颯太はグラヴィスニーナの前に回って、鼻面を愛撫する。

横目で隣をうかがうと、秋桜も装鞍を終えたところだった。

手持《ても》ち無沙汰《ぶさた》な時間が訪れる――なんとなく、秋桜もこちらを意識している気がした。

実のところ、ずっと心に引っかかっていたことがあった。

多分、ここがレース前に伝えられる最後のチャンスだ。颯太は躊躇《ためら》いをふりきって――

「秋桜、いきなり対決になって戸惑ってるかもしれないけど、お互い気にせずに――」

「先輩、あたし、変なんです……。こんな感覚、生まれて初めてかもしれない……」

「――え？」

颯太の声などまったく耳に入らない様子で、秋桜は集中しきった面持ちのまま、隣り合う馬房におさまった二頭を見つめ――

「この場でもう一度、グラヴィスとリリーのどちらとレースにでたいと問われたら――多分、い、い、い、い、い、リリーを選ぶと思う」

「ツッ――!?」

颯太は全身に武者震いが這《は》っていくような感覚に襲われる――いつの間にか、冬の寒さを忘れている自分がいた。

今さっき、叩《たた》きつけられたのは紛《まぎ》れもなく挑戦状だ——秋桜はグラヴィスより、リリーが強いとはっきり告げたのだから。

だけど、まったく嫌な気分じゃない。

むしろ、心に去来したのは歓喜——颯太の口角は知らず知らずのうちに吊《つ》りあがっていた。

思いがけない、秋桜の覚醒《かくせい》——長い沈黙を打ち破って繭《まゆ》から現れたのは、瑞々《みずみず》しく強靭《きょうじん》な才能だった。

すでに、目の前に凛然と立つのは、世話の焼ける後輩などではない——そんなふうに舐《な》めてかかれば、やられるのはこちらだと生存本能が告げている。

なぜならば、彼女はもう——本気で、勝利を狙《ねら》う一人の勝負師へと変貌を遂げたのだから。

颯太は遠慮を感じていた己《おのれ》を恥じる。むしろ、それでは失礼だ。

ならば、狂おしいほど煮沸する勝負の熱を、ありのままぶつけるのみ——今の彼女には、それだけの価値がある。この胸にあふれる、どんな場所に足を運ぼうとも、どれほどお金を積もうとも決して味わえない昂《たかぶ》りを共に楽しむ資格も。

「——秋桜、俺《おれ》もグラヴィスも全力でいかせてもらう。勝てるものなら勝ってみろ」

その火の玉のごとき言葉を受けとり、秋桜は驚いたように目を見開く。

だけど、それも束の間——次の瞬間には、受けて立つといわんばかりに胸を張ったのだ。

「――望むところです。あたし、今日はどんなことだってできる気がするんです」

言葉を交わしたのは、これが最後だった。

それきり、颯太も秋桜も愚直に相棒と向き合う――騎手が勝負の舞台に持ちこめるのは己の体一つと、身を尽くして仕える競走馬だけなのだから。

風が騒がしくなりつつあるターフが、火花を散らす若き二つの才能と、正反対の個性を持って生まれたサラブレッドを待ちかねていた。


パドックの周回から本馬場入り、そして、ゲートインまで、すべてがつつがなく進んだ。

それもこれも、グラヴィスニーナの2歳馬らしからぬ気性のよさのおかげだ。

「グラヴィス、お前は本当にいい子だな」

中山の芝2000メートルのスターティングゲートは、ホームストレッチの入り口付近に設置される――その中で、人馬の姿は最内の1番ゲートにあった。

パドックに姿を現した時、観客に「牛みたい」といわしめた巨軀《きょく》をゲートへおしこめながらも、グラヴィスニーナのメンタルはすこぶる安定している。

たてがみを撫《な》でる颯太の手に、反応する余裕すらあった――レース直前のサラブレッドというのは、落ち着きなく体を動かしたり、中には目が血走ったりする子もいるのに。

パートナーが冷静なおかげで、鞍上《あんじょう》の颯太も集中力を保つことができていた。

今年の葉牡丹賞は、15頭立てのレースと相成った——颯太は1番ゲートから仕切り越しに、遠く離れた10枠へ横目を送る。

そこでは、秋桜とスターゲイザリリーが臨戦態勢に入っていた。

人馬共に、いい雰囲気だ——無暗《むやみ》に周囲を威圧せず、きたるべき時に備えて闘気をためこんでいる。

一瞬だけ、鞍上の秋桜と視線が交錯して火花が散った。

地下馬道を進む間、秋桜は鉄魁から声をかけられていた——おそらく、百戦錬磨の東の巨匠から、秘策を授《さず》けてもらっていたのだろう。

実のところ、颯太は秋桜がどんなレース運びをしてくるか知らなかった——きっと、向こうも、こちらの戦略に関する情報は入ってないだろう。

しかも、同厩舎《きゅうしゃ》の馬同士、共闘してほしいという指示もない。

秋桜に勝たせたいなら2頭出しというのは絶好のシチュエーションなのに、鉄魁はあえてガチンコ勝負を望んだ——理由は定かじゃないけど、きっとそういうことなのだろう。

いや、それを勘ぐるのは、騎手の仕事じゃない——今、俺がしなくちゃいけないことは、ただ一つ。

颯太はグラヴィスニーナの首筋に体を寄り添わせ、瞑想《めいそう》するように目を閉じる。

いつしか、調律するように人馬の呼吸のリズムが重なっていた。

肉体は生き残りをかけるべくたぎっているのに、頭の中は静謐《せいひつ》になっていく――この体の中で熱い潮流と、冷たい潮流がぶつかって生まれる温度が心地よい。

自分の世界に没入する最中、冴《さ》え冴《ざ》えした冷気を震わせて鳴り渡る発走前のファンファーレが遠く聞こえてきた。

音楽がやんだ瞬間、ゆっくりと目を開ける――颯太が認識する世界に、もう余計なものは映らなかった。

開戦まで、まさに秒読み――競馬場が、一瞬の静寂に包まれる。

そして、ついにその時がやってきたのだ。

――ガシャン！

一斉にゲートが開く――冷気を切り裂いて、熱に浮かされた15頭のサラブレッドが勢いよく駆けだしていく。

ここに今、2歳馬たちが挑む長距離戦――葉牡丹賞の幕が切って落とされた。

ゲートがスタンド前に設置されているため、発走の瞬間は中山競馬場が沸きあがった。

――よし、タイミングばっちり！

颯太とグラヴィスニーナは、絶好のスタートを切っていた――重心もしっかり前にかかっていて、理想的な前進気勢が保てている。

回転襲歩《かいてんしゅうほ》で駆けるグラヴィスニーナ――脚の運びはゆったりしているのに、重厚な馬体が力強く加速していく。その姿は、戦陣を切り裂く重戦車のようだ。

騎乗フォームをとりながら、颯太はグラヴィスニーナを内ラチに沿って真《ま》っ直《す》ぐ走らせることに専念する――最内を確保できるのは、1番ゲートを引いた馬の特権だ。

そうしながらも、手綱を絞ってペースを管理した――グラヴィスニーナも、鞍上のコンタクトを素直に聞き入れる。

――ここまでは、思い描いた通りの展開。ならば、次にやってくるのは――!!

果たして、颯太の予想は的中した。

早々にペースを落として最内を走るグラヴィスニーナを目がけるように、いくつもの影が来襲する――外枠の馬たちが、インのポジションをとるべく内に切りこんできたのだ。

スローペースになるのを嫌ったのか、二の脚を使って強引にハナを奪取しようとする逃げ馬も、しっかり意識に入れておく。

状況を整理しながら、颯太は股抜きで後方へ探りを入れた。

グラヴィスニーナがペースをあげようとしないため、焦れたライバルたちが前にいけと執拗に尻《しり》を突いてくる。我慢できなくなった数頭に外から抜き去られ、順位が落ちていくのも甘んじて受け入れた――まだ、序盤だ。慌ててはいけない。

現在、グラヴィスニーナが身をおいているのは、およそ5番手から9番手を争う中団に位置する馬群の最中。

そこから、3馬身ほどリードをとった先頭集団は、ゴール板前に待ち構える難所――高低差2メートル以上にも達する、心臓破りの急坂に挑もうとしていた。

きっと、スタンドにいる観客の角度からは、大したことのない勾配に見えるだろう。だけど、ターフで闘う騎手にとっては、恐ろしい化け物として立ちふさがる――急坂に差しかかった先頭集団が、壁をよじのぼっていくように映るのだ！

間もなく、グラヴィスニーナも四肢を唸《うな》らせ、果敢に急坂へ突入した。

「ぐっ……‼」

思わず、ひしゃげた声がもれる――相変わらず、この急坂の負荷はえげつない。グラヴィスニーナのスタミナが削れていくのが、颯太の肉体にまで伝わってきた。

そう、中山の芝2000メートルはホームストレッチ側からスタートするため、ゴールするまで2回この難所を越えなければならない。

だからこそ、距離と相まって、葉牡丹賞は過酷な消耗戦となるのだ。

心臓破りの急坂に入って、グラヴィスニーナの大気を穿《うが》つような推進力が落ちた――もちろん、他の馬も苦戦を強いられる。

そんな中にあって、ターフを清めるように吹き抜けていく一陣の風があった。

――あ、あれは……⁉

陽光を浴びて、芸術品のごとくつやめく栗毛《くりげ》。そして、なによりも特徴的なのは、ポニーのように小柄な馬体――他の騎手ならともかく、颯太が見違えるはずがない。

今年の葉牡丹賞へ出走が叶《かな》った唯、一、の牝馬――スターゲイザリリーが、苦戦する牡馬を尻目《しりめ》に、涼しい顔で急坂をのぼりきったのだ。

その鳥のように軽《かろ》やかな走りに、颯太は驚きを禁じ得ない。

だけど、スターゲイザリリーの鞍上にいる騎手は、にこりともしなかった――秋桜は、こうなることを確信していたのだ。

――うん、いいね、リリー……!!

秋桜は相棒が発揮した能力に、賛辞を送っていた。

スターゲイザリリーは一見すると、競走馬失格の烙印《らくいん》を押されるほど貧弱なサラブレッドとして目に映るだろう。

秋桜だって、つい最近までそう思いこんでいた――その証拠に、パドックで300キロ台後半にも達しない馬体をお披露目《ひろめ》した時、無数の失笑に囲まれたのだから。

ゆえに、葉牡丹賞で最低人気の屈辱を背負わされてしまったのだろう。

だけど、騎乗しなければわからないことがある――サラブレッドとして信じられないほどの低体重に生まれついたスターゲイザリリーの走りは、それゆえに極限まで負荷が少なく、どんな急勾配だろうと平地であるように走破してしまうのだ。

ずっと、見誤ってきた相棒の能力とくもりない目で向き合うことができた、あの調教の日から——秋桜はスターゲイザリリーが秘める中山芝2000メートルの適性を確信していた。

——さぁ、リリー！　今度は、競馬場中にいるみんなの見る目を変える番だよ！

知名度ばかりが一人歩きしている美少女ジョッキーと、ポニーのような牝馬という異色コンビの奮闘に、スタンドの観客たちが沸き立っているのがわかる。

でも、野心に身を焦《こ》がす秋桜は、こんなものじゃ満足できない。

コースを回ってきて、もう一度、心臓破りの急坂をのぼりきったその時——誰《だれ》も想像し得なかった光景を、ここにいる全員に見せつけてやる！

秋桜とスターゲイザリリーは、勢いそのままにポジションを押しあげる——位置取ったのは、グラヴィスニーナが属する中団馬群だった。

スターゲイザリリーは外目。対して、グラヴィスニーナは内目——鞍上にいる秋桜と颯太の視線が、互いを意識するように衝突する。

秋桜は体温の上昇を感じつつ、風が渦巻く前方へ向き直った。

隊列はホームストレッチを駆け抜け、第1コーナーも半ばに差しかかったところだ——序盤はうまく闘えたかもしれない。だけど、レースはここからが本番だ！

そう思った矢先のことだった——一旦《いったん》、落ち着いたように見えたライバルたちが突然、激しく動きだしたのだ。

――な、なにこれ……⁉

秋桜は動揺をこらえながら、水面下でなにかが起こりつつある戦場の様子を探る。

そして、それは近くでレースを進める颯太も同じだった。

「やはり、きたか……‼」

予期していたものの、颯太は口にせざるを得ない。

一向に、グラヴィスニーナがペースをあげないことに、業を煮やした中団のライバル――

それどころか、さらに後方の馬までもがポジションを押しあげたがっているのだ。

その気持ちはわかる――前を見れば2、3頭で形成された先頭集団が順調にラップを刻み、後続を引き離しにかかっているのだ。

レースは、隊列の前と後ろでペースが極端に異なる乱戦の様相を呈してきた。

だけど、まだ颯太に動くつもりはない――グラヴィスニーナの手綱に、テンションをかけ続ける。

ターフで鎬《しのぎ》を削る騎手たちの思惑が入り乱れ、競馬は生き物のごとく姿を変える。

第2コーナーの真っただ中――固まっていた馬群が、急激にばらけだしたのだ。

背中へ焼けつくように感じるプレッシャーは、すぐさま脅威と化して颯太へ襲いかかった

――快調に飛ばす逃げ馬を捕らえんと、それまで後ろで控えていた馬たちが我先にグラヴィスニーナより先んじようと殺到してきたのだ！

追い抜きざま、スピードに乗った馬体と馬体がすれすれのところで肉薄する。

各位置におさまっていた馬たちが、次なるポジションを目指し、あちこちで激しいもみ合いが起こり始めた。

コーナリングの最中、完成したパズルが分解したかのように、再び慌ただしくなった隊列
――だけど、颯太とグラヴィスニーナの戦略図に、微塵《みじん》も狂いはなかった。

――むしろ、グラヴィスにとっては好都合だ……!!

そう、この状況こそ、グラヴィスニーナの強みが全面的に発揮される。

誰もが、目指したポジションに辿《たど》り着けるわけじゃない――特に、不幸にもグラヴィスニーナの巨軀を正面にした馬たちは、栓をされたかのように進路をふさがれている。

そんな中、スペースを発見して巧みに馬混みを抜けだしてきた一頭が、グラヴィスニーナへ競りかかってきた。

突っかかってきたライバルと、鼻を並べながらの併走――規則的に上下する相棒の首筋が占める颯太の視界に、相手の騎手の体が映りこむほどの接近戦と相成った。

並みのサラブレッドなら、闘争心をあおられて勇み足を踏んでいただろう――もし、セイラだったら頭に血がのぼって、暴発をしていたかもしれない。

だけど、グラヴィスニーナは違った――ちょっかいをかけられようが、彼の安定感抜群のギャロップは決して精彩を欠くことはない。

これこそ、グラヴィスニーナの真骨頂である不動心——乱戦であろうと、彼が守る鉄のペースを壊すことなどできやしない。

そして、もう一つ、神さまから贈られた才能——その恵まれた馬格によって、激しいもみ合いを次々と鎮圧していく。0距離の肉弾戦を挑まれようが、相手を跳ね返してしまうのだ。

周りがちょろちょろと動いたり、闇雲《やみくも》にけん制したりする中、颯太とグラヴィスニーナだけがターフに黄金の航路を発見したように、内ラチ沿いの最短距離を直走《ひたはし》る。

そんな颯太とグラヴィスニーナの競馬を、間近で目に焼きつけていたのは秋桜だった。

——これが、ダービージョッキーの騎乗……‼

まさに、グラヴィスニーナの長所を完全に熟知した上での乗り方だ。

だけど、颯太の技術に目を見張っているばかりじゃいられない——秋桜は、思わしくない戦況に意識を戻す。

そう、ごちゃついた馬群の中にあって、最も割を食ったのは秋桜のコンビだったのだ。

「う、嘘《うそ》でしょ⁉」

第2コーナーの出口——後ろからスペースをこじ開けるように乱入してきた一頭によって、秋桜は回避を余儀なくされる。

本当は、今の位置を譲りたくない——だけど、相手の牡馬と体格差がありすぎて、華奢《きゃしゃ》なスターゲイザリリーに抗《あらが》う術はなかった。

秋桜は改めて思う――ボクシングや柔道には体重で階級が決められてるのに、どうして競馬にはないんだろう……!!　こんなの残酷すぎる……!!

現在、秋桜が相棒を走らせているのは、全出走馬の中で最もアウトコース――スターゲイザリリーはポジション争いで敗れ続けた結果、僻地でのレースを強いられたのだ。

そう、グラヴィスニーナとは正反対に、この激しいもみ合いこそが、軽量馬に生まれついたスターゲイザリリーが最も苦手としている展開だった。

「リリー、平気!?」

秋桜は不満を吐きたい気持ちをこらえて、愛馬の身を案じた。

当然だ――コーナーで外を回されると、距離ロスが生じてしまうのだから。

一つのコーナーだけなら、ほとんど着順に影響しない程度の誤差かもしれない――でも、葉牡丹賞では四つのコーナーをこなさなければならないのだ。

4コーナー分のロスが蓄積されると最短コースを走ったライバルと比べて、最終的に数馬身もの距離を余分に走っている計算になる――持久戦で、この不利は受け入れがたい。

第2コーナーを曲がり終え、全馬がバックストレッチへ雪崩《なだ》れこんでいく。

だけど、苦い想《おも》いは秋桜の胸の内から、消えてくれなかった。

――もっと、あたしが上手《うま》く、リリーをエスコートできてれば……!!

距離ロスが響いて、順位が逆転したのだろう――秋桜は斜め前方の内ラチ沿いで、巧みにグラヴィスニーナを操《あやつ》る颯太へ視線を送る。近いようで、はるかに遠いその背中を。

だけど、秋桜は頭を占める悪いイメージを、吹き飛ばすように首をふった。

悔しいけれど、未勝利から抜けだせない以上、自分が未熟であることは変わらない。たった一日で、劇的に強くなるなんていう夢物語もターフには存在しない。

でも、あの時とは、たった一つだけ違うことがある。

ここまでくるのに、数えきれないくらい遠回りをしてきた。認めるまで、死にたくなるほどの羞恥心《しゅうちしん》をのみこんだ――でも、そのおかげで、やっとスタート地点に立てた。

秋桜の騎乗フォームが、再び瑞々しい覇気を帯びていく。凛々しさを増す表情は、生気をとり戻していく花のようだ。

――そう、今のあたしは、自分が未熟であることを知っている!!

ならば、失敗の一つや二つくらいするだろう。でも、それが勝負を投げていい理由になるはずがない――顔をさげている暇があったら、最善を尽くしきれ！

スタンド前のターフビジョンにも、中盤戦を戦う秋桜の姿が映しだされていた。

そして、観客たちは、美少女ジョッキーの様子がいつもと違うことに気付くのだ。

高次元の攻防が繰り広げられているターフの中にあって、紅一点である秋桜の姿が目につかない――これまでは、男性騎手たちの精度が高い騎乗フォームに紛れることができず、悪目立ちしていたのに。

それは、秋桜が猛者たちと互角の闘いを繰り広げている、なによりの証左だった。

だけど、当人に善戦しているという意識は微塵もない――ただただ、目の前のなすべきことに、己のすべてをぶつけていた。

――このままだと、リリーがまた不利を被ってしまう……!!

秋桜の危機感は、手綱を通して相棒にも伝わっていた。

今、スターゲイザリリーが疾走しているのは、バックストレッチ半ば――レースは折り返しの1000メートルを通過したところだ。

秋桜が見据える先には、第3コーナーと第4コーナーが控えている。

依然として馬体の壁にはばまれ、スターゲイザリリーは中団で外々を回されている状態だ。

このままだと、また距離ロスが発生してしまう――それだけは、避けなきゃ！

スターゲイザリリーにも牡馬のように立派な体つきがあれば、内ラチに割りこんでいけたのかもしれない。

でも、ないものを嘆いても始まらない。無慈悲なスピードの神が支配するターフに、奇跡など転がっていないのだから――いつだって、ジョッキーは今ある手札だけで闘わなければならない！

鞍上で秋桜は素早く視線を走らせ、バックストレッチを走る隊列を観察した。

刻々と移り変わる戦況とペースを同時にインプットしながら、脳みそをフル回転させる。

先頭集団は未だ4馬身ほどのリードを保っているため、中団との間にはスターゲイザリリーがおさまるための十分なスペースがある。

あの場所まで、ポジションを押しあげるべきか――いや、だめだ。ここでスタミナを浪費してしまえば、自ら持久戦から脱落しにいくようなものじゃないか。

ならば、後ろはどうだ。スターゲイザリリーやグラヴィスニーナが属する長く伸びきった中団のさらに3馬身後方では、追走に苦労しておいていかれつつある一団の姿があった。スターゲイザリリーを内にエスコートする余裕がありそうだ。

あそこまで、さげるべきか――ううん、それもダメ。そもそも、あんな後ろにいたんじゃ勝負にならない。

せばまり、細くなっていく選択肢――だけど、意志が宿った秋桜の瞳《ひとみ》は、八方ふさがりの状況から、わずかな光明を見出した。

――見つけたッッ!!

まるで、一個の生物のように足並みをそろえていたため、付け入る隙《すき》のなかった中団馬群――偶然にも、逃げ馬を捕らえようと前を追う一頭の動きと、脚をためようと控えた一頭の動きが連動したのだ。

岩戸が開くように生まれたのは、1馬身あるかもあやしい窮屈なスペース――別の馬にまたがっていたら、こんな発想は浮かばなかった。そもそも、頭を過《よぎ》ったとしても怖くてできなかっただろう。

でも、今、自分がまたがっているのは、スターゲイザリリー――どの馬よりも小さくて、どの馬より勇敢な馬！

相棒へ全幅の信頼をおいていたがゆえに、秋桜の手綱さばきに迷いがなかった。

「いこう、リリー!!」

鞍上からのシグナルを――そして、意図をも理解したかのようにスターゲイザリリーは鋭く内へ切れこんだ。

そして、疾走する肉弾が居並ぶわずかな切れ目へ、見事にその小柄な馬体をおさめたのだ。

突如として、インを奪還した新手に周囲の騎手は驚く――まさに、３００キロ後半にも満たないコンパクトな馬体の持ち主だからこそ、なせる離れ業だった。

――これで、コーナーでの距離ロスはない！　い、い、あの子とも、対等に闘える！

秋桜はスターゲイザリリーの鞍上から、芝を爆《は》ぜ散らしながら内ラチ沿いを驀進《ばくしん》する一頭を見据える――颯太とグラヴィスニーナを。

秋桜は、颯太たちがどんな競馬を組み立ててくるか事前の情報は一切《いっさい》入れていない。

だけど、本馬場に入る前の地下馬道で、鉄魁からたった一言だけ告げられていた――い、い、い、い、い、い、い、い、い、い、い、い、い、い、い、い、――レース中盤、風早騎手とグラヴィスから片時も目を離すな、と。

師のアドバイスを聞き入れ、秋桜は注意を怠らなかった――だからこそ、誰よりも早く変化を察知することができたのだ。

――えっ⁉　う、嘘でしょ⁉

それを目撃した瞬間、秋桜は信じられなくて瞬きを繰り返した――グラヴィスニーナとの折り合いを重視するため、目立たなかった颯太の手元が急激に動きだしたのだ！

まだ、第3コーナーにも入ってないのに――あれが追いだしだとしたら、さすがに早すぎない⁉

しかし、重戦車のごときサラブレッドは、騎手と心を一つにしたように引き返す素振りはなかった。

――いや、早くはないはずだ！

未知の領域に体を投げだす恐怖を覚えながらも、颯太は勇気をもって断じる――グラヴィスニーナに騎乗する日々の中で、培われた感覚がこれでいいと訴えているのだ。

迷いを断ちきり、確信をこめて颯太は手綱を一層強くしごき始める。

「――さぁ、俺たちの競馬をつくりだすぞ、グラヴィス‼」

第3コーナーに突入する手前――鞍上にいる颯太の躍動が乗り移ったように、グラヴィスニーナのギャロップへ気合がみなぎっていく。

すでに、熟知している通り、グラヴィスニーナはズブい馬であることに変わりない――瞬間的な扶助《ふじょ》では、十分な反応を示してくれない。

だからこそ、颯太は最終ストレートと見紛《みまご》うばかりに、汗まみれになりながら全身を使ってGOサインをだしているのだ。

すると、巨漢に搭載された大型エンジンがやっと点火したように、グラヴィスニーナは安定したペースを手放して加速を遂げた——馬群を持ち前の体格で蹴《け》散らすように、力強く前へ押し進む。

いよいよ、周囲のライバルたちは勘づく——あれは、単なるけん制ではない。人馬共に、本気で先行馬を捕らえにいこうとする動きだ！

色めき立つ騎手の驚愕《きょうがく》を肌で感じながら、颯太はにたりと笑う。

——あぁ、ご名答。あんたらの、読みは当たっている。

でも、それがどうした——読まれようが、誰も止められないからこその勝ち筋なんだ！

颯太は相棒の背に追い風を吹かせようと、強烈な追いだしを繰りだす——常識外れの、ロングスパート開始！

火がついたグラヴィスニーナは、中団を抜けだし単身で第3コーナーへ突入していく。

重戦車は前線を食い破るような勢いを見せた——今にも、先頭集団にまで届きそうだ。

この展開に焦りを見せたのは、中団におき去りにされた騎手たちだった。

動揺が、一瞬の硬直を生む——だけど、次の瞬間、淘汰《とうた》を免れようとする生物の本能が目覚めたように、激烈な変化が巻き起こったのだ。

異変は、すぐさま、秋桜の体内時計に引っかかった。

──な、なに⁉　ペースが一気に跳ね上がった⁉

そう、中団の馬たちが現状維持をよしとせず、颯太とグラヴィスニーナの後に続くことを選択したのだ。

第3コーナーに入った馬群は引っ張られたように、刻々と縦長になっていく。

すでに、全馬が1200メートル地点を通過した──とうとう、葉牡丹賞も終盤を迎えつつあるのだ。

──あたしたちも、こんなところでうかうかしてらんない‼

「いこう、リリー‼」

握る手綱に力がこもる──秋桜も、前で勝負することを選んだのだ。

生命力あふれるギャロップの連なりが大地を激震させ、力一杯ふりおろされた蹄《ひづめ》が戦塵《せんじん》のごとく土と芝のしぶきを打ちあげる。

苛烈《かれつ》な戦場をゴーグル越しににらみながら、秋桜は肌を這う武者震いと共に思い知る。

颯太が投じた思いがけない一石で、レースの風向きがこんなにも様変わりした──やはり、競馬は生き物だ。適応できない者から、喰《く》い殺されていく。

そして、無慈悲な淘汰は、なおも進行していた。

グラヴィスニーナは先頭集団を前に見ながら、第4コーナーを激走している──それなのに、追跡を敢行した馬たちは、依然として彼の後ろに到達できていないのだ。

それどころか、ついには燃え尽きたように、ずるずると後ろにさがってきている――秋桜とスターゲイザリリーは第4コーナーの入り口で一頭、また一頭というように脱落者たちを追い抜いていった。

その際、疾風に紛れ、うめくような騎手の言葉が耳をかすめたのだ。

「どうして、お前の馬だけスタミナが尽きない……!!」

なにか、とんでもないことが起きている――秋桜は熾烈《しれつ》になりつつある生存競争にしがみつきながら、なに一つ見落としがないように五感を全解放した。

そして、颯太とグラヴィスニーナの先駆ける姿を目に焼きつけながら気付くのだ。

――もしかして、先輩は先頭集団をつかまえようとしてたんじゃなくて、このために……!!

突如、ロングスパートに打ってでたグラヴィスニーナにあおられ、中団の馬たちはハイペースを強いられた。

それは、つまり、電撃的な消耗戦を仕掛けられたということだ。

そして、先ほど目にした通り、エネルギー切れを起こした馬たちは、グラヴィスニーナに追いつくことは叶わず敗北へ沈んでいった。

秋桜は戦慄《せんりつ》する――あの絶対的なフィジカルを誇る重戦車は、厄介なことに優秀な指揮官まで得てしまったのだ。

——先輩が、強いラップを刻んで後続をふるい落としにかかってるんだ……!!

もし、秋桜の心の声が届いていたら、颯太は「その通り」と答えていただろう。

——よし、うまく決まった!

颯太は思い通りの競馬を実践できている快感に酔いしれ、歓喜の声をあげた。

日々の調教で乗っていた時から、ずっとこの勝ちパターンをイメージしていた——エンジンが点火した相棒は、ペースをあげたにもかかわらず疲れ知らずの様相で疾走している。

グラヴィスニーナの強みは、「長く良い脚が使える」ということだ——一瞬の末脚の切れ味で勝負するセイラとは、競走馬として生まれ持ったテーマが違う。

だからこその、早仕掛け。だからこその、ロングスパートだった。

乗り手が競走馬の特性を理解し、その個性を輝かせることができた時——騎手は、ターフを統《す》べる女神から祝福を授かる。

己の走りに没入するグラヴィスニーナから、手綱を通してすさまじい手応えが伝わってくる。

レース中も、ずっと内を回ってくることができた——余力は十分! 雄大な馬体には、まだまだタフネスが残ってる!

「いよいよ、各馬がコーナーを回りきり、最終ストレートへ突っこんできます!」

実況の声が豪風に乗って鼓膜へ届いた瞬間、颯太の中で巡る血の温度がさらに跳ねあがった。

グラヴィスニーナは重厚なギャロップで、第4コーナーを走破する。

鞍上の颯太が見据えるは、中山競馬場の最終ストレート――清冽《せいれつ》な風の通り道になっている直線には、レースを引っ張ってきた先頭集団をはっきりと目で捉えることができた。

逃げ馬たちは、十分に息を入れることができなかったのか脚があがり始めている。

騎手の感性が、颯太にささやきかける――あれなら、十分にかわせる！

前方は視界良好。ならば、気になるのは背中――差しを狙う馬たちの動向だ。

ただ、こちらに関しても、すでに策は打ってある。

「騎手が必死に追いだすが、逃げ馬はすでに手応えがあやしい！　勢いがあるのは、単身二番手のグラヴィスニーナ！　みるみる、前との差を詰めていく！　それより、後ろの一団は――なんでしょう!?　どの馬も思っていたより、伸びあぐねている！」

実況の言葉を確かめるように、颯太は股抜きで視線を飛ばす。

後方には、まさにイメージ通りの光景が広がっていた――土壇場でスタミナの削り合いを挑まれた追跡者は結局、ただの一頭もグラヴィスニーナに届かないままガス欠を起こした。あの様子じゃ、最終ストレートで使う脚は残っていないだろう。

後ろも対抗馬は見当たらず、背中に絡《から》みつくのは術中にはまった騎手たちの恨みがましい視線のみ――そんなものじゃ、グラヴィスニーナの凱旋《がいせん》を止めることはできない。

颯太は自信を深めて、前へと向き直る――手の中で感じとれる勝機を、揺るぎないものとするために。

だけど、颯太は、最後の最後で視線を切ることができなかったのだ。

「ッッ――⁉」

呼吸が断裂する――団子状態でもがき苦しむ馬群を一閃し、ただ一頭、すべてを覆そうと猛追してくるサラブレッドを目撃したがゆえに。

牡馬の影に隠れてしまいそうなほど華奢な馬体。そして、その鞍上にいるのは、後ろで一つ結びをした女性騎手。

――秋桜、リリー⁉　ここでくるのか⁉

いや、疑う余地なんてない――背中に突き刺さる、尋常じゃないプレッシャー。ゴーグル越しでもわかる、秋桜の鋭い眼光。そして、1周目の急坂を制した時と、なんら変わりないリリーの尋常じゃない脚色。

もろもろの要素が確信的に告げている――あいつらは、い、必ずこ、こ、こ、までや、って、く、る！

――まさか、リリーがここまでタフなサラブレッドだったなんて……‼　あの小さな体のどこに、グラヴィスに匹敵《ひってき》するほどの持久力が……‼

いや、そんなことどうだっていいのだ。今、明らかなことは一つだけ――油断した瞬間、俺たちは、あの小さな化け物に喰い殺される！

気付けば、颯太は脳裏《のうり》に過った不安を払拭するように、ステッキを抜いていた。

グラヴィスニーナに鞭《むち》を入れて、全力で追いだしにかかる。

そうしながら、颯太は雌雄《しゆう》を決する時に備えて息を整えた。

最早《もはや》、秋桜とスターゲイザリリーとの一騎打ちは必至。ならば、最強の挑戦者を迎え撃つため、お披露目しなければならないだろう——この日のために、秘めてきた切り札を。

相棒も巨軀を唸らせて、解放の時を待ちわびているようだった。

——グラヴィス、一緒にいこう。その先へ。

熱暴走を避けるように放出していた闘気を、颯太は本当の正念場に備えて内に蓄える。

自分が知り得る領域の一つ向こう側——新たな武器に手をかけるために！

颯太が、なにをしでかそうとしているのか——スタンドに集結した数万人の観客の中で、それを察知できた者はまだいなかった。

でも、それは仕方ないことかもしれない——ターフでまばゆいほどの輝きを放つ才能は、一つではなかったのだから。

競馬を見ていると、まれに不思議な現象に遭遇する時がある。

今、ターフに視線を釘付《くぎづ》けにしている観客たちも、言葉にしがたい感覚に陥《おちい》っていた。

勝ち負けを最後まで演じる主役たちが、最終ストレートの最中で自然と浮かびあがってくるのだ——まるで、夜空を圧倒的な輝きで飾る1等星が、無数の眼差《まなざ》しを惹《ひ》きつけるように。

競馬場全体に、シンクロニシティが起こる。どの馬が脚を伸ばしてくるか——誰もが理屈を追い越して、本能的に理解していた。

そして、それは実況も同じだったようだ。

「逃げ馬も粘りこむが、グラヴィスニーナが驚異のロングスパートで粉砕にかかる！　抜き去るのも時間の問題か⁉　後方からの刺客は、スターゲイザリリー一頭のみ！　小さな体の持ち主である紅一点が、脚を伸ばしあぐねる牡馬たちを一網打尽にして、巨漢馬へ挑戦状を叩きつけた格好だ！　どうやら、勝者は両雄にしぼられた模様！　グラヴィスニーナが逃げきるか、それとも、スターゲイザリリーが差しきるか！　2回目の心臓破りの急坂の頂で待つゴール板は、静かに勝者を待っている！　葉牡丹賞、いよいよ最終局面です！」

筋書きなき生命力のドラマに熱狂する叫びが、最終ストレートを疾走する秋桜の耳にも届いていた。

――す、すごい……‼　調教の時よりも、さらに状態があがってる……⁉

怒涛のごとく押し寄せる高揚で、秋桜は目の前の現実を夢の中の出来事のように捉えてしまう。

だって、そうだろう――最終ストレートに突入してからスターゲイザリリーは突き抜けるように脚を伸ばし、へろへろになった牡馬をまとめて薙《な》ぎ払《はら》ってみせたのだから。

しかも、それだけじゃない。

これほど過酷な消耗戦となったのに、スターゲイザリリーの走りに疲労の色は微塵もなかった――それどころか、ゲートをでたばかりのように瑞々しい力で満ちている！

チャリオットのごとく破壊力満点なグラヴィスニーナのギャロップと対照的に、スターゲイザリリーの走りは妖精《ようせい》の翼を得たように軽くなっていく。

相棒を懸命に追いだしながら、秋桜の胸は感動で打ち震えていた。

最早、完全に脚があがった馬たちは、スターゲイザリリーの敵ではない。

超えるべき目標はただ一つ――グラヴィスニーナと、その鞍上に君臨する最年少ダービージョッキーのコンビのみ！

打ち倒すことができればジャイアントキリングと評されるべき、ターフの覇者。

その背中が、最終ストレートを半ばにして、十分な射程圏内といえる4馬身ほど前にあるのだ――しかも、その差がじりじり詰まっているように見える！

――ち、ちょっと待って？　あれを抜けば、あたしたちが一着ってこと？

風が吹き荒《すさ》ぶ鮮烈なるターフ上――沸騰する血流を送りこむ心臓が、目覚めの時を知らせるように秋桜の胸を狂おしく叩いていた。

中山競馬場の馬主スタンドから、鉄魁は将軍であるかのように勝負の行方《ゆくえ》を見守っていた。

ゲートが開いた瞬間から、一瞬たりともターフから目を離していない――それどころか、肩を強張らせたまま、彫像と化したように身じろぎ一つしなくなった。

なぜなら、この瞬間――最終ストレートを疾走しているのは、どちらも自分の厩舎に所属しているサラブレッド。しかも、そのうちの一頭に、愛弟子が騎乗しているのだから。

しかも、しかもだ――秋桜とスターゲイザリリーが一心不乱に駆けているのは、トップを十分に狙える二番手という絶好のポジション。

――秋桜……!! よくぞ、ここまで……!!

手に汗を握ってしまう。年甲斐もなく、膝《ひざ》の震えをおさえられなかった。

鉄魁は、秋桜たちの少し前をゆく人馬へ目を移す――颯太とグラヴィスニーナはすべてをおき去りにするように、先頭を直走っていた。

グラヴィスニーナを管理してきた鉄魁は知っている――当たり前のようにコースを回ってきたように映るが、ここにいたるまで困難の連続だったはずだ。

元々、大型馬であるグラヴィスニーナは器用なタイプではなく、レース中の自在な操縦は効かない――あれこそ、見事なまでに彼の特性を知り尽くしたプロの騎乗だ。

「――オーナー殿は慧眼《けいがん》をお持ちのようだ。実績やキャリアにとらわれず、素晴らしい才能をご自身の愛馬の鞍上に据えたのだから」

鉄魁が声をかけた方向には、一輪の花のような麗人――聖来《せいら》がたたずんでいた。颯太との約束を守って、彼女も競馬場に駆けつけていたのだ。

そして、彼女もスタンドから熱視線を注ぎ続ける――見つめるのは、勝利を信じて疑わない最愛のジョッキーただ一人だった。

「はい、わたしにとって、颯太くんは世界で一番の騎手ですから」

「だが、オーナー殿の所有馬――セイライッシキは、インコロナートの全妹《ぜんまい》という現代競馬の最高傑作というべき血統。乗せる騎手も、超一流を起用するのが妥当ではないかな」

「それでも、わたしには他の選択肢は考えられません――セイラにとって、颯太くんは運命の騎手になってくれたんですから」

「……なるほど、うらやましいまでの信頼関係だ。そして、そこまで、オーナー殿が入れこむのも理解できる。彼はこれからさらに強くなる。間違いなく、な」

もしかしたら数年後、神崎無量《かんざきむりょう》に匹敵するほどの名手に成長するかもしれない――鉄魁は、本気でそう思う。

だが、颯太が持って生まれた天賦の才を加味してもなお――

「この勝負、勝つのは秋桜だ」

「――え？」

聖来は耳を疑うように目を瞬かせたものの、鉄魁の表情は確信を帯びたままだった。

そう、ここまでのレース展開は、すべて鉄魁のシナリオ通りに進んでいたのだ。

口にしても、誰が信じるだろうか――未勝利の女性騎手を背負ったスターゲイザリリーが、難敵集う葉牡丹賞で一着をかっさらうなんて。

しかし、先入観でくもった眼では、サラブレッドの真価など見えやしない。

本日、正式に公表されたスターゲイザリリーの馬体重は、340キロ――これほど軽いサラブレッドは、美浦《みほ》に存在しない。管理する調教師が調教師なら、馬体ができてないと判断してレースに出走させない厩舎もあるだろう。

だけど、鉄魁はいけると踏んだ――それどころか、スターゲイザリリーが秘めた才能に心からほれこんでいたのだ。

驚異の低体重――誰もが弱点と思いこんでいる、その唯一無二の個性こそがこの舞台では強みへと裏返るのだから。

軽量の馬は走行時の負荷がおさえられ、スタミナの消費が軽くて済む。

馬体重が300キロ前半しかないスターゲイザリリーは、まるで無邪気な妖精が宙を舞うようにターフを駆けていく――あのポニーと見紛うような小さすぎる馬体には、無尽蔵のスタミナの泉が湧いているのだ。

2歳馬にして、550キロを超える大山のような馬体に持久力を詰めこんだグラヴィスニーナとは、また違った強さの形。

奇《く》しくも、スターゲイザリリーとグラヴィスニーナは正反対の個性を授かりながらも、その才能の本質は共に優れたステイヤーだったのだ。

そして、どちらの完成度が高いかと問われれば――鉄魁は、現時点では、スターゲイザリリーだと結論づけていた。

疑わしく思うなら、ターフで巻き起こった波乱を見るといい。

最終ストレートでガス切れを起こした恰幅《かっぷく》のいい牡馬たちを、スターゲイザリリーが涼しい顔で抜き去っていく――観客たちは度肝をぬかれ、競馬場は最高潮に沸き返っていた。

誰もが目に留めなかった小兵《こひょう》の大逆襲。そして、彼女を会心の騎乗で導くのは、未勝利の女性ジョッキー――これほど、痛快な競馬が他にあるだろうか。

ありありと目に浮かぶ。あのすさまじい脚色だと、ゴール板前でグラヴィスニーナをものみこむはず――それが、鉄魁の最終結論だった。

――風早《かざはや》騎手よ、君のホースマンとしてのあり方や、力量には心から敬服している。最後の最後で、ラビットのような役割を押しつけてすまない。

その瞬間だけ、鉄魁の横顔へ罪悪感の色が移ろう。

――しかし、これが最後の仕事だ。秋桜に初勝利、そして、自信を与えてほしい。最年少ダービージョッキーを打ち倒したという勲章は、それほど大きいものなのだから。

鉄魁は、その瞬間を焼きつけようと目を見開く――望んでもないのに美少女ジョッキーとして注目され、本来の才能を歪《ゆが》められた樫埜《かしの》秋桜という騎手が開花の時を迎えようとしているのだ。

「――さぁ、秋桜。その名に違わず、咲き誇れ」

きっと、一生忘れられない光景になるだろう――誰よりも早くゴール板を駆け抜け、秋桜が大輪の笑顔を輝かせるのは。

しかし、鉄魁と異なるビジョンを視《み》ていた人物がすぐ近くにいたのだ。

「――いいえ、このまま幕切れになるとは思えません」

「……なに？」

強い信念を宿した声に虚を突かれ、鉄魁は聖来へ横目を送った。

「颯太くんは、わたしにレースを見にきてほしいといったんです。グラヴィスニーナとの修練の日々の中、つかみかけたなにか――新たな武器を手にしてみせると」

「新たな武器……だと？」

鉄魁の鮮明だった勝利の結末に、異なる可能性の雲がかかる。

そんな話は、颯太の口から聞いてない。だが、彼ほどの騎手がそこまでいってのけたのなら――絶対に虚勢のはずがない！

鉄魁の背筋に震えが走ったのと、聖来が歓声をあげたのは、ほとんど同時だった。

「あっ――⁉」

「な、なにがあった⁉」

鉄魁は、最後までなにが起こるかわからないターフから目を離してしまった己の浅はかさを恥じた。

焦燥に頬《ほお》を張られたように、最終ストレートへ向き直る——目に飛びこんできた光景に、脳の処理が追いつかなかった。

「な、なんだとッッ⁉　あり得んッッ‼」

一体、なにが起こっているのか——心臓破りの急坂を目前にして、颯太を背にしたグラヴィスニーナがさらに脚を伸ばしていくのだ！

——ま、まさか、私が知らないギアが存在するというのか……‼

想像を絶する才能が放つ光芒《こうぼう》に網膜を焼かれ、鉄魁はうろたえるように後ずさる——認めたくない！　もし、そうだとしたら、あの若き騎手は、私すら辿り着けなかった高みへ到達したことになる！

馬の底力と騎手の執念が起死回生の一手を放ち、勝負の天秤《てんびん》が傾いていく。

きっと、戦塵吹き荒ぶターフでは、颯太と秋桜が互いを認め、互いを恐れ、そして、互いを打ち倒すべき強敵だと意識しているだろう——残り少ないありったけをふりしぼり、ほんのわずかでも相手を上回ろうと死力を尽くしているのがここまで伝わってくる！

最終ストレートのデッドヒートは、ここにいたって混迷を極《きわ》めた。

両雄の明暗がわかれるのは、おそらく——スタミナの極限を試される、2回目の心臓破りの急坂に違いない。

最終決戦が迫りつつある中、聖来は自然と手を祈りの形に組んでいた。

一方、ビジョンを粉々に砕かれた鉄魁は、苦悶《くもん》の表情でターフをにらむ。すがるように、愛弟子から贈ってもらったタオルを握りしめながら――

――こ、秋桜……!!　私にできることは、もう……!!

冷静で泰然とした、美浦中のホースマンから畏敬の念を集める東の巨匠としてあるべき姿を保つのは、ここまでが限界だった。

「――すまない、オーナー殿。これからなにが起ころうとも目をつむり、耳をふさいでくれないだろうか?」

突然の問いかけに、聖来は目を丸くする。

だけど、鉄魁はたった1秒すら待つことを惜しみ、前のめりになってレースを見つめる。

こんな乱暴な言葉を叫ぶのは、調教師として失格かもしれない。

だけど、分別ある大人として抑圧してきた、この純粋ゆえに傲慢な気持ちを、もうおさえられなかった。

――競馬の神よ、もし見ているなら私の身勝手を許してほしい。ずっと、この日がくるのを、待《ま》ち焦がれてきたのだから。

次の瞬間、鉄魁は己の立場も、良識もかなぐり捨て――これ以上、秘めるものがない赤裸々な一個の人間として、嘘偽りない本心をかき鳴らした。

「私の小賢《こざか》しい予想も、最年少ダービージョッキーの高い壁も、なにもかもねじ伏せて勝ってみせろッッ!!　秋桜ッッ!!」

すでに、中山競馬場の最終ストレートは二人だけの世界になっていた。

いや、二人だけじゃない——二人と、二頭だけの、、、、世界だ。

——やったッッ!!　ついにッッ!!　ついに、会得したぞッッ!!

颯太は全身が痺《しび》れるような興奮の真っ只中にいた——サラブレッドが騎手を信用し、潜在能力のすべてを解放してくれた手応えが伝わってくるのだ。

グラヴィスニーナはズブい馬のため、ペースを器用に変えられないという悪癖があった。

それを知らずに騎乗すると、脚を余したままレースが終わってしまう——乗りこなすのが難しい馬であることは間違いない。

だけど、かかりの悪い巨大エンジンを暖めるように、スパートのタイミングを速い段階で教えてあげれば、こんなにも粘りのある末脚を発揮できるのだ。

早仕掛けによるロングスパート戦略——それこそが、グラヴィスが勝つための黄金パターンだった。上総《かずさ》先生も、この乗り方を望んでいたはずだ。

だけど、東の巨匠だって一から百まで、なにもかも知り尽くしているわけじゃない。

そして、そのとりこぼした「1」くらいは、半人前の騎手が知り得てもいいはずだ——いつだって、馬と本気で向かい合ってきたご褒美として。

かったから。

鉄魁にも明かさないままにしていた――ここから先は、俺とグラヴィスだけで辿り着きたかった秘密の鍵。

――そう、これは騎手だからこそ、手に入れることができた秘密の鍵。

ロングスパートの最中にある人馬が到達したのは、まさに未開の領域。

垣間見《かいまみ》えたのは、栄光の凱旋を心待ちにするターフの光景――さぁ、瞠目《どうもく》せよ！　無敵の重戦車が戦場へ旗を掲げる瞬間を！

鞍上の颯太にも、相棒の馬体へ勝者にふさわしいエネルギーが迸《ほとばし》っているのがわかった。

ゴール板を目指して、しぶとく脚を使い続けたグラヴィスニーナが、最後の最後で重い甲冑《かっちゅう》を脱ぎ去ったように――本来ならあり得ないはずの、さらなる加速を果たしたのだ！

世界中の目を盗み、颯太だけが気付いていた――巨大エンジンへ完璧《かんぺき》に火を入れることができた時、雄大な馬体に隠された2段目のロケットが点火することを。

これぞ、グラヴィスニーナが一番深いところに秘めていた真の力――そして、鉄魁すらも見抜けなかった幻のギア。

鞍上でがむしゃらに最後の追いだしをかけているのに、颯太は微塵も苦しいと感じない。

むしろ、希望に彩《いろど》られた胸中で咆哮《ほうこう》をあげていた。

――決まったッッ!!　2段構えのロングスパートがッッ!!

限界を超越したグラヴィスニーナは、風を穿つ弾丸のごとく猛々《たけだけ》しいスピードを獲得していた。

ゴール板がすさまじい勢いで近づきつつある。残る難所は、心臓破りの急坂のみ。

諸々の要素が、颯太の感性へ告げている——この手応えで、負けるはずがない!!

だけど、これまで積み重ねた千にも届くレースの中で得た経験なんて、たかが知れていることも颯太は自覚していた。

清十郎《せいじゅうろう》や、鉄魁を見ていると痛感する——競馬とは人生を捧《ささ》げても、究明することは叶わない迷宮だ。

だからこそ、万全を期して、股抜きで後方に視線を飛ばす。

そして、次の瞬間、熱狂を奪うような悪寒が走ったのだ。

——なッッ⁉

秋桜とスターゲイザリリーのコンビが、想像以上に肉薄してきていたのだ。

その差は、目視で2馬身ほど——多段スパートで引き離したはずだから、さっきまでは、それ以上に詰められていたことになる。

危ないところだった。グラヴィスニーナの力を最大限にまで引きだせなかったら、ゴール板前で差されていたかもしれない——小柄な馬体には不釣り合いなほどのただならぬ雰囲気が、今のスターゲイザリリーにはあった。

——よく、ここまできたな、秋桜……!!

火の粉が舞うようなターフの中心で、心からの称賛を送る——颯太の中で、もう秋桜は好敵手へと変貌を遂げていた。

——だけど、勝つのは俺たちだ……!!

刺客の影がちらつき、際《きわ》どい叩き合いに持ちこまれても颯太の信頼は揺らがない——不沈艦に乗りこんだと思わせる、グラヴィスニーナの強力無比なギャロップが颯太に絶対的な自信を与えてくれるから。

もう、後ろに見るべきものはない——颯太は前に向き直り、心臓破りの急坂を臨んだ。

そして、そんなライバルの視線の移ろいを——そして、それに伴う一瞬の思考の流れすらも、同じステージで闘う秋桜はなぞることができた。

——今、先輩、勝ちを確信してなかった……!?

そして、秋桜は見逃さなかった。

颯太が目を切るほんの一瞬——本人にそんなつもりはなかったかもしれないけど、確かに勝者の余裕というべき情緒が過ったのを。

昨日までの自分だったら、レース中に颯太の眼中に入っただけで喜んでいただろう——一着争いを演じるなんて、珍しかったから。最後方が、あたしの定位置だったから。

きっと、ゴールした後は形ばかり悔しがって、心の内では善戦できたことに満足するんだろう——価値ある二着だったと。負けは負け、なのに。

本当に、今日の自分はおかしい。どうかしてしまっている。

――だって、今のあたし、はっきりと悔しいと感じてるんだもん……!!

捉えられると思った。本気で、冗談抜きで、心の底から――今のあたしとリリーなら、グラヴィスを差しきれると信じていた。

ほんの数秒前――そう、グラヴィスが生命力のすべてを燃やし尽くすように、2段目のラストスパートをかけるまでは。

一瞬でも気を抜けば屍《しかばね》を晒《さら》す戦場にいると自覚しながら、秋桜は鞍上で呆然《ぼうぜん》自失となってしまった――だって、ロングスパートをかけていたグラヴィスの脚が土壇場で、さらにもうひと伸びするなんて誰が想像できるというんだ。

こんなの、スタミナがあるなんていう表現じゃ到底おさまらない――騎手が馬の潜在能力を引きだしきって、爆発《ばくはつ》的なシナジーを生みだしているのだ。

懸命に、背中を追っているからこそわかる――今のグラヴィスは、いつもの彼よりも何倍も、何十倍も強い!

現実を突きつけられるようだった――騎手としてのレベルに差がありすぎる……!!

融解した鉄のように熱かった心に、後ろ向きな考えが芽生える。

逆転を信じてスターゲイザリリーを追ってきた手をゆるめてしまおうだなんて、あるまじき考えが頭を過る。ここまで相棒を導いてきた鞍上の動きも、精彩を欠いていた。

全部、わかっていたことじゃないか――男性騎手は強い。しかも、相手は最年少ダービージョッキーという快挙を成し遂げた格上中の格上。

――在学中、数えきれないくらい先輩の才能を目《ま》の当《あ》たりにしてきた。へらへらと先輩につきまといながら、この人には一生勝てないんだろうなと劣等感を募らせてきたんだ。

女性騎手である秋桜の前には、いつだって乗り越えがたい格差があった。

諦《あきら》めて、ごまかして、ふてくされて、もうひねくれきった心には立ち向かう力は失われたと思っていたのに――どうして、今になって夢を見ちゃったんだろう？

我に返った秋桜の頭を支配したのは、別人のように醒《さ》めきった考え――こんなに頑張っても、結局は無駄に終わっちゃうのか。必死になった自分が、馬鹿《ばか》みたいに思えてきた。

ならば、なにもかも手放してしまおう――届かないものに、手を伸ばすなんて時間の無駄なんだから。

スターゲイザリリーの力を借りて強くなった気でいたのに、いつもの情けない自分に逆戻りしたみたいだった。

もう、「お前になにができるんだ？」と冷酷に問いただし、己の無能さをあばきだすターフが恐ろしくて直視できない――闘争心の火がしぼんでいくほどに、秋桜の顔は落ちていく。

惨めで、恥ずかしくて、我慢しようとするほど涙がにじんでくる。

光が失せた瞳は、もう一切の希望を映さないはずだった。それなのに――

「ツッ――!?」

秋桜の視界に、どうしようもなく映ってしまったのだ。

今も全力でたてがみをふり乱し、か細い馬体に汗をしたたらせながら、残酷な現実に抗うように四肢を繰りだし続けるスターゲイザリリーの姿を。

そして、激しく頬を打つ風の勢いが、ちっとも衰えてないことに気付く――鞍上が早々に敗北を認めたのに、馬が自分の意志で前を目指しているのだ。

――リリーは、まだ諦めてない……!!　勝負も、自分の可能性も、そして、情けないあたしのことだってなに一つ……!!

そうだ、相棒の奮闘がなかったら、こんな絶好のポジションにつけていない。

スターゲイザリリーが、こんな遠い場所まで連れてきてくれた。見たこともない景色を見せてくれた――これはもう、あたしだけのレースじゃない……!!

目が覚めたように、秋桜の視界は一気に晴れる。

――この子は体の小ささをハンデに感じていない。周りのライバルが一回りも、二回りも大きい牡馬ばかりなことを負い目に感じていない。自分の境遇の不遇さを呪ってもいない。

サラブレッドは人間の言葉を話すことはできない。

だからこそ、なおさら雄弁に――そんなことを嘆いている暇があったら全速で駆けろと、その勇姿で教えてくれている！

息を吹き返した心に引っ張られるように、秋桜の騎乗フォームに生気が宿り、逆風を切り裂く形をとる。

気力が失われた五指に、もう一度だけ力をこめて手綱を握り直した——そこに、相棒の意志がみなぎっている。

そう、信じられないけれど、秋桜にはスターゲイザリリーがこう訴えているように感じられたのだ——こんなところで負けるなんて嫌だ、と。

いいや、きっと違う——サラブレッドが騎手に意志を伝えるなんて夢物語は、自分たちの理解がおよばない現象に立ち会った際に、美辞麗句で飾りたがる人間のエゴなのだろう。

——今、リリーの馬体にみなぎっているものは、もっと混じりけのない衝動の結晶だ。

自身以外の何者にも頼らず、ゆえに素朴で、気高く、無垢《むく》で——だからこそ、どんな時であろうと羅針盤のように望んだ方角をてらいなく指し示す。

スターゲイザリリーは、ただただ速く走りたいだけなのだ——そこに人間の思惑も、産声をあげたら二度と変えられない出生も関係ない。

相棒が身を焦がす熱狂が乗り移ったように、秋桜の目元が熱くなる。

——この子みたいに強くあれたら、どんなによかっただろう。この子みたいに逃げも隠れもせずありのままの自分で闘えたら、どんなに清々《すがすが》しいだろう。

——でも、あたしはろくでもない人間として生を受けてしまったから。泣いて、呪って、嘆いて、いくら逃げだしたいと願っても結局は競馬を捨てられない、騎手という生き物にしかなれなかったから。

もう、女とか男とかどうでもいいや。報われたいっていう気持ちも、わかってほしいっていう気持ちも捨ててやる。この胸を住処にしてしまった、もやもやの晴らし方だって一生知らなくたっていい――そんなことよりも、今はなんとしてでもこの子の激走に、一着という最高のフィナーレを用意してあげたい!

だから雑音よ、消えろ。諦念も、劣等感も、負け犬根性も今この瞬間だけは目の前から失せろ――そんなもの、リリーの澄みきった疾走の荷物になってしまうから!

勝負にすべてを捧げる者にしか宿せない光が、秋桜の双眸《そうぼう》に舞い戻ってきていた。

――たくさん待たせちゃったよね。でも、もう迷わないから。ぜんぶ、リリーのおかげ。

「――だから、いこうッッ!!」

不純物だらけの人間の体が、ターフを舞う風とサラブレッドが抱く無垢に洗われ、より純粋な存在に脱皮していくようだった。

つき物が落ちたように軽くなった体を躍動させ、秋桜は全霊を尽くして手綱をしごく――まるで、不幸せな結末を迎えた物語を、再び書き換えようとするように!

反応が返ってくるまで、一瞬も待つ必要がなかった――スターゲイザリリーは、待ちくたびれたといわんばかりに、がっちりとハミを受けとったのだ!

その瞬間、人馬はターフで最も輝きを放つ存在へと昇華した。

秋桜の献身的な追いだしに勇気づけられるように、スターゲイザリリーはただでさえ苛烈だったラストスパートをさらに超越し――ターフを吹き抜ける清らかな一陣の風と化す。

最早、スタンドの観客たちは奇跡を目撃したかのように立ち尽くしていた――当然だ。こんなすさまじい叩き合い、滅多《めった》に見れるものじゃない。

究極の軽さ――その翼を授かって、スターゲイザリリーは今やスタミナの鬼神と化していた。どの馬も疲弊しきってフラフラだというのに、スターゲイザリリーの走りの軽やかさだけは、永遠に色褪《いろあ》せることはない！

尽きることのないスタミナの泉をくみだすように、秋桜はステッキを馬体へふりおろす。鞭を入れる度に、スターゲイザリリーは気合を充実させ、己のトップスピードを更新していく。

疾風迅雷の勢いを得た秋桜が目に映すのは最早、一人と一頭のみ――一足先に、心臓破りの急坂に挑もうとする颯太とグラヴィスニーナだ。

その近いようで遠い背中を目がけて、秋桜とスターゲイザリリーは人馬一体となって火の玉のごとく突っこんでいく！

速い、速い、速い――あの清冽な風も、この早鐘を打つ鼓動すらおき去りにして、あたしをターフの先へ連れていく！

猛追するスターゲイザリリーに心を動かされたように、観客たちが叫ぶ言葉があった。

「――咲け！」

競馬場全体を巻き起こんで、続々と秋桜へ寄せられる「咲け」の大合唱。

なにが起こったか、考えるまでもなかった――ずっと、つぼみのままだった秋桜が花開く瞬間を目撃したいと願うファンたちが、いつものエールを送っているのだ。

――みんな、ありがとう……!!

泣いちゃいけないとわかっていながらも、こみあげる涙をこらえることができなかった。

魂に直接響くような声援が花道となり、秋桜たちは二度目となる急坂へ挑みかかる。

没我の境地にありながら、秋桜は今更ながら相棒との共通点に気付いた。

――スターゲイザリリー。あなたもあたしと同じく花の名前を、もらったんだね。

大輪を上向きに咲かせるため、「空を見つめる人」という由来がある華やかなユリの花――どんな苦境に立たされようとも、どんなに逆風に吹かれようとも、決して走ることをやめようとしない高潔な魂を持つリリーにこそふさわしい名前。

――あたしは、リリーみたいにきれいな花を咲かせられないかもしれない。

ううん、それだけじゃない――きっと、爽夏《さやか》先輩みたいに勝てる女性騎手にはなれない。

颯太先輩みたいに歴史に名を残せる騎手にもなれやしない。

きっと、自分なんて流れ星みたいに一瞬だけ輝いて、あっという間に消え去るような儚《はかな》い存在程度にしかなれないのだろう。

でも、それでもいいやと、今なら本気で思えるのだ。

だって、一番美しくなくても、みんなに認めてもらえるくらい立派じゃなくても、誰の目にも留まらなくても――この体に宿る魂は、この場所を選んでしまったから！　どんなに傷ついても、ここにいたいと願うあたし自身を見つけてしまったから！

だから、決めたんだ――!!

――あたしは、ここで咲くッッ!!

「はぁぁぁぁぁぁぁッッ!!」

とうとう心臓破りの急坂に突入した相棒を鼓舞せんと、秋桜は握りしめた手綱を全身全霊で前に押しだした。

瞬間、人馬は限界を突破して弾《はじ》ける――スターゲイザリリーは授かった羽を大きく広げるように、急斜面を軽々と翔破していくのだ！

固いつぼみだった才能が花開く。まさに、百花繚乱――ターフに花が咲き乱れ、この瞬間だけは、秋桜とスターゲイザリリーを輝かせる舞台となる！

急坂を制覇しても、スターゲイザリリーの勢いはとどまるところを知らない。

今や、秋桜はまるで空を飛んでいるような心地にいた――無限の可能性を孕《はら》んだ翼は、グラヴィスをも射程に入れている！

秋桜は歯を食いしばり、汗を滝のように流しながら、残るすべてを燃やし尽くそうと、もうほとんど感覚のない肉体を総動員する。

――差すッッ!!　絶対に、絶対に、絶対にッッ!!　先輩を差すんだッッ!!

どんなに手を伸ばしても届かないと思われた、憧《あこが》れの人の背中が近くなってきて――!!

颯太の期待通り――いや、それ以上の力強さでグラヴィスニーナは、心臓破りの急坂を登頂した。

激震する馬上で、必死に追いだしの動作を継続しながら、颯太は待望のゴール板をはっきりと目視で捉える。

二度目の急坂を超えた直後で並みの馬ならふらつくくらいきついはずなのに、グラヴィスニーナは唸りをあげて猛進している――底を突くことを知らないスタミナは、恵まれた馬体の内側でまだ赤々と燃焼していた。

なんて、タフな馬なんだろう――最早、颯太は驚きを通り越して感動すら覚えていた。

ゴールまで視界良好。颯太がターフに張り巡らした騎手の感性は、オールグリーンを告げている――重戦車のごときギャロップで蹂躙《じゅうりん》してきた後方は、きっと焼け野原のような有様《ありさま》だろう。

すべてのライバルと手合わせし、切って落としてきた――今や、このターフ上に、グラヴィスを脅かす敵はいない。

もう、ゴール板が目と鼻の先にまで迫ってきていた。

――今日の1勝は、単なる1勝じゃない……!!

グラヴィスニーナという未知の才能に出会い、彼の才能をあますことなく引きだす技を会得することができた――俺の騎乗は、また一つ進歩したはずだ。

――この勝利で弾みをつけて、セイラと共にGⅠへ乗りこむ!

グラヴィスニーナの鞍上で、一個の生命のように躍動する颯太の目が野心でぎらつく。

そのためには、まず誰よりも早くゴール板を駆け抜け――

その時だった――唐突に、加護を失ったかのように背筋に寒気が走ったのは。

――な、なんだ……!? この妙な感じ……!?

颯太に微笑みかけていた状況が、牙《きば》をむいたように豹変《ひょうへん》する。

一瞬にして、ターフは見知らぬ世界へなり果てた――まるで、食物連鎖の最下層として、光届かぬ深海へ打ち捨てられたかのような心細さを覚える。

――ふり返らずともわかる……!! なにかが後ろで起こってるんだ……!!

一瞬、頭に危機感が過ったものの、颯太は信じるべきものを手放さなかった。

――でも、ここまできたら、グラヴィスと全速でゴール板へ突っこむのみ……!!

後ろは、顧みなかった。いや、その必要はなかったという方が真相に近い――鼓膜を叩く蹄の音が、今この瞬間も迫ってきているのだから！

颯太は悪夢をふり払うかのようにグラヴィスニーナの馬体にステッキを入れ、１秒でも早く決着を着けようとする。

集中の極致にある颯太には、すべての景色がスローモーションに映った。

――ゴール板まで、もう３０メートル……２０メートル……早く辿り着いてくれ！

全身から嫌な汗が噴きだす――いつしか、颯太の中にあった自信は焦燥へ変わっていた。

そして、目に映らない脅威が、ついに実体をともなって颯太へ襲いかかる。

まず、異変を察知したのは耳だった。

「――咲け！　咲け！　咲け！」

「――咲けぇぇぇ!!」

スタンドが、やけに騒々しい――しかも、誰もが「咲け」という言葉を、天まで届けるかのように叫んでいるのだ。

――な、なんだ……!?

反射的に、不気味なほどの熱狂が渦巻いているスタンドに目をやってしまう。

そして、とうとう誘惑に負け、颯太は後ろをふり返ってしまったのだ。

直後、すさまじい気配を孕んで、なにもかものみこもうとするような突風が吹いた――視界へ否応なく割って入ってきたのは、清冽な一陣の風が連れてきた小さな怪物！

「ッッ――!?」

時間が凍りつく。一瞬、目の前の出来事を現実と認められなかった――颯太の網膜に焼きついたのは、常軌を逸した追いこみをかけてきたスターゲイザリリーだったのだ！

外から強襲をかけてきた刺客を、ふりはらう術はなかった――土壇場で、一騎打ちに持ちこまれたのだ！

グラヴィスニーナと、スターゲイザリリーが灼熱を宿した馬体を併せる。

大型馬と小型馬――両極端の個性を備えた両雄が、激しく首をあげさげし、前肢を限界まで突きのばし、相手を凌駕《りょうが》せんと死力を尽くす。

スターゲイザリリーと一騎打ちになるところまでは読めていた。だけど、本当に追いつかれるなんて予想外だ。

――切り札を隠し持っていたのは、俺たちだけじゃなかったということか……!?

いや、そんなことどっちだって構わない。

今は颯太の魂が求めるのは、たった一つだけ――この強い相手に勝ってみたい!!

――絶対に差されてなるものかッッ!!　勝つのは、俺とグラヴィスだッッ!!

ギャロップがターフを叩く轟音《ごうおん》と、ステッキが馬体を打つ音と、スタンドからひっきりなしに送られてくる声援が、混然一体となり魂を焦がす狂騒の音楽へ昇華する。

ゴール板に突っ込むまで、まさに秒読み。

だけど、均衡は束の間だったのだ。

――な、なんだ……⁉

突如、ターフを清め洗うような疾風が吹く。

その神聖な追い風に背中を押されたように、スターゲイザリリーが奇跡のひと伸びを果たしたのだ。

最後の瞬間、颯太は見たような気がした――リリーが幻の翼を広げて、空とターフの狭間《はざま》へ飛翔《ひしょう》していくのを。そして、没我の最中で全潜在能力を解放する秋桜の横顔を。

勝負の行く末を見届けた実況は、のどを潰《つぶ》さんばかりに声を張りあげた。

「さ……差しきったぁぁぁ‼　グラヴィスニーナをかわし、劇的な差しを決めたのはスターゲイザリリー‼　見事にエスコートしてみせたのは、樫埜秋桜騎手‼　花の名を持つ人馬が、ダービージョッキーを破って葉牡丹賞を制覇したぁぁ‼」

中山競馬場では、勝負の熱をクールダウンさせるかのように爽《さわ》やかな風が吹いていた。

続々とゴール板を駆け抜けたサラブレッドが、流しのキャンターに入っている。

馬の健闘を讃《たた》える騎手、敗北の現実を受けとめ口を結んだ騎手――様々な反応を見せる人馬の中に、秋桜とスターゲイザリリーの姿もあった。

極限までレースに入りこんだあまり、「キィィィン……」と耳鳴りのように聞こえていた集中力の音色《ねいろ》が途絶える。

我に返った秋桜は、スターゲイザリリーに運ばれている状態だった——他馬は第1コーナーを曲がっているのに、あろうことか秋桜たちはひたすらに直進していたのだ。

「へ、へっ⁉　ご、ごめんね、リリー！　こっちいこ！」

扶助を送って、慌てて方向転換をさせる——頭の混乱がおさまったおかげで、やっと浮かしっぱなしだった腰を鞍へ落ち着かせた。

——あ、あれ？　あたし、これからどうすればいいんだっけ？

いつもなら、レースが終わると、すぐ検量室前へとぼとぼと引きあげていくのだけど、今日はそれをしちゃいけない気がする。

勝手がわからず、スターゲイザリリーを立ち止まらせてしまった秋桜へ声がかかった。

「——秋桜！」

「は、はい⁉　先輩⁉」

グラヴィスニーナの鞍上にいる颯太の視線に怨嗟《えんさ》の色はなく、ただ全力で闘った相手を讃える清々しさであふれていた。

「ほら、そんな隅っこにいちゃダメだろ？　お前が、主役なんだから」

「——え、え？」

颯太の含みのある眼差しを追うように、秋桜も同じ方角に目をやる。

視線がぶつかったのは、ターフビジョン――そこで、着順が発表されていた。

「あっ――⁉」

驚きのあまり、もう少しでむせてしまうところだった――掲示板の一着の位置に、１０の馬番号が点灯していたのだから！

それでも信じられなくて、スターゲイザリリーのゼッケン番号を何度も見直してしまう。

頭ではわかっていたのに、実感が湧いてこなかった――だって！　だって！　あの表示が本当なら、このレース、あたしが――‼

賢いスターゲイザリリーはとっくにすべてを理解しているように、誇らしげなステップを踏む――それなのに、鞍上の秋桜だけがあわあわと混乱している。

その落差が面白《おもしろ》くて、もどかしくて、そして、ほのかに悔しくて――颯太はもう少しだけ意地悪しようと思ったけど、大切な後輩に祝福の言葉をかけた。

「初勝利おめでとう。ウイニングラン、たっぷり味わってから戻ってこいよ。めちゃくちゃ気持ちいいんだからさ。こればっかりは、口で説明できないくらいにな」

「――――‼」

頭の中で、真っ白なスパークが起こった――呼応するように、小さな胸におさまりきらない感情の波がこみあげてくる。

――あ、あたしが勝った……？　万年、未勝利のあたしが……？

颯太はフリーズした秋桜に頷《うなず》くと、敗者の役割を全うするようにグラヴィスニーナへ扶助を送って下馬所へ向かう。

気付くと二着以下の馬たちは本馬場から退場し、ターフに残るのは秋桜とスターゲイザリリーだけになっていた――栄光をつかんだ勝者を、より際立《きわだ》たせようとするように。

スタンドから惜しみない拍手が聞こえてくる。ターフには、頬を撫でるようにやわらかな風が吹いていた。

「え、えぇ⁉　ちょっと、リリー⁉」

あれほどお利口だったスターゲイザリリーが扶助を待たず、弾むようなトロットでスタンドの方角へ進みだしたのだ――まるで、「わたしのジョッキー、すごいでしょ⁉」と観客たちへ自慢しにいくように。

――こ、こんなのずるい……⁉

ふくらんだ想いは、半分は喜びとなって――もう半分はとめどない涙になった。

「ぐすっ……‼　えぐっ……‼　うわぁぁぁぁぁぁぁぁぁん……‼」

恥じらいも外聞も捨て、秋桜は生まれ直したみたいに泣きじゃくる。

本当に、競馬なんて大嫌いだ。

普段はうんざりするほど厳しい一面しか見せないくせに、本当に、本当に、本当に時々、一生忘れることができない最高の瞬間を授けてくれる。

「このままじゃ、あたし、ＤＶ彼氏の被害にあっちゃうじゃぁぁん……!!」

的外れなことを口走りながら、秋桜はターフの花道をぐしゃぐしゃの泣き顔のまま進む。

観客たちは「勝ったのに泣いてるよ」と苦笑しながらも、ようやく開花した可憐《かれん》な花へ最大の喝采《かっさい》を送った。

紙吹雪《かみふぶき》が舞うような祝福ムードが、傷だらけの勝者をあたたかく迎え入れる。

「ありがとう……!!　ありがとうございますぅ……!!」

本馬場から続くグランプリロードを闊歩《かっぽ》するスターゲイザリリーの鞍上で、秋桜は不慣れながらも手を精一杯ふって観客の声に応《こた》える。

やがて、涙でおぼれる秋桜の目に、上総厩舎の関係者が待つ下馬所が見えてきた。

そして、そこで自分と同じくらい号泣している人物を見つけたのだ。

「本当、仕方ないんだから……!!　歳《とし》とりすぎて、涙腺壊れてるんじゃないの……!!」

ずっと前から、初勝利をあげたら、最高の笑顔で恩人と向き合おうと決めていた。

この調子だと、その誓いは叶えられなさそうだけど——今日だけは、素直に抱き合って喜びを分かち合おう。

——だって、誰よりもあたしの１勝を待ち望んでくれていたのは、この人なんだから。

秋桜が眼差しを送る先——鉄魁がプレゼントに贈ったタオルをがむしゃらに顔へ押し当て、男泣きしていたのだった。

下馬したグラヴィスニーナの健闘を讃えた後、秋桜と鉄魁の抱擁を見届けてから、颯太はジョッキールームへ戻っていった。

不思議だった――ゴール板前でかわされたのに、颯太の胸には心地よい風が吹いている。

心臓破りの急坂を越えたあたりでは、完全に勝利を確信していた。グラヴィスニーナの手応え的にも、負ける気なんてしなかった。

それなのに、すれすれのところで差されてしまった――秋桜とリリーのコンビが、こちらの限界をさらに超越したのだ。

デビューして以来、初めて味わう経験だった――あんなことがあるのか。でも、だからこそ競馬は面白い。一生を捧げて、究める価値がある。

聖来に勝利を届けることはできなかったけど、颯太はこの敗戦が己の血肉になったのを感じた――きっと、今日の収穫は、阪神《はんしん》ジュベナイルフィリーズでも俺を助けてくれる。

さっきの馬上の感覚を忘れないうちに、肉体へ叩きこまないと――逸る気持ちをおさえつつ、颯太はジョッキールームのドアを開けた。

すると、入室するや否《いな》や、先輩騎手が声をかけてきたのだ。

「風早、お前、聞いたか⁉　神崎さんのこと！」

「か、神崎さん、ですか？」

　まるで、心当たりがなくて颯太は首を傾げてしまう。

　だけど、先輩騎手の血相から、なにか只事ではないことが起きたのはわかった。

「神崎さんが、阪神ジュベナイルフィリーズで騎乗する馬が決まったんだ！　お前もセイライッシキと組んで出走するんだろ⁉」

「え？　神崎さんはスティルインサマーに乗るんじゃ――」

「それが、スティルインサマーの騎乗依頼を断ったんだってよ！」

「――は？」

　脳みそをかきまぜられたような混乱に陥る――ようやく、颯太にも事の重大さが理解できた。

「そ、それじゃあ、神崎さんはどの馬に⁉」

「それが今のところ、どこぞの1勝クラスの馬っていう情報しかなくてな。なんでも、まだ出馬投票の抽選も突破できるかわからないのに、馬を見るなり二つ返事で騎乗依頼を引き受けたんだとよ」

「な……⁉　そ、そんなことが――」

　そう、通常なら考えられないことだった。

　函館2歳ステークス、ファンタジーステークスと立て続けに重賞を制覇した2歳牝馬屈指の女傑――スティルインサマーよりも、無名の1勝馬を選んだというのだから。

「つ、つまり、神崎さんは、スティルインサマーよりも、その正体不明の馬の方が強いと判断したってことなのか……?」

自問自答するようにつぶやいた颯太の一言に、こらえきれず反応する騎手がいた。

イスに座って、粛々とレース前の身支度を済ませていた清澄《きよすみ》爽夏——スティルインサマー

の、、、、最初の相棒が、準備の手を止めて横顔を凍りつかせていたのだ。

本当に、競馬とはなにが起こるかわからない——その面白みも、そして、表裏一体に存在する恐ろしさも、颯太は身をもって味わったのだった。

エピローグ　ウイニングラン!

出走予定のあった管理馬がレースを走りきり、競馬開催日が無事終わりを迎えた。

そして、全休日である月曜をはさんだ出勤日——上総厩舎《かずさきゅうしゃ》は、普段よりもぴりっとした空気が漂っていた。

とはいえ、厩舎で一番の若手であり、下っ端でもある秋桜《こすもす》にはあまり関係のないことだ。

「なーんか、馬主さんがきて、ジジイが応対してるんだってさ。午後になってから、事務棟にこもりっぱなし——まっ、あたしは、顔を合わせなくて済むから気が楽なんだけど。リリーもわかるっしょー?」

口を休みなく動かしながら、秋桜は馬房《ばぼう》にちんまりとおさまるスターゲイザリリーに飼い葉を与えようとしていた。

バケツに盛った飼い葉を専用の桶に投入すると、スターゲイザリリーは小さい口を一生懸命に動かして食べる。

その様子を微笑ましくながめていたものの、秋桜は急に嫌なことを思いだしたように——

「ねぇ、リリー、ひどいと思わない？　ジジイがね、馬主さんがきてる間は事務棟に近づくなとかいうの。『お前は、オーナー殿に粗相を働くだろう』とかいってさ。ホント、あいつ腹立つ」

小言をもらす度に、披露してきたのだろう――秋桜の鉄魁《てっかい》モノマネは、お金をとれそうな熟練の域まで達していた。

とはいえ、サラブレッド相手では、せっかくの芸も不発に終わってしまう。

そもそも、スターゲイザリリーはご飯に夢中だ――飼い葉を口一杯に頬張《ほおば》り、そうかと思ったら今度は水が入ったバケツへ口をつけた。

「あぁ⁉　ねぇ、リリー⁉　それ、やめてっていってるのに！」

構わず、のどをごくごくと鳴らして水を飲むスターゲイザリリー――普段は優等生な女の子なのに、食事の時はやたらわんぱくになる。

のどが潤ったのか、スターゲイザリリーは「ぷはぁ！」とバケツから口を離す――結果、水へ浮かんでいたのは、口に含まれていた飼い葉の大量のカスだった。

「うわぁ……。すでに、でろでろじゃん……」

沼のようになっている水面をのぞきこみ、秋桜は肩を落として絶望する――これが、スターゲイザリリーがどうしても直してくれない食事の癖《くせ》だった。

――はぁ。お水、代えてこなくちゃ……。

自分におき換えても、飲食店でだされたお冷やにごみが入っていたら不快になる――人間がされて嫌なことを、厩舎の宝である管理馬にしてはいけない。

上総厩舎では、管理するサラブレッドに水道水を絶対に飲ませない。

鉄魁が目指す強い馬づくりの一環として、必ず浄水器できれいにした水を与えているのだ
——たまに、ここの馬たちは、自分より健康な生活を送っていると思うことがある。

「ちょっと待っててね、リリー」

秋桜は水のバケツを手からぶらさげて、浄水器のもとへ走る。

すると、途中で、ベテランの厩務員《きゅうむいん》たちが立ち話をしている光景に遭遇した。

どうせ、いつも通り、最近できたラーメン屋かパチンコの話だろう——どっちの話題にもついていけない秋桜は、素通りするつもりだった。

だけど、耳が拾ってしまったのだ。

「なぁ。今、馬主さんがきて、うちの先生と話してるらしいぞ」

「知ってる、知ってる。スターゲイザリリーのだろ?」

——え?

反射的に、足を止めてしまった。それだけにとどまらず、話に割りこんでいく。

「ねぇ! それ、ホント!?」

「あ、あぁ、本当だが……それよりどうした、樫埜《かしの》? そんな血相変えて」

厩務員の問いかけが耳に届かなかったみたいに、秋桜は黙りこむこと数秒——

「リリーのお水、お願い！」

「え？　ちょ⁉　おい⁉」

呼び止める声に構わず、秋桜は事務棟へ走る。

そうはいっても、勢い任せに突入することはできなかった。

馬主の応対をしている最中は、不要な入室は禁ずる——鉄魁から耳にタコができるくらい、いいつけられてきたルールだ。

だから、せめてドア——しかも、正面玄関ではなく、裏口で聞き耳を立てる。

かすかに、中のやりとりが聞こえてくる——片方は、鉄魁の声。そして、もう片方は、来訪しているスターゲイザリリーの馬主のものだろう。

罪悪感を覚えながらも、秋桜に引き返すという選択肢はなかった。

スターゲイザリリーは、葉牡丹賞《はぼたんしょう》を勝って2勝クラスへ昇格した——この時期の新馬としては、立派すぎる成績だ。

間近に迫った、2歳牝馬《ひんば》の女王決定戦に位置づけられる阪神《はんしん》ジュベナイルフィリーズには間隔が詰まりすぎて出走できないだろうけど、次に使われるレースはそれと同じくらいのビッグタイトルのはずだ。

3歳になったスターゲイザリリーは、必ず重賞競走を走る。彼女には、その実力も資格もある——レースを共にしたからこそ、秋桜は自信をもって断言できた。

きっと、鉄魁と馬主は次走について、慎重に検討《けんとう》しているに違いない。

そして、より過酷さを増すレースで、手綱を任せる騎手も再考しているはずだ——そう、阪神ジュベナイルフィリーズへ出走するにあたって、鞍上が爽夏から無量へ乗り替わったスティルインサマーのように。

次は、スターゲイザリリーの騎乗依頼をもらえないかもしれない——その危機感が、秋桜をこの場所に駆り立てたのだった。

「来年は、大きい舞台を狙《ねら》っていきたいということで承知しました。うちとしても、オーナー殿の意向に異存はありません——それで、リリーの鞍上《あんじょう》に据える騎手ですが……」

ドア越しに鉄魁の声が耳に入った瞬間、秋桜は心臓が縮みあがるような感覚に襲われた。

この期に及《およ》んで、遠慮はいっていられない——秋桜はドアに耳をぴったりと当てて、会話の続きを探る。

すると、聞こえてきたのだ——懇願するような鉄魁の声が。

「今一度、乗り替わりを考え直していただけないでしょうか？　葉牡丹賞の1勝は、あいつが騎乗したからこそもぎとったものです。確かに、秋桜は未熟者ではあります。重賞競走を臨むにあたって不安視するのもわかる。しかし、どうか——あいつを騎手として信じていただけないでしょうか⁉」

「————」

もう、じっとしていられなかった――気付けば、事務棟の裏口を開け放っていた。

真っ先に視界へ飛びこんできたのは、深々と頭をさげる鉄魁の姿――その目は、突拍子もなく入室してきた秋桜の姿を認めて大きく見開く。

「お前……⁉　オーナー殿との応対中は、入ってくるなとあれほど……‼」

「うっさい、ジジイ！　いつも腰痛いとかいってんだから、無理してあたしのためにそんな体勢すんな！」

「なっ、なにをいう……⁉　断じて、お前のためなどでは……‼」

しどろもどろになった鉄魁を無視して、秋桜は正面の人物と向き合う。

ハイブランドには疎《うと》い秋桜でも、一目で値が張るとわかるスーツに身を包んだ老紳士――間違いなく、スターゲイザリリーを所有するオーナーだ。

上総厩舎では馬主の応対は鉄魁が一手に引き受けていたから、免疫のない秋桜は気圧《けお》されそうになってしまう。

それでも、秋桜はぎこちないなりに礼節を欠かさないように努めながら、沈黙を保つオーナーへ歩み寄った。

「――お話し中に、ごめんなさい。あたしは上総厩舎に所属してる、樫埜秋桜といいます。先日、リリーに騎乗させてもらった者です」

まずは非礼を詫《わ》び、自己紹介をする――さすがに、視線は合わせられなかったけど。

「…………………………」

なにか反応があると思ったものの、オーナーは無言を貫いた。

――ど、どういうこと⁉　あたし、失礼なことしちゃった⁉

相手の意図が読めない。それなのに、怖くて顔をうかがえない――頭の中がとっ散らかって、泣きべそをかいてしまいそうになる。

でも、分不相応な身で、ここに飛びだした時点で覚悟は固まっていた――それに、これから、あたしはもっと大きな失礼をかますのだから！

秋桜は自信なさげに目を伏せたまま、だけど、腹を据えたようにあごを引き――

「いくら、あたしが未熟でも、騎乗した馬の力くらいはわかります。リリーは重賞に出走するだけじゃなく、そこでいい結果を残すことが目標になる馬です。だから、騎手に高いレベルを求めるのは当然のことだと思います。女性で、しかも、やっと1勝をあげることができた新人に託すなんて、もっての他――乗り替わりを考慮される気持ちもわかります」

口にしていて、悔しさがこみあげてきた――定まっていた気持ちが、ぐらつきそうになる。

強い馬が、強い騎手へ流れるのは当然の理だ。

ターフでなによりも優先すべき「勝利」を引き寄せるのは、惰性の温情でも、仲良しごっこでもない――ただひたすら、不純物なき強さを追求した者なのだから。

競馬史に名を残すことが確定している爽夏《さやか》ほどの女性騎手でも、スティルインサマーという有力馬を手の内にとどめることは叶《かな》わなかった。

こんな、悪あがきをしてなんになる――そんな、醒《さ》めた気持ちに支配されそうになる。スターゲイザリリーという大切なことを教えてくれた馬を、諦《あきら》めてしまいそうになる。

それでも――いや、だからこそ、思いだせと秋桜は己《おのれ》を奮い立たせた。

葉牡丹賞での最終ストレートで感電するような衝撃と共に、剝《む》きだしの五感へ刻みつけられたすべてを。

傲慢かもしれないけど、こんなのエゴにすぎないかもしれないけど――あの時、確かにこう思ったんだ。

――あたしが一番、リリーを速く走らせることができるって。

今でも、その気持ちに嘘《うそ》はない――だから、この思いの丈を叫ぶ資格だってあるはずだ。

「あたし、上総先生のもとで猛勉強します！　たくさん、たくさん努力します！　時間はかかるかもしれないけど、絶対にリリーと一緒に走るのに恥ずかしくないくらいの騎手になってみせる！　だから、だから、だから――!!　これからも、リリーに乗せてもらえないでしょうか!?」

頭を力一杯ふりさげる。

そして、今なお、口を閉ざし続けるオーナーから答えを授《さず》かるために顔をあげた。

鼻の奥がつんとして、頬《ほお》に力がこもっているのがわかる。

だけど、涙を流すことだけは我慢できた――弱いあたしにとっては、及第点の面構えだろう。きっと、オーナーも泣き虫には愛馬を託したくないと思うから。そんなの、リリーを任される騎手にふさわしくないから。

身もすくむような静寂の中、秋桜はその時がくるまでは無様であろうと胸を張り続けた。

「――なにか、勘違いしてませんか？」

初めて、スターゲイザリリーのオーナーが発した声は、とても穏やかなものだった。

「お久しぶりです、樫埜騎手――私のこと、覚えていらっしゃいませんか？」

「え……、え……？」

覚えているもなにも、緊張しすぎて初めて馬主の顔をまともに視界へ入れた。

そして、素顔を認めた瞬間、記憶がものすごい勢いで巡り始めたのだ。

――こ、この人……!!

「霞ケ浦で出会った、焼き芋のオジサマ!?」

「よかった、とっておきのおやつを差し上げた甲斐があります。とはいえ、焼き芋一本で、樫埜騎手と談笑できたのは、あまりにも安い買い物でしたけど」

おどけるように肩を揺らすと、スターゲイザリリーの馬主は恭《うやうや》しく一礼した。

「失敬、申し遅れました――先日の葉牡丹賞、スターゲイザリリーに一勝を授けてくださって、ありがとうございました。いやはや、なんとお礼をしたらいいのやら――」

「い、いいえ、あたしは自分の仕事をしたまでです――それより、どうして、初めて会った時に馬主だといってくれなかったんですか？」

「馬主と明かすと、樫埜騎手の重荷になると思ったのです――あの日、お会いしたあなたは繊細すぎて期待を寄せても、不安をぶつけても壊れてしまいそうでしたから。見守ることを選ばざるを得ませんでした」

　スターゲイザリリーのオーナーは、あの日見た秋桜と、今この瞬間に向き合う秋桜を比べるように目を細めた。

「――ですが、驚くほど見違えました。今のあなたならば、私の些末《さまつ》な言葉などで揺らぐことはないでしょう。いい経験を積んだようですね」

「はい。全部、リリーのおかげです」

　その言葉を受け、スターゲイザリリーの馬主は、著しい成長期にある若き女性騎手へ敬意を示すように居住まいを正した。

「私は長らく馬主業を営んできましたが、大手の個人馬主や法人クラブのように、潤沢な資金力は持ち合わせておりません。セリで購入する最高額は１０００万そこそこで、未勝利クラスを抜ければ上々という馬ばかり所持する零細馬主です。ろくに賞金を稼いでこない馬だらけなのに、上総先生は私の馬を快く預かってくれました」

「オーナー殿、過剰な謙遜《けんそん》はよしていただきたい。開業したばかりで足元がおぼつかない厩舎を支えたのは、間違いなくあなたの馬なのだから」

オーナーの言葉に、鉄魁がすぐさまフォローを添える――それだけの会話で、二人の長い付き合いがうかがえた。

「そろそろ引退を考える中で、リリーを競り落としたのです。彼女も、また他の馬主が見向きもしないような安馬でした。なにせ、幼いころのリリーは線が細く、輪をかけてポニーと勘違いするような見た目でしたから。ですが、そんな彼女が2歳にして早々に2勝目をあげたのです。私は幸せ者です。馬主人生の終わり際で、なにが起こるかわからない競馬の醍醐味を味わうことができるのですから――そして、私は樫埜騎手と一緒に、最後の夢を見てみたい」

「――え?」

目を瞬かせる秋桜へ、スターゲイザリリーの馬主は想《おも》いを手渡すように言葉を紡《つむ》いだ。

「今日は正式に、樫埜騎手へ依頼をしにきました。リリーは3歳になったら、重賞競走というさらに高く険しい山に挑みます。どうか、あの子の導き手になってもらえないでしょうか?葉牡丹賞を観戦して確信したのです――リリーの健気《けなげ》な走りには、樫埜騎手こそがふさわしい、と」

「…………………‼」

現実においてけぼりにされたように、秋桜は表情を失くす。鉄魁も驚きのあまりふらつき、執務机に積みあげていた書類の山を崩してしまった。

胸を満たしていく気持ちを、どう表現するべきか――どんなに考えても、秋桜の頭に適した言葉が浮かんでこない。

秋桜は数えきれないほど目撃してきたし、うんざりするほど自分の身で体験してきた——女性騎手が有力馬を任され、重賞競走に出走することがどれほど困難を極《きわ》めることか。

それは個人の問題ではなく、長きにわたって綴《つづ》られてきた日本競馬史において、芝のＧＩを駆けることができた日本人の女性騎手がたった一人しかいないという歴史を紐解《ひもと》くだけで理解できる。

大げさでもなんでもなく今、目の前にあるチャンスは競馬の歴史を更新する出来事だ。

だから、秋桜は身にあまる光栄で委縮することも、歓喜のあまり飛び跳ねることも許されただろう。

だけど、秋桜は小さい胸に到底おさまらない感情の爆発《ばくはつ》を、必死にこらえる。

そう、なによりもまずは——こんな自分を騎手として信用してくれた、目の前の恩人に全身全霊で応《こた》えたかったから。

秋桜は誓いを立てる騎士のごとく、熱く震える胸へ手を添える。そして——

「——はい。そのご依頼、謹んでお受けします」

プロの騎手の顔で、迷いなくいいきったのだった。

信じられないくらい最高の気分だった。

例えるなら、1カ月に一度だけ体重のことを忘れて、なんでも好きなものを食べていい日——チートデイが、永遠に続くような感覚といえばいいだろうか。

——だって、これからも、リリーに乗せてもらえるんだから！

秋桜は満面の笑みを浮かべながら、美浦《みほ》トレセンをスキップで歩いていた——すれ違った厩務員から、いぶかしげな眼差《まなざ》しをよこされてもまったく気にならない。

空は青いし、サラブレッドはキラキラしてるし、今なら、道端に転がるボロさえも宝石みたいに映る——世界がこんな美しいだなんて、知らなかった！

次の瞬間にも空に舞いあがりそうな足取りで、秋桜は厩舎エリアを進んでいく。

踊るようなつま先が向かう先は、そう——金武《かなたけ》厩舎だ。

とびきり、いいことがあると誰《だれ》かに教えたくなる。仕事がうまくいったら、誰かによしよしとしてもらいたくなる——面倒くさい女と思われようが、構わない。だって、ほめられたいんだもん！

だけど、誰でもいいってわけじゃない——もっといい気分になるには、誰を選ぶのかがとても大切だ。

有頂天の最中にある秋桜の頭脳は、あっという間に最適解を導きだした——一番に、颯太《そうた》先輩に教えてあげるんだ！

目的地の金武厩舎はあの路地を曲がれば、もう目前だ。

──あっ。

十字路を曲がると、目に入ってきた背中があった。

もし、見知らぬ後ろ姿だったら、特になにも思わなかっただろう。

だけど、その人は、絶対に声をかけたくなるような──秋桜の大好きな人だったのだ。

「爽夏先輩！　お久しぶりです！」

「おっ、秋桜じゃん。偶然だね」

人懐《ひとなつ》っこい子犬みたいに爽夏へ駆け寄り、秋桜はその隣を独占するように歩く。

「なんか機嫌いいね？　そっか、先日の葉牡丹賞で初勝利をあげたからか──本当におめでとう、秋桜。すっごく格好よかったよ」

「ありがとうございます！　でも、それだけじゃないんです！」

「どういうこと？」

首を傾げる爽夏に、秋桜はさっき身に起こった幸運をうきうきと語った。

「……へぇ。３歳になったスターゲイザリリーの騎乗依頼をもらえて、しかも、目標は重賞競走ときたか。そりゃすごいね」

「本当に夢みたいな話だから、ふわふわしちゃって。あたしにはもったいない依頼かもって、申し訳なくも感じちゃうんですよね……」

「謙遜しない。馬主さんが、あんたの騎乗を認めて愛馬を託したんだから。スターゲイザリリーをお手馬にできたのは、紛《まぎ》れもなく秋桜の実力――だから、誇っていいんだよ」

夏空のようにからっと笑う爽夏から、頭をぽんぽんと撫《な》でられる。

しばらく呆けていたものの、秋桜の目はきらきらと輝きを増していく――憧《あこが》れの爽夏から
そんな言葉をかけてもらったことが、たまらなくうれしかったのだ。

「はい！　爽夏先輩がそういうなら、力一杯誇っちゃいます！」

「うん、その調子。正しい自信は、人間を一人前にするからね」

爽夏は一度口をつぐんだものの、躊躇《ためら》いをふりきるように再び開いた。

「――実は、私にも報告したいことがあるんだよね」

「なんですか？　聞きたい、聞きたい！」

「ついさっき、スティルインサマーの馬主さんから、正式に騎乗依頼をもらった」

「え？　ってことは――!!」

「そう。彼女と一緒に、阪神ジュベナイルフィリーズに挑む」

爽夏の眼差しが抜き身の刃のようになったのを感じつつ、秋桜は衝撃を受ける。

すでに、2歳牝馬の最強格と目される完全無欠の才媛――スティルインサマーが、最初の
相棒である爽夏とコンビを再結成するのだ。

しかも今、打ち明けられた話の重大さは、それだけにとどまらない。

本当に、爽夏が阪神ジュベナイルフィリーズに参戦するならば、彼女は長い沈黙を打ち破っ

て芝のＧⅠに出走する女性騎手となる――これは正真正銘、日本競馬の歴史を塗り替える偉業だ。

事の重大さを理解した秋桜は、本人でもないのに興奮をおさえきれなくなってしまった。

「すすすす、すごいじゃないですか‼　爽夏先輩、ガチですごすぎます‼」

拙《つたな》いけれど、真《ま》っ直《す》ぐな後輩の賛辞に、爽夏は口元に微笑を浮かべる。

だけど、それは起こった出来事に対して、あまりに控えめな喜びの表現に思われた。

「スティルインサマーの騎乗依頼をもらった時、うれしいっていう気持ちよりも、悔しさのほうがずっと強かったんだよね」

「え？　ど、どうして――」

すんでのところで愚問だと気付いた秋桜は、咄嗟《とっさ》に口をつぐんだ。

「スティルインサマーが戻ってきたのは、私がなにかを成し遂げたからじゃない――か、か、神崎さんが、い、騎乗を断ったからに過ぎない」

秋桜はごくりと唾《つば》をのんだ。

そう、勝負の嗅覚《きゅうかく》に優れた稀代の天才――神崎《かんざき》騎手が阪神ジュベナイルフィリーズの直前で、スティルインサマーから謎《なぞ》のベールに包まれた無名馬に乗り換えたのだ。

爽夏は静かな闘志を宿した表情で、青白く燃えるような言葉を吐いた。

「あの子の力が軽視されたこと――私は、それが許せないの。だから、阪神ジュベナイルフィリーズで、目にもの見せようと思う。私とスティルインサマーの力で」

「……爽夏先輩」

「それと、今日は同じ大舞台で激突する、もう一人の強敵にも挨拶《あいさつ》しておこうと思ってね」

「強敵……あっ⁉」

会話に夢中になっていたあまり、いつの間にか、金武厩舎へ着いていたことに気付く。

「颯太先輩と、セイライッシキ……‼」

今年のアルテミスステークスの覇者となった底知れない才能を秘める尾花栗毛《おばなくりげ》と、最年少ダービージョッキーのコンビ――下馬評では、彼らもまた優勝候補と目されていた。

想像するだけで胸が躍る――スティルインサマーと爽夏、セイライッシキと颯太、そして、一切《いっさい》が謎に包まれた無名馬と天才の名をほしいままにする無量《むりょう》が、２歳牝馬最強の名をかけてＧＩレースで相まみえるのだ。

「まっ、そういうわけ――ところで、秋桜は、その話をするために、わざわざ私に会いにきてくれたの？」

「――えっ、ええ？」

「もっと早く、伝えたかった人がいるんじゃない？　この場所にいる誰かさんに――」

爽夏からひやかすように笑いかけられ、秋桜はなにを問われているか理解できた。

頬が恥ずかしいくらい熱を帯びていく――だけど、いつまでも黙ってると、変に思われちゃうし！

「べ、別にそういうわけじゃ――!!」

急いで用意した否定の言葉は力が入らなくて、ふにゃふにゃだった――これじゃ、声を大にしたって逆効果だ。

だから、秋桜は観念して蚊の鳴くような声で告げた。

「そ、颯太先輩には、お世話になってきたから……」

「ふぅん。まっ、そういうことにしてあげる。それより、ほら――お互いに、お目当ての人が現れたみたいだよ」

「――へ？」

爽夏が視線を飛ばした方向――金武厩舎の中庭を、秋桜もながめる。

そこには、大一番を目前にして調整に余念がないのだろう――洗い場でセイライイッシキをブラッシングする、颯太の姿があった。

ごまかしようがないくらい、秋桜の心臓が高鳴る。

快活《かいかつ》に手をふる爽夏に、颯太は気付いたようだ――そして、その優しげな視線は、すぐに隣の秋桜へ移る。

そう、会って最初に伝えるべき言葉は決めている。

これからも、スターゲイザリリーとコンビを組めるくらい、秋桜にとって大切なこと。そして、言葉にすれば、同じくらい颯太が喜んでくれそうなこと。

秋桜は練習するように、そっと胸の内だけでつぶやく。

――あたし、ちょっとだけ競馬が好きになったかもしれません。

そう思わせてくれた恩人が、歩み寄ってくる。

秋桜は逸《はや》る胸に手を添えながら、静かに深呼吸する。

視線をあげ、自然とほころぶように笑顔を浮かべた――ここに咲いている自分を、大好きな人にちゃんと目に焼きつけてもらえるように。

さぁ、偽ることを知らないサラブレッドのように、真っ直ぐ気持ちをぶつけよう。

樫埜秋桜――出走まで秒読みだ。

あとがき

お久しぶりです。

競馬を題材にしたライトノベルを出版してから、知人に「馬券やるんだ？」と尋ねられまくる有丈《ありたけ》ほえるです。

そして、二言目には「今まで、いくら損したの？」と続きます。いくら得したかよりも、まずは損失額を把握して仲間意識を培うことを優先するとは闇が深い世界ですね。

ちなみに、私は競馬が好きでよく見るのですが、馬券は普段まったくやりません。

そういうと、大体の知人は「じゃあ、なんで競馬を見ているの？」と首を傾げます。

もちろん、競馬におけるギャンブルとしての魅力は理解しているつもりです。ただし、私にも私なりの楽しみ方があるのです。

私には「あの子が出走するなら、絶対にレースを見る！」という贔屓の競走馬がいます。

そのうちの一頭が、メロディーレーンという牝馬です。

彼女の特徴を一言で表すならば、とにかく小柄でかわいらしいということでしょうか。

初めて、パドックでメロディーレーンを見かけた時、「サラブレッドの中にポニーちゃんが混じってる！」と目を疑いました。それもそのはず、彼女の馬体重は300キロ前半しかなかったのですから。

以来、ずっとメロディーレーンの活躍を追いかけてきました。

そして、彼女は儚げなほどに華奢ながら、長距離が得意なステイヤーとして有馬記念に出走するほどのアイドルホースにまで成長を遂げたのです——メロディーレーンちゃん、すごい！かわいい！　ぬいぐるみ買っちゃう！

私にとって、「競馬を見る」とは推しを応援するという意味もあるのです。

そして、薄々気付いている有識者の方もいるでしょうが、メロディーレーンこそ本作に登場するスターゲイザリリーのモデルとなった馬です。

そろそろ、謝辞に移ろうと思います。

いつも拙作を、よりよいものにしようと尽力くださる担当編集のジョー様。諸々の事情で2巻の刊行時期が大幅に遅れても、快く対応していただきありがとうございました。担当様には感謝してもしきれません……。

また、1巻から引き続きイラストを担当してくださったＮａｒｄａｃｋ様。美麗なイラストのおかげで、執筆作業の苦労が吹っ飛びました。本当に、ありがとうございました！

そして、本作を手にとっていただいた皆様方に、ＷＩＮ５の最高払い戻し額に負けないほどの感謝の念を贈ります（馬券やらないとかいいながら、この締めはどうなんだ）。

では、またどこかでお会いできる日まで。

ファンレター、作品の
ご感想をお待ちしています

〈あて先〉

〒106－0032
東京都港区六本木2－4－5
SBクリエイティブ（株）
GA文庫編集部 気付

「有丈ほえる先生」係
「Nardack先生」係

**本書に関するご意見・ご感想は
右のQRコードよりお寄せください。**

※アクセスの際や登録時に発生する通信費等はご負担ください。

https://ga.sbcr.jp/

ブービージョッキー!!2

発　行　　2022年7月31日　初版第一刷発行

著　者　　有丈ほえる
発行人　　小川　淳

発行所　　SBクリエイティブ株式会社
〒106－0032
東京都港区六本木2－4－5
電話　03－5549－1201
03－5549－1167（編集）

装　丁　　AFTERGLOW

印刷・製本　中央精版印刷株式会社

ISBN978-4-8156-1440-9
Printed in Japan
GA 文庫

第15回 GA文庫大賞
GA文庫では10代～20代のライトノベル読者に向けた
魅力あふれるエンターテインメント作品を募集します！
世界を書き換えろ！
イラスト／ファルまろ
大賞賞金300万円＋ガンガンGAにてコミカライズ確約！
◆募集内容◆
広義のエンターテインメント小説（ファンタジー、ラブコメ、学園など）で、日本語で書かれた
未発表のオリジナル作品を募集します。希望者全員に評価シートを送付します。
※入賞作は当社にて刊行いたします。詳しくは募集要項をご確認下さい。
応募の詳細はGA文庫
公式ホームページにて
https://ga.sbcr.jp/